문학관에서
만난
나의 수필

문학관에서
만난 나의 수필

펴 낸 날 2019년 4월 16일

지 은 이 윤승원
펴 낸 이 이기성
편집팀장 이윤숙
기획편집 이민선, 최유윤, 정은지
표지디자인 윤종운
책임마케팅 임용섭, 강보현
펴 낸 곳 도서출판 생각나눔
출판등록 제 2018-000288호
주　　소 서울 마포구 잔다리로7안길 22, 태성빌딩 3층
전　　화 02-325-5100
팩　　스 02-325-5101
홈페이지 www.생각나눔.kr
이 메 일 bookmain@think-book.com

• 책값은 표지 뒷면에 표기되어 있습니다.
　ISBN 979-11-966724-7-8 (13810)

• 이 도서의 국립중앙도서관 출판 시 도서목록(CIP)은 서지정보유통지원시스템 홈페이지(http://
　seoji.nl.go.kr)와 국가자료공동목록시스템(http://www.nl.go.kr/kolisnet)에서 이용하실 수 있습
　니다(CIP제어번호: CIP2019013462).

수필에서 위안받고, 수필에서 지혜 얻고

문학관에서 만난 나의 수필

대전문학관 중견작가전 참여 작가 **윤승원** 에세이

"문학콘서트에서 윤 작가님이 유치장 순시 중에 자신의 수필집을 읽고 있는 어느 앳된 청년을 보고 남다른 감명을 받았다고 하셨잖아요. 저는 그 대목에서 눈물이 주르륵 흘렀어요. 경찰서 유치장과 같은 「낮은 자리의 삶을 살고 있는 사람」이 윤 작가님의 수필집을 읽고 새로운 생각을 하게 된다면 얼마나 감동적이고 소중한 일인가 싶어 가슴이 뭉클했어요. 유치장에 갇혀 있는 사람들의 '복잡한 심정'이 제 가슴 속에 들어온 거예요."

— 대전문학관 문학콘서트 '작가의 소리 · 독자의 소리'에서 **오혜림 시인**

생각나눔

저자의 말

　수필 쓰기는 탕약湯藥을 달이는 일이다. 따뜻한 성분의 수필 한 첩貼*
이 '마음의 보약'이다. 나는 오늘도 '마음의 원고지'에 수필이란 이름의 탕
약을 달인다. 내 수필은 隨筆이 아니다. 修筆이다. 탕약을 달일 땐 센
불도 안 되고 약한 불도 안 된다. 은근한 불이어야 한다. 불 조절에 정
성 기울이는 일은 마음을 닦는 일이다. 감정을 조절하는 일이다. 몸이
아프면 병원에 가지만 마음의 상처를 치유하기 위해선 스스로 감정을
잘 다스리는 비법을 터득해야 한다. 나의 수필 쓰기는 감정 다스리기
와 동의어이다.

*貼: 약봉지에 싼 약의 뭉치를 세는 단위

일선 치안 현장에서 체험했던 몇 가지 비극적인 장면

장면 #1. "사람이 죽었어요." 남모르는 슬픔의 현장

이따금 꿈을 꾼다. 식은땀 나는 악몽도 꾼다. 30여 년 경찰 재직 중 겪었던 크고 작은 일들이 꿈속에서 재연되는 것이다. 힘들게 군대 생활한 사람이 전역 후에도 가끔 '군대 꿈'을 꾸는 것과 같다.

파출소에 근무하던 초임 시절이었다. 변사체變死體 신고를 받고 출동하여 난생처음 30대 젊은 여인의 시신을 내 손으로 만졌다. 싸늘하게 굳어 있는 주검 앞에서 초임 경찰은 인간 본연의 충격과 슬픔을 극도로 자제하고 냉철을 유지하기 힘들었다. 현장 보존이라는 기초적인 직무수행에서부터 검시의檢屍醫를 불러 타살 여부를 확인하는 절차까지 무엇 하나 쉬운 것이 없었다.

경황없이 밤샘 근무를 하고서도 아침식사는커녕 교대도 하지 못한 채 변사체 보고서를 작성하느라 진땀을 흘렸다. 담당 구역에서 벌어진 사건이므로 마무리될 때까지 시종일관 촉각을 곤두세워야 했다. 이때 몸으로 겪었던 애송이 경찰관의 남모르는 충격과 슬픔은 평생 마음의 상처로 남았다.

방송과 신문에서 흔히 '사람이 죽었다'는 뉴스를 들으면 보통 사람들은 사망자 수數에 따른 사건의 경중輕重과 죽음의 원인에 대해서만 관심을 갖는다. 당연하다. 하지만 평생 경찰에 몸담아 험한 꼴을 많이 본

전직 경찰관들은 다르다. 사건 처리하는 후배 경찰의 수고스러움을 남의 일이 아닌 내 일처럼 여길 때가 많다. 과거 자신이 처리한 슬픔의 현장이 악몽처럼 오버랩 돼 괴롭다. 어디 사건 현장뿐인가?

장면 #2. "피를 흘리고 있어요." 살기殺氣가 느껴지는 전쟁터

과거 대전에서 벌어졌던 대규모 폭력 시위 현장에서 한 경찰관이 무전기를 들고 다급한 목소리로 외쳤다.

"구급차 좀 빨리 불러줘. 경찰이 길바닥에 쓰러졌어. 기동대원인 것 같은데 크게 다쳐서 움직이지도 못해. 이거 큰일 났네."

무전기를 든 경찰관은 빗물이 고인 차가운 아스팔트 바닥에 피를 흘리며 쓰러진 동료가 체온이 떨어져 의식을 잃을까 봐 담요를 덮어주면서 안타까움에 발을 동동 굴렀다. 그날 이렇게 다친 경찰이 무려 100여 명이었다. … 중략 … [조선일보 오피니언(편집자에게) 아예 종군기자가 돼 달라 (2009.05.20.)]

언론에서는 현장 상황을 좀 더 생생하게 국민들에게 알리지 못했다. 오죽하면 끔찍했던 현장을 필자가 구체적으로 묘사하면서 언론을 향해 "종군기자가 돼 달라"고 요구했을까. 내 아들도 의경으로 복무했다. 시위가 가장 많다는 서울 종로에서 전쟁과 같은 상황을 자주 치렀다. 시위 이유가 무엇이든 폭력 살상 시위는 국민의 공감을 얻기 어렵다. 요즘도 과격 폭력 시위 보도를 들을 때마다 내가 과거 체험한 시위 현장이 악몽처럼 되살아난다.

장면 #3. "책을 읽었어요." 경찰서 유치장에서 만났던 앳된 청년의 눈망울

심야에 경찰서 유치장에서 잠을 이루지 못하고 뒤척이던 앳된 청년의 슬픔 어린 눈망울도 마찬가지이다. 퇴직 이후 오늘날에도 그 청년의 선한 얼굴이 꿈에 나타난다. 유치장을 거쳐 간 사람이 한두 사람이 아닌데, 유독 그 청년이 현몽하는 까닭은 무엇인가? 그가 내게 건넨 말 한마디 때문이었다. "난생처음 이곳에서 책을 한 권 다 읽었어요." 그 말 한마디가 평생 잊히지 않는다.

유치장에서 책을 한 권 다 읽었다는 것은 무엇을 뜻하는가? 차분하게 책 한 권 읽지 못할 만큼 안정적인 정서 생활을 하지 못하고 감각적이고 말초적인 것에만 휩쓸려 살아왔다는 사기 고백이다. "내가 들고 있는 이 책의 저자가 바로 경찰관님 아니냐?"라는 말을 듣는 순간, 나는 놀라움을 금치 못했다.

철거덩, 유치장 철문을 열고 들어온 순시관의 얼굴이 자신의 손에 들려 있는 수필집의 저자와 일치한다는 그 청년의 남다른 관찰력에 감동했다. 그의 얼굴 어디에도 '살인'이나 '폭력'이라는 글자가 새겨있지 않았다. 그의 선한 눈망울 속에 내가 쓴 한 편의 수필이 들어가 있다는 것을 우연히 확인하는 순간, 아! 속으로 탄성을 지르고 말았다.

대전문학관에서 열렸던 '작가의 소리·독자의 소리' 문학콘서트에서 참여작가의 한사람으로서 이런 나의 과거 추억담을 애기했더니, 많은 독자들이 따뜻한 관심을 주었다. 그 가운데 가톨릭 신자이자 전직 교사인 오혜림 시인은 '낮은 자리의 삶을 살고 있는 사람'의 '복잡한 심정'이 가슴 속에 들어와 눈물이 흘렀다면서 귀한 말씀을 주었다.(* 본문 102~105쪽 '문학콘서트 참석 시인과의 따뜻한 인정 나눔' 참조)

역시 시인이었다. 절제된 감정과 품격 있는 언어들을 촉촉한 목소리로 전해주는 시인의 고운 감성이 내 가슴을 또 한 번 흔들었다.

유치장에 왜 책이 필요한가? 불안감을 해소해주고 정서 치유에도 책만한 것이 없다. 유치인들은 거의 낮잠을 자거나 우두커니 벽과 천장을 바라다보고 있다. 어렵고 현학적인 책이 아니라 쉽게 읽히는 책을 펴내어 유치인도 읽게 하는 일은 '희망의 씨앗'을 뿌리는 사업이다. 유치장이 단순히 범법자를 구금하는 곳이 아니라 독서를 통해 정서 순화와 지혜 함양에 도움을 준다면 책의 효용가치를 한껏 높이는 일이다.

대전문학관 중견작가전 초대 작가로 참여하면서 경찰서 어딘가에 꽂혀 있을 내 작품의 '낮은 자리 행로行路'에 대해 다시금 떠올려보는 것은 의미 있는 일이었다. 나의 이야기에 공감해주는 독자들을 만난 것 또한 보람 있는 일이었다. 『문학관에서 나눈 따뜻하고 건강한 삶의 이야기』, 새 책을 펴내면 낮은 자리의 삶을 살고 있는 또 다른 독자와 만나고 싶다.

학계 권위 있는 학자가 써주신 과분한 '추천사'와 '서평'

끝으로, 졸고 에세이집 출판 원고를 정리하다가 문득 존경하는 고향 선배님이 떠올랐다. 한국정신문화연구원(현재 한국학중앙연구원) 교수와 한국학대학원장을 역임하시고 현재 한국학중앙연구원 명예교수이신 정구복 박사님이었다. 자랑스러운 학교 선배님이자 덕망 높은 문학박사이고, 학문적 성과 또한 크게 떨친 한국 사학계의 권위 있는 석학碩學이다.

과거 정 박사께서 집필했던『장평초등학교 60년사』에 필자도 수필 원고로 참여했던 소중한 인연으로, 정 박사께서 운영하는 '올바른 역사를 사랑하는 모임(올사모)'의 '창작 글 마당'에 졸고를 가끔 올렸는데, 그럴 때마다 정 박사께선 남달리 따뜻한 격려와 아낌없는 사랑을 주셨다.

그런 인연으로 출판원고 초안을 메일로 보내드렸다. 수필문학 전공 문인이 아닌 한국학 전공 학자의 시각에서 귀한 격려 말씀을 주신다면 신선하고 큰 힘이 되리라는 생각이 들었다. 평소 '정구복' 박사 함자 석 자 언급하면 "학식과 인품이 대단히 훌륭한 분"이라고 찬사를 아끼지 않으셨던 청양의 구순九旬 넘으신 장모님께서도 얼마나 좋아하실까 상상해 보았다.

정 박사께서는 곧바로 답장을 주셨다. 나의 출판 원고를 '재미있게 읽었다'면서 애정이 듬뿍 담긴 메일과 함께 귀한 '추천사' 옥고玉稿를 보내주셨다. 그뿐만이 아니었다. '제2의 이름'이라 할 수 있는 '호號'까지 지어주셨다. '장천長川'이다.

"고향 장평長坪의 뜻도 있지만 시내가 생가 앞에 흐르고 있다"며, "물은 모든 더러운 것을 씻어내면서도 다시 맑은 물로 되돌아가는 속성이 있으니, 계속 맑은 글을 써달라는 뜻"이라고 하셨다.(*호기號記: 230쪽 참조)

　이뿐만이 아니다. 문학으로 인연 맺은 또 한 분의 학자가 계시다. 존경하는 문단의 큰 어르신이자 대학교에서 수필문학 강의를 장장 30여 년 해오신 송백헌 박사(문학평론가, 충남대학교 명예교수)께서 방송 출연과 산적한 집필활동으로 몹시 바쁘신데도 불구하고 금쪽같은 시간을 내어 과분한 '서평'을 써주신 것은 저자에 대한 각별한 사랑으로 느껴진다. 더 순수하고 재미있는 글, 더 소박하면서도 유익한 글을 써서 보답하고 싶다.

　- 저자의 부족한 지혜智慧 채움은 독자제현讀者諸賢과의 만남에서 시작됩니다.

소람笑覽하소서!

2019년 봄
저자 長川 윤승원

독자로서 드리는 글

낙암 정구복(문학박사 · 한국학중앙연구원 명예교수)

저자는 저와 같은 고향인 충청남도 청양군 장평초등학교 동문同門입니다. 제가 2008년부터 개설하여 운영하고 있는 '올바른 역사를 사랑하는 모임'이란 카페를 통해 저자가 주옥같은 글을 실어주셨습니다. 이런 인연으로 저자가 보내준 출판 원고를 7시간에 걸쳐 재미있게 술술 읽었습니다. 저는 이 책을 제일 먼저 읽은 독자입니다.

며칠 전 『극한 직업』이란 영화를 관람했습니다. 이를 보고 느낀 바는 관객에 따라 각기 다르겠지만 저는 저자의 글을 읽은 후여서 감회가 남달랐습니다.

현재 우리나라에서 경찰은 '민중의 지팡이'라는 말보다는 '만민을 위한 전방위 천사'라고 칭해야 한다고 생각했습니다. '천사'가 아니고는 그 조직적인 악당을 이길 수 없기 때문입니다. 이 영화는 1,000만 명이 넘는 관객에게 경찰의 위상을 크게 높여 놓는 데 기여했다고 생각합니다.

저자는 이런 고된 직업인 경찰직을 30여 년간 성실히 수행하고 퇴임하여 그동안 써놓았던 수필과 새로운 창작 글을 모아 한 권의 책으로 출판하게 된 것입니다. 여기에 수록된 수필은 거의 모두가 문학계의 호평을 받았던 글입니다.

이 책을 읽는 분들도 각자 느끼는 바가 다르겠지만 저는 전편全篇에 흐르는 점을 다음과 같이 요약하고 싶습니다.

저자는 따뜻한 마음을 가졌음을 알 수 있습니다. 그 마음은 부모에게 효성으로, 형제간에 돈독한 우애로 발휘되고, 가정적으로 자상한 아버지이며, 밖으로는 맡은 직업에 충실하며, 이웃과 어른에게는 따뜻한 온정을 베풀고 있음을 느꼈습니다.

문학을 통해 이 사회가 나아가야 할 길을 제시하고 있으며, 특히 '수필 쓰는 길'을 밝히고 있는 것은 후배들에게 중요한 창작 기법을 가르쳐주는 교육자 역할이라 할 것입니다. 문학의 힘은 크고 그 생명력은 영원하다고 믿습니다.

독자는 이 책을 친지에게 서로 권하여 더 많은 사람이 읽도록 하는 것도 저자를 위한 성원이라고 믿습니다. 책을 읽지 않는 현 세태에서 젊은이들이 차 안에서도 이 책을 읽는 모습을 보게 될 것을 생각하니 기쁘기 한량없습니다.

저자는 문학을 통해 경찰의 위상을 한결 높인 점에서 중요한 기여를 했다고 생각합니다. 이제 다뤄야 할 소재가 더욱 많아질 것으로 봅니다. 이 책의 전반부에서도 최근에 몇 편의 작품을 썼지만, 고된 직업인, 경제적으로 어려움 겪는 사람들, 이름이 잘 알려지지 않은 많은 천사들을 위해 힘과 용기를 주고, 위안이 될 수 있는 따뜻한 글을 더 많이 써주실 것을 바랍니다.

저자의 끈기와 집념, 열정은 지금까지 쌓아온 공력이 바탕이 되어 국가와 사회, 더 나아가 인류에 대한 사랑과 평화라는 보편적 문제를 다루는 시각으로 창작 영역을 넓혀간다면 또 다른 새로운 차원의 불후의 명작이 될 것입니다.

그 꿈은 반드시 이룰 수 있다고 굳게 믿습니다. 이에 독자들이 저자에게 보내는 우레와 같은 힘찬 박수소리가 들리지 않습니까? 고맙습니다.

2019년 2월 7일

문학관에서 만난 나의 수필

제 2 부

'전시 · 낭송 · 작가 콘서트'
대전문학관 중견작가전 참여 작품

제 4 부

'나의 수필 쓰기'에 대해서

제1부 들어가며

글을 쓰다 보면 새삼 고마운 사람이 있다. 자신을 돌아다 보면서 쓰는 글인데 감사해야 할 대상이 나타나는 것이다. 내가 미처 발견하지 못한 것, 깨닫지 못한 것을 한 수 가르쳐주는 사람이다. 도처에 그런 스승은 많다. 애써 찾아다니지 않아도 내 안에 스승이 우뚝 나타날 때가 있다. 수필이란 글이 바로 그런 만남 역할을 한다. '생활 속 보석'이란 스승 찾기와 같다. 보석을 발견하는 일은 그래서 즐겁다. 사는 맛이고, 생활의 멋이다. 혼자 간직하기 어렵다.

생활 속
보석 줍기

신작 에세이

🖋 폐지 수거 할머니의 특별한 추석 선물

» 추석 명절에 뜻밖의 선물을 받았다. 난생처음 받아보는 귀하고 값진 선물이었다. 이런 귀한 선물을 날름 받아야 할지, 다시 돌려드려야 할지, 죄송한 마음만 들었다. 허리가 활처럼 휜 팔순의 할머니가 힘겹게 4층 계단을 올라와 주고 가신 것은 달걀 한 판이었다.

"이 집 아저씨한테 정말 고마워서요." 달걀을 아내에게 건네주면서 할머니가 하신 말씀이었다. "아니, 뭘 이런 걸 가져오셨어요. 할머니나 드시지요." 아내가 화들짝 놀라면서 받지 않으려고 하자, 할머니께서는 "너무 보잘것없는 것이라 죄송하지만 그냥 받아주세요. 이 집 아저씨는 신문지며, 헌책이며, 꼭 저를 위해 모아두셨다가 내주시는 분이거든요. 어찌나 고마운지, 보답할 게 마땅치 않아서……."

할머니는 오히려 자신이 들고 온 선물이 보잘것없어서 죄송하다는 말씀만 하셨다. 문 앞에서 아내와 할머니가 주고받는 소리를 듣다가 내가 내다보았다. 그러자 할머니가 깜짝 놀라시면서 "아이고, 아저씨도 집에 계셨네요. 그동안 정말 고마웠어요."

사실 고마운 것은 나였다. 내 집에서 나오는 각종 폐품을 쓰레기 치워주듯이 가져가주시니 얼마나 고마운 일인가. 한 건물에 아들 내외도 함께 사니, 우리 집에서 나오는 택배 상자도 많고, 신문도 지방지와 중앙지 2부나 구독하니, 다른 집보다 폐지가 많이 나오는 편이다. 게다가 헌책도 바깥에 그냥 버리지 않고 모아두었다가 할머니가 가져가시기 편리하게 1층 현관문 안쪽에 가지런히 놔드렸다.

할머니가 내게 특별히 고맙다고 하는 것은 다름 아니다. 폐지를 바깥에 버리면 자칫 비를 맞을 수 있고, 차량으로 순식간에 수거해가는 또 다른 사람도 있어, 할머니가 꼭 가져가시도록 출입문 안쪽에 모아드린 것뿐이었다. 할머니는 유난히 허리가 휘어 무거운 폐지를 들고 계단을 통해 나르기에는 어려움이 많다. 마주칠 때마다 거들어 드리려고 하면 극구 마다하신다.

나는 할머니를 뵐 때마다 "고맙습니다."라는 인사가 절로 나온다. 종이 상자도 건물 안에 오래 놔두면 곰팡내가 나는데, 곧바로 치워주시니 얼마나 고마운가? 심지어 빈 쌀부대에서 나오는 몇 톨의 쌀도 주워가시고, 빈 고구마 상자에서 나오는 흙가루까지 말끔히 닦아주신다. 그러니, 정작 고마워해야 할 사람은 할머니가 아니라 나다.

그러나 죄송한 일이다. 추석 명절을 맞아 내가 먼저 선물을 준비하여 할머니께 드렸어야 하는데, 나는 왜 미처 그런 생각을 하지 못했을까? 고물상에 폐지를 갖다 주고 할머니가 받는 돈이 얼마인데, 이런 귀한 선물을 사오신단 말인가? 손자에게 용돈 주셔야 할 귀한 돈을 어찌 이렇게 쓰신단 말인가. 몇 천금의 돈보다, 그 어떤 값비싼 고가의 선물세트보다 나를 감동하게 한 할머니의 추석 선물.

이 세상 모든 풍파와 산전수전 다 겪으신 할머니. 폐지 수거라는 남달리 궂은일을 하시면서도 항상 단정한 옷매무새에 살짝 입술 화장까지 하시고, 연치年齒가 나보다 훨씬 높으신데도 늘 먼저 인사하신다. 어른으로서의 예의와 기품을 늘 잃지 않고 당당해 보이시는 할머니. 할머니는 그러고 보면 나의 느슨한 의식과 세상을 살펴보는 안목의 부족함을 일깨워주신 스승이다.

나도 뒤늦게 작은 선물 하나 준비했다. 그러고는 바깥에서 부스럭 소리만 나도 내다보았다. 그러나 할머니가 보이질 않았다. 소리 안 나게 살그머니 다녀가시니 좀처럼 뵙기가 어렵다. 식탁에 올라온 달걀 프라이를 먹으면서도 할머니 생각에 잠긴다. 고마움과 죄송스러운 마음이 교차하는 추석 명절이었다.

(조선일보 에세이 2018.10.05.)

◀ 폐지 수거 할머니가 가져온 추석 선물 – 달걀 프라이를 먹을 때마다 고마움과 죄송스러운 마음이 교차했다. 할머니가 주신 달걀 한 판 중 반半은 추석 차례상에 올릴 전煎을 부치는 데 썼고, 요만큼 남아 이미지 사진으로 찍어뒀다. 할머니가 부담 느끼지 않으실 작은 선물을 나도 준비하여 답례했는데, 할머니는 극구 마다하셨다. 그래도 작은 성의 표시를 하긴 했는데, 할머니는 연신 고맙다는 말씀만 하셨다. 문득 내 어머니와 누님의 모습이 떠올랐다. '정 나눔의 미학'은 학식이 높거나 가진 것이 많은 것과는 상관이 없다고 생각했다. 소박함이 화려함보다 더 높은 경지境地일 때가 있다.

식당 문 닫고 새길 모색하는 젊은이에게

» 그의 식당 앞을 매일 지나간다. 흔히 볼 수 있는 한식집이다. 식당 앞에 쌀 포대나 대파, 양파 자루가 쌓여있을 때는 안도 감이 들었다. 하지만 언제부터인지 식사시간인데도 한산했다. 메뉴를 여러 번 바꾸었지만 손님이 늘지 않는 듯했다.

그는 얼마 전까지 내 집에서 월세로 살았다. 단칸방에서 부부가 지냈다. 하지만 방세가 밀려 버티지 못하고 나갔다. 주변 사람들은 내게 한 달이라도 밀리면 즉각 독촉하고 석 달 정도 밀리면 방을 빼라고 말해야 제때 방세 받을 수 있다고 조언했다. 하지만 30대 후반 젊은이가 휴일도 없이 새벽부터 밤늦게까지 일하면서 억척스럽게 살아가는 모습을 보면 안쓰러운 생각이 들어 심하게 독촉하기 어려웠다.

오토바이로 음식 배달을 하는 그는 궂은 날이면 더 고생했다. 우비를 입어도 옷이 흠뻑 젖는다. 헬멧을 벗으면 이마에서 땀이 주르륵 흘렀다. 그의 얼굴은 늘 까칠했고 머리는 헝클어져 있었다. 2년 넘게 그와 한 지붕 밑에 살면서 고단한 모습만 보았다.

어쩌다 그와 마주치면 "죄송해요. 방세가 많이 밀렸죠. 요즘 장사가 잘 안돼서요. 하지만 조금씩이라도 입금할게요." 그는 심성이 착한 사람이었다. 집주인이 듣기 거북한 언사를 한 번도 쓰지 않았다. 죄송하다는 말만 되풀이했다.

그러던 어느 날, 그가 말했다. "뵐 면목이 없어요. 방을 뺄게요." 그는 "아내와 잠시 헤어지고 어머니와 살림을 합치기로 했다"고 했다. 젊은 부부가 아기를 갖지 않은 게 궁금했는데, 비로소 짐작이 갔다. 어려운 생활 형편 때문이었다. "아내는 떨어져 살면서 다른 직장에 들어가고, 식당 홀 서빙과 주방 일은 어머니와 누이동생이 도와주기로 했어요. 저는 주로 배달을 하고요."

그가 이사 가고 나서 우편물이 쌓였다. 우편물을 갖다 주기 위해 그의 식당에 들렀지만 문이 잠겨 있어 문자를 보냈다. 그러자 답이 왔다. "밀린 방세 오늘 오후에 조금 넣을게요." 우편물 찾아가라는 문자를 '밀린 방세 독촉 문자'로 오해한 듯싶어 오히려 내가 미안했다.

이튿날, 밀린 방세 300여만 원 중 20만 원이 입금됐다. 하도 고마워 즉시 문자로 답했다. "형편이 어려울 텐데 이렇게라도 성의를 보여주시니 정말 고마워요."

며칠 후 식당 앞에서 마주친 그는 "요즘 장사가 조금 되네요. 찾아오는 손님 기다리는 것보다 배달이 나은 것 같아요."라고 했다. 아, 이렇게라도 하면 형편이 나아지겠구나. 빨리 사정이 나아져 떨어져 사는 아내와도 다시 합쳐 행복한 가정을 꾸릴 수 있겠구나 싶어 그를 위로했다. "누구보다 성실하게 열심히 일하시니, 곧 형편이 나아지겠지요."

그 얘기를 들은 아내가 말했다.

"방세 너무 독촉하지 마세요. 내 돈 떼어먹고 도망간 사람이 있으면 감사하게 생각하라는 말이 있어요. 불쌍한 사람 도와준 거라고 생각하면 그게 적덕積德인 거죠. 일부러 기부도 하고, 불우 이웃돕기도 하는데, 우리는 그렇게 남을 도울 일이 자연적으로 생긴 것이니, 방세 못 내고 나간 사람에게 감사하게 생각해요"

아내의 말을 들으면서 새삼 나 자신을 돌아다보았다. 그동안 그가 수없이 약속을 어기면서 '미안하다, 죄송하다'는 말을 되풀이할 때마다 품었던 서운한 생각도 눈 녹듯 사라졌다. 하지만 형편이 풀린다던 그의 식당에 갑자기 '임대' 현수막이 내걸렸다. 버티지 못하고 폐업하기로 했단다. 아내는 "착한 젊은이인데, 참 안 됐네요. 더 좋은 일자리를 찾을 거라고 믿어요."라고 했다. 나는 힘든 생활 전선에서 어떻게든 살아보려고 안간힘을 쓰는 그에게 '기적'이 일어나길 기도했다. 절실함이 기적을 만들 수 있기 때문이다.

며칠 후 그의 전화를 받았다. "식당 정리하고 다른 곳으로 이사했어요. 새 장사 시작하려고요. 밀린 방세는 꼭 갚을게요. 그동안 베풀어주신 따뜻한 정과 용기 주신 말씀 잊지 않을게요." 남달리 성실하고 심성 착한 그 젊은이가 새롭게 모색하는 사업이 부디 성공하길 기원한다.

(조선일보 에세이 2018.11.30.)

✒ 아버지의 라디오, 아들이 준 라디오

» 뜻하지 않은 선물을 받았다. 아들이 보내준 크리스마스 선물이다. 라디오였다. 외양이 60년대식이다. 재난 대비 필수품이라고 했다. 비상용 전등도 달렸다. 전기나 배터리 없이 태양광 또는 자가발전으로 작동한다. 다이얼도 손으로 돌리게 만들었다. 이 구식 라디오를 보면서 선친이 생각났다.

라디오는 아버지의 유일한 친구였다. TV는 구경도 할 수 없던 시절이다. 가장 좋아하셨던 프로그램은 민요와 만담이 어우러진 『민요 노래자랑』이다. 김용운·고춘자 만담을 즐겨 들으셨다.

근엄하셨던 어른 사랑방에서 웃음소리가 흘러나오는 날은 민요와 만담이 전파를 타는 날이었다. 그다음으로 즐긴 프로그램은 엄익채·한국남·안의섭(두꺼비) 박사 등이 나오는 『재치 문답』이었다. 시사 토론도 즐겨 들으셨다.

아침 밥상머리에서 아버지는 간밤에 라디오로 들으신 토론을 언급하시곤 했다. "방송에 나와 '의견 제출'하는 사람은 모두 식견이 밝은 훌륭한 사람이다. 방송국에 나가 국민을 일깨우는 일이야말로 매우 가치 있는 일이며 최고의 출세"라고 하셨다.

아버지는 무에서 유를 창조하는 개혁적 마인드만이 한 맺힌 보릿고개를 이겨내는 힘이라고 믿었던 것 같다. 막내인 나는 아버지 임종까지 라디오 주파수를 잘 맞춰드리고, 머리맡에서 책과 신문을 읽어드렸다. 그럴 때마다 어머니가 곁에서 "우리 아들 효자여." 하며 힘을 북돋아 주셨다.

선친이 돌아가신 후 내 글이 신문에 나오고, 아버지가 즐겨 들으시던 KBS 서울중앙방송국 전파를 타고 흘러나오기도 하였다. 저세상에서 이를 아신다면 동네 어르신들 모아 막걸리 한 통 정도는 턱을 내셨을 것이다.

생시에 딱 한 번 그러신 적이 있다. 잡지사에서 내게 보내온 원고료(우체국 소액환)를 찾아서 드렸더니, 몇몇 유지에게 '귀한 돈으로 사 온 술'이라며 막걸리를 대접하셨다. 자식이 쓴 글이 중요한 게 아니라 소액환이 어떤 것인지, 시골 노인들 앞에서 자랑거리가 됐다. '자식이 글을 써서 돈으로 바꿔왔다'는 사실만으로도 뉴스거리였다.

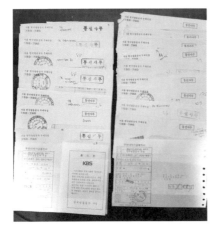

▲ **방송국에서 보내 온 출연 사례금과 기념패** - 방송국에서 '통신사무'로 보내
온 출연사례금(소액환) 봉투마저 소중하여 버리지 않고 모아두었다. 『시와 수필
과 음악과』 프로그램에서 나의 시와 수필이 총 21편 방송됐다. 'KBS 기념패'는
반기(半期, 6개월 단위)로 2회 추천완료 후에 받는 '등단 패'를 뜻한다. 방송국
에서는 매일 1편씩 방송된 수필작품 중에서 6개월마다 엄격한 작품 심사를 거
쳐 '초회 추천', '추천완료'로 구분, 2회 추천을 완료해야 '당선작'으로 대접해주
었다. KBS라디오와 수필전문지 『한국수필』이 공동으로 실시한 작품심사에서
당선작으로 뽑히면 방송에도 나오고 수필전문지에도 게재되는 2중의 영예를
누렸다.

방송 출연도 했다. 그간 20여 회 넘게 나가서 한 가정의 아버지로서, 또
경찰관으로서 살아가는 이야기를 했다. '영혼은 영생永生'이니 저세상에서
선친도 다 들으셨을 것이다.

아들이 보내온 라디오는 선친이 즐겨 듣던 만담도, 재치 문답도 나오지
않는다. 하지만 『바른 말 고운 말』과 『일기예보』는 변함없이 나오고, 잠 안
오는 심야에는 '흘러간 옛 노래'도 구성지게 나오니 곁에 두고 듣는다.

(조선일보 아침편지 2018.01.05.)

아버지의 장점 5가지

» 공직 은퇴 후 아내가 운영하는 독서실에서 책읽기와 글쓰기로 소일했다. 치열한 경쟁 시대에 머리 싸매고 독서실에서 공부하는 다양한 직종의 20, 30대 수험생들을 상대하다 보면 내 자식과 같은 생각이 들어 안쓰러울 때가 많았다. 어느 공시생公試生은 자신을 다독이면서 절실한 다짐도 책상에 붙여놨다. "합격을 해야 장가도 가고 부모님께 효도한다."

그중에서 내가 30여 년 몸담았던 경찰직을 꿈꾸는 청년들과 격의 없이 대화하다 보면 어느새 그들은 나더러 '실장님' 대신 '대 선배님'이란 호칭으로 바뀌었다. 일선 치안 현장에서 겪은 생생한 직무경험을 바탕으로 '고생스럽지만 보람 있는 경찰직업'의 특성을 말해주면, 남달리 친숙한 사이가 되었다. 이런 일도 있었다.

1차 필기시험에 합격한 경찰지망생이 날 찾아왔다. 그는 집을 나와 자취방에서 혼자 살았다. 굳이 따뜻한 가정을 등지고 적잖은 생활비용이 들어가는 원룸에서 살게 된 이유는 '아버지의 잔소리' 때문이라고 했다. 아버지가 너무 엄격하여 대화가 안 된다고 했다.

나 역시 두 아들을 둔 아버지로서 이 청년이 겪는 '부자간의 불편한 관계'를 어느 정도 이해하고 공감하는 부분이 있었지만, 생각을 달리하는 부분도 있었다.

부모의 염려를 잔소리로 받아들이는 것은 온당치 않다. 국민소득이 아무리 높다 한들 대학 나온 자식이 취업이 안돼 고민하는 가정에서는 행복을 말하기 어렵다. 그런 자식을 바라보는 부모의 답답한 심정도 자식으로선 이해해야 한다는 조언도 빼놓지 않았다.

그가 나를 찾아온 이유는 더욱 절박했다. 필기시험엔 합격했으나 면접에서 번번이 떨어진다는 것이었다. 상상하지 못했던 엉뚱한 질문이 나오면 말문이 막혀 한 마디도 답변하지 못한다는 것이었다.

일선 경찰관은 첨예하게 대립하는 갈등현장에서 법과 원칙에 맞게 조정해주는 역할도 해야 하고, 범법자를 엄중히 단속해야 하는 임무도 띠고 있다. 차분하면서도 조리에 맞는 언어구사는 기본적으로 갖춰야 할 자질이라고 말해줬다.

그러자 그는 머리를 긁적이면서 "필기시험보다 면접이 더 어려운 것 같아요."라고 했다. 그렇다면 지난번 낙방한 면접에서 가장 어려웠던 질문이 뭐였느냐고 물었더니, "아버지의 장점 5가지를 말해보라"는 문제였다고 한다. 나는 속으로 감탄했다.

면접관의 질문이 이 시대 많은 의미를 함축하고 있다는 생각이 들어서였다. 응시생이 말하는 '부모의 장점'을 들어보면 인성과 자질까지 종합적으로 평가할 수 있고, 평소 어른에 대한 존경심과 본받아야 할 인품도 드러나게 된다.

이렇게 좋은 문제가 주어진 것도 행운인데, 단 한 마디도 답하지 못하고 나왔다니, 안타깝기 그지없었다. 평소 부모님과 살갑게 따뜻한 대화를 나눴더라면 이런 문제쯤 쉽게 답했을 텐데 안타깝다고 말하자, 그가 말했다. "예상 문제를 뽑아 왔으니, 답하는 요령 좀 알려 주십시오." 그가 문제를 내면 내가 조언해주는 방식으로 많은 이야기를 해주었다. 하지만 정작 면접관이 요구하는 답을 구하기 위해 찾아가야 할 사람은 내가 아니라 '그의 아버지'가 아닌가 생각해보았다.

그날 저녁, 현직 교사인 아들과 함께 저녁밥을 먹으면서 "너는 이런 질문에 대해 어떻게 생각하느냐?"고 물었더니, 아들도 마찬가지였다. "선뜻 답하기 쉬운 문제는 아닌데요."

그러고 나서 얼마쯤 지났을까. 그가 '최종 합격'했다면서 음료수를 들고 찾아왔다. 선배님과 주고받았던 '문답'이 많은 도움이 됐다면서 고맙다고 했다. 그의 최종 합격소식에 부모님은 얼마나 기뻐하실까. 모쪼록 일선 치안 현장에서 국민을 위해 성심성의껏 봉사하는 멋진 경찰관이 되길 빈다.

(『월간에세이』 2016년 12월호)

🖋 버릴 수 없는 시계

» 갑자기 손목시계가 멈췄다. 봉황이 새겨진 특별한 손목시계다. 뒷면에는 '대한민국 대통령'이라는 글자가 음각돼 있는 일명 '대통령 시계'이다. 공무원 퇴직 기념으로 받았으니까 어느덧 10여 년 세월이 흘렀다.

◀ 일명 '대통령 시계' - 전면엔 봉황, 뒷면엔 '대한민국 대통령'이라 새겨져 있다.

시계 수리점을 찾았다. 시계가 귀했던 나의 유년 시절만 해도 시계 수리점이 시골 장터에 한두 곳 있었으나 요즘은 도회지에서도 좀처럼 시계 수리점 간판을 찾기가 어렵다. 인근 재래시장통 금은방에 물어보았더니, '시계 수리는 못 해도 배터리는 갈아 준다'고 했다.

금은방 주인은 찾아온 손님을 예사롭지 않은 눈초리로 관찰하듯 바라보았다. 귀금속상 특유의 직업적 경계심이었다. 신체장애를 가진 70대 귀금속상 주인은 손님을 대하면서 경계심을 조금도 늦추지 않았다. 태도에는 어딘지 모르게 불신과 의심의 눈초리가 느껴졌다. 그는 발이 쳐진 내실로 들어가 작업을 하면서 귀금속 진열장 앞에 엉거주춤 서 있는 내게 재차 말했다.

"거기 앉으시지요. 앉아서 기다리시지요." 한다. 내가 서 있는 이유를 굳이 설명해야 할 필요를 느꼈다. "아, 네. 무더운 날씨에 먼 길 걸어왔더니 땀이 좀 많이 나서요. 땀 식으면 앉을게요." 그러면서 그대로 서 있으니, 귀금속상 주인은 연신 불안한 시선을 보냈다. 탁자 위에 설치된 CCTV 화면에는 나의 미세한 움직임까지 녹화되고 있었다. 내가 의자에 앉자, 그는 그제야 안심이 되는지, 표정이 부드러워졌다.

숙련된 손놀림으로 뚝딱 시계를 고쳐주면서 "보통 시계가 아니네요. 대통령님이 주신 시계이니, 소중한 마음이 드시겠어요." 한다. "아, 네. 그럼요. '대통령'이란 글자와 봉황 그림이 새겨져 있으니, 고장이 나면 고쳐서라도 오래오래 차고 다녀야지요."

손님이 뜸해서 그런지, 금은방 주인은 '대통령 시계'를 요모조모 살펴보면서 무슨 말인가 많은 이야기를 나누고 싶어 했다.

"국가발전에 헌신적으로 기여하신 공로로 받은 귀한 선물이니, 아무나 차고 다니는 보통 시계와는 차원이 다른 것이지요. 저는 국가를 위해 한평생 헌신하신 분들이 이 시대 존경받아야 한다고 생각해요."

민간인으로서 공직 사회에서 통용되는 언어를 반듯하게 구사하는 것으로 보아 사회 활동도 적극적으로 하는 지역 유지임을 짐작하게 했다. 뜻밖에 과분한 찬사까지 받고 보니, 겸연쩍고 미안해서 시계 수리비나 넉넉하게 주려고 얼마냐고 물었더니, "65세 넘으셨지요?"라고 묻는다.

손목시계 배터리 갈아주고 뜬금없이 고객의 나이는 왜 물을까 의아해하면서, '넘었다.'라고 했더니, 그는 또 덕담을 했다. "얼굴에 주름살도 하나 없고, 피부도 깨끗한데 연세가 그렇게 되셨어요?"

내 원 참, 남의 속도 모르고 겉만 보고 젊다고 판단하다니, 모자를 눌러 썼으니 망정이지, 흰머리에 이마까지 훤한 나의 진면모(?)를 보면 그런 과장된 찬사는 쉽게 던지지 못할 터인데……

아무튼, 찾아온 손님을 기분 좋게 해주려는 상인 특유의 덕담으로 생각하고 혼자 웃고 있는데, 나이를 물어본 이유를 구체적으로 설명해 주었다.

"저희 가게에서는 보통 손목시계 배터리를 갈면 4천 원 정도 받는데 65세 이상 어르신한테는 3천 원을 받거든요. 이곳 시장통에서 제가 수십여 년간 돈 좀 많이 벌었으니, 이제 고객 여러분께 보답하고 살아야지요."

돈을 많이 벌었다는 금은방 주인을 만나 시계 수리비 1천 원을 특별 할인받은 데다 듣기 좋은 말로 귀까지 호사했으니 기분도 흐뭇하고 돌아오는 발걸음도 가벼웠다.

시계 이야기를 하다 보니, 벽에 걸린 어머니가 빙그레 웃으신다.

"그래, 내 생전엔 참으로 귀한 것이 시계였지. 이제 좋은 세상 되었으니, 너희들은 부족함이 없이 많은 것을 누리고 살아라. 너희들의 풍족함을 하늘에서 지켜보고 있노라니, 눈물겹게 고맙구나!" 어머니의 나지막한 음성이 들려오는 것만 같다.

설 명절에 경찰서 당직근무를 하면서 어머니 생각이 몹시 났습니다. 오늘따라 시계를 깜박하고 나왔거든요. 당직 근무 중 시계가 없어 겪는 불편은 순찰을 돌 때입니다. 순찰함에 시각을 적어야 하거든요. 문득 웃음이 납니다.

어머니께서는 그야말로 '시계 없는 세월'을 사셨지요. 자식 5형제 모두 20여 리가 넘는 머나먼 학교에 다녔으니, '새벽밥 전문가'셨어요.

집안에 시계가 없었던 그 시절, 어머니는 새벽 시간을 육감으로 짐작하여 밥을 지으셨습니다. 그렇게 어림 시간으로 지어주신 밥을 먹고 학교에 다녔어도 자식들은 지각 한 번 하지 않았습니다. 비가 오거나 날씨가 잔뜩 흐릴 때는 시간을 전혀 짐작하기 어려웠던 어머니는 한밤중에 수십 번도 더 일어나셨지요. 일어나 바깥 내다보기를 반복하셨지요. 그러니, 어느 하룬들 편한 잠을 주무셨을까요.

낮에는 고단한 농사일 하시고, 새벽에는 자식 통학 길 늦을세라 밤을 하얗게 밝히신 어머니. 어쩌다 제가 잠에서 깨어 "엄니, 엄니는 왜 안 주무셔요?" 하면 어머니께서는 "시간이 어찌 돼 가는지 몰라서 그런다." 하셨습니다. 어머니! 그 시절 어머니 머리맡에 사발시계 하나만 있었더라면, 얼마나 행복해하셨을까요. 이 자식은 그저 가슴이 아려 옵니다.

– 조선일보 공모 「어머니에게 보내는 편지」 입상작(2005)

▲ '아, 어머니 전展' 편지글 – 조선일보에서 광복 60주년 기념으로 '아, 어머니 전' 편지글을 공모했다. 우수작으로 뽑힌 나의 편지글이 서울 용산 전쟁기념관 특별전시실에 전시됐다. '시계 없는 세월'을 사셨던 어머니에 대한 죄송스러움과 한恨을 사무치는 그리움으로 승화시킨 편지글이다.

거실 진열장엔 공직 생활하면서 상품으로 받은 각종 손목시계가 가득하다.

◀ 거실 진열장에 보관하고 있는 각종 시계 – 시계 뒷면엔 주신 분의 직함과 이름이 음각돼 있다. 이런 시계를 보면 '나름대로 열심히 살았구나!' 하는 자부심이 들기도 하지만, 한편으론 당시 어떤 일을 해서 이런 상을 받았는지 회상해 볼 수 있는 '개인 역사의 실마리'가 되기도 한다. 공직사회에서 흔히 정기표창을 일컬어 '나눠 먹기 식'이라는 말도 떠돌았지만 내가 소장하고 있는 시계 중에는 그런 '나눠 가진' 상품은 단 한 개도 없다. 순전히 나의 노력과 직무 성과에 대한 보상 성격으로 받은 값진 상품이기에 어느 한 개라도 버릴 수가 없다. 비록 시곗바늘이 멈춘 시계가 수두룩할지라도……

앞서 언급한 대통령 시계를 비롯하여 공무원문예대전 입상작 부상으로 받은 행정자치부장관 시계, 대간첩작전 유공으로 받은 지방경찰청장 시계, 직무성적 우수 유공으로 받은 경찰청장 시계, 안보 홍보 유공으로 받은 경찰학교장 시계, 개인 저서 출간 후 방송 출연 기념으로 받은 방송국 시계도 있다.

그중에서 가장 쓸 만한 시계는 최근에 큰아들한테 선물 받은 디지털 손목시계이다. 이 첨단 손목시계는 건강상태와 운동량 체크도 가능하고, 스마트폰과 연계해 음악도 들을 수 있는 다목적용 시계이다. 가히 '효도선물'이라 할 만하다.

시계 없는 세월을 사셨던 내 어머니의 한恨을 뒤늦게나마 풀어드리려고 하니, 어머니는 곁에 안 계신다. 아직도 힘없이 가는 시계, 이미 멈춰버린 시계, 녹이 슨 시계까지 어느 것 하나 버리지 못하고 무슨 보물이나 되는 것처럼 이렇게 애지중지 간직하고 사는지 모르겠다.

아, 어머니! 많은 것을 넘치게 누리고 사는 오늘날, 자식은 한이 되고 죄송스럽기만 합니다.

(2018.08.20.)

🖋 발열 내복 장수의 확성기 소리

» "내복을 입으면 체온이 3도 이상 올라갑니다. 난방비도 줄일 수 있습니다. 겨울철 피부 건조증을 막아줄 수 있습니다. 가볍고 따뜻한 재질, 쫙쫙 늘어나는 스판 재질, 최고급 발열 내의를 아주 저렴하게 살 좋은 기회입니다. 어서 나오세요."

동네 골목에 내복 장수가 또 나타났다. 여러 번 반복적으로 듣다 보니, 발열 내의 선전 문구를 다 외워버렸다. 예민한 귀를 가진 나만 그런가? 아니었다. 이발소엔 한 사람이 더 있었다. 그 역시 머리염색을 하고 나서 시끄러운 확성기 소리 때문에 펼쳐 든 신문 활자가 눈에 잘 안 들어오는지 중얼거렸다.

"나는 60평생에 내복 한번 입어본 적이 없는데, 내복 장수가 어지간히 떠들어대네그려!"

그러자 면도 담당인 이발사의 아내가 웃으면서 말했다.

"정말로 내복을 한 번도 입어본 적이 없어요? 대단하시네요. 산삼을 잡수셨나?"

남자가 대꾸했다. "내복을 입으면 나는 군시러워서 못 견뎌요. 잘 땐 아무엇도 안 입고 그냥 자요. 습관이 그래요."

여자 앞에선 조금 민망한 소리였지만 그는 거리낌 없이 이불 속에서 잠자는 모습까지 상상하게 만들었다. 내복을 안 입고 살아도 평생 감기 한 번 안 걸렸다는 것을 강조하기 위함이었다. 그러자 이발사 아내가 웃으면서 가위질하는 남편의 남다른 '내복 사랑'에 대해 말했다.

"우리 남편은 겨울철이면 내복을 겹으로 껴입고 살아요. 내복 없인 못살아요. 호호호"

내복에 관한 이야기라면 에피소드가 남달리 많은지, 이발사 아내는 남편의 유난스러운 '내복 사랑 이야기'를 웃으면서 이어갔다. 말없이 가위질만 하던 이발사가 그제야 멋쩍은 표정으로 한마디 했다.

"난 추위를 많이 타는 체질이라서요."

이쯤 해서 나도 침묵하기 어려웠다. 나는 내복 애호가인 이발사를 응원하고 싶었다.

"저도 내복을 입고 살아요. 직장 다닐 때 야간근무를 많이 했거든요. 눈보라 치는 영하의 추위에 잠복근무를 해야 하는 일선 경찰관들은 내복을 입지 않고는 겨울을 나기 어려워요."

그러자 이발사 부부는 나를 힐끔 다시 쳐다보았고, 산삼 먹은 것처럼 몸에 열이 많이 난다는 60대 남자는 남다른 체력을 자랑하듯 팔뚝의 알통을 드러내며 가슴운동까지 했다. 그러면서 "나는 아무리 추워도 내복을 안 입어요. 내복을 안 입으면 장딴지가 시원해서 좋아요."라고 말했다. 이발사 아내는 손님의 턱 면도를 하면서 재미있다는 듯이 남편 이야기를 또 꺼냈다.

"저는 연애 시절에 내복을 선물한 적이 있어요. 저 이가 어찌나 좋아하던지… 처녀가 총각한테 왜 그런 선물을 했는지, 지금 생각하면 웃기는 선물이죠?"

웃기는 선물이라고 굳이 말을 하지 않아도 나는 이발사 아내의 말이 너무 재미있고 우스워서 큰 소리로 웃었다. 사랑하는 남자친구에게 내복을 선물한 아가씨가 있었다니, 그런 선물을 받은 남자는 얼마나 행복한 사람인가 싶어 내가 말했다.

"참으로 행복한 남편이네요." 내복을 겹으로 껴입고 사는 남편이라고 아내가 흉도 아니고 그렇다고 칭찬도 아닌 말을 했을 때, 민망해하던 표정과는 달리 나의 덕담 한마디에 이발사의 얼굴이 금세 환하게 펴졌다. 내가 그의 우군友軍이 돼준 데 대한 표정 변화였다.

예전엔 첫 월급을 받으면 가장 먼저 어머니 빨간 내복을 사다 드리는 전통이 있었다. 그래야 복을 받는다고 해서 나 역시 첫 봉급을 받아 어머니 내복을 사드린 기억이 난다. 이발사의 아내는 연애 시절 사랑하는 남자에게 내복을 선물해서 저렇게 정情 좋게 같은 일터에서 재미있게 살아가나 보다 생각하고 있는데, 이발사가 갑자기 내 어깨를 주물러주는 것이 아닌가.

그렇잖아도 어깨가 뻐근했는데, 지압 전문 안마사 못지않게 이발사가 양 어깨를 힘주어 주물러주니, 시원하고 기분이 좋았다. 동네 이발소에서 이런 특별 서비스를 받는다는 것은 극히 드문 일이었다. 이발사가 내게 남다른 동지애(?)를 느낀 걸까?

"안녕히 가세요." 그 어느 때보다 따뜻한 이발사 부부의 '합창 인사'를 받으면서 이발소를 나서는데, 골목에선 여전히 내복 장수의 확성기 소리가 들려왔다. 갑자기 선친 생각이 났다. 아버지가 살아 계신다면 저렇게 따뜻한 내복 한 벌 사다 드리면 얼마나 좋아하실까. 노년에 이따금 하시던 말씀이 생각난다.

"나이가 들면 무릎에서 찬바람이 나는 법이어. 무릎에서 찬바람 날 땐

우족牛足이 제일이어. 가마솥에 푹 고아서 약 되게 한 번 먹어봤으면……."

당시 불효자식은 나이가 어려 그 말씀이 무슨 말씀인지 이해가 잘 안 됐다. 오늘날 같으면 매일이라도 연로하신 부모님 모시고 곰탕집에 갈 수 있을 텐데…….

골목에서 내복 장수의 확성기 소리가 더 크게 들려왔다. 요즘 풍족하게 살아가는 도심의 가정에서는 '무릎에서 찬바람 나는 노인'이 안 계신 걸까?

(2019.01.30.)

기일忌日과 생일生日

» 오늘은 어머니 기일忌日이자 아내의 생일生日이다. 매년 그러하지만 오늘은 내게 어느 한 가지도 소홀히 할 수 없는 중요한 가족행사이기에 하루 역사를 기록해 둔다.

아내의 생일은 공교롭게도 어머니 기일과 겹쳐 크게 떠벌이거나 내세우지 못하고 조용히 치르게 된다. '치른다'는 표현이 좀 거창하지만 사실은 아침 밥상머리에서 자식이 사온 생일 케이크를 조용히 자르고 미역국을 먹는 것으로 그친다.

어머니 제삿날 합창하듯 축하 노래를 부를 순 없지 않은가. 하지만 나는 어머니의 기일도 중요하지만 아내의 생일도 소홀히 할 수 없다. 설령 소홀히 넘긴다 해도 아내는 서운해하지 않고 어머니 제사를 우선시하다 보니 그리 됐구나 하고 너그럽게 양해해주니 고맙긴 하다.

아침 밥상머리에서 자식이 사온 생일 케이크에 불을 밝히고 촛불을 끌 때, 나는 박수 대신 옷깃을 여미고 경건하면서도 엄숙하게 몇 마디 기도문처럼 중얼거린다.

자식들도 나의 그런 기도문을 기다린다. 매년 똑같은 내용이지만 올해는 뭔가 다른 말씀도 한마디 나오지 않을까 은근히 기대하는 자식들의 눈치도 보인다.

암, 그렇지! 그러니, 오늘은 감사하는 뜻만 짧게 말하자. 이른 아침 직장 출근 준비에도 바쁜 며느리가 시어머니 생신이라고 미역국도 끓여왔고, 불고기도 정성껏 만들어 왔으니, 아내를 향한 생일 축하의 말보다 며느리 수고에 대한 고마움 표시가 먼저다.

며느리로서 당연한 의무라고 생각해 대수롭지 않게 넘어가도 좋겠지만 나는 그렇게 단순하게 생각하지 않는다. 미역국을 먹으면서도 며느리가 고마웠고, 불고기를 먹으면서도 며느리 정성이 가슴으로 느껴졌다.

충청남도 청양靑陽 선영에 잠드신 어머니 산소를 찾아갔다. 누님과 형수님이 정성껏 준비한 제물을 차려 놓고 절을 하면서 나는 축문 대신 용서를 빌었다. 누님도, 형수님도, 아내도, 무릎을 꿇고 나의 '어머님 전 상서' 편지글 낭독에 귀를 기울였다.

◀ 부모님(父: 尹炳瑞 母: 李今順) 산소 山所 - 음력 3월 14일은 어머니 기일忌日이다. 어머니는 생시에 "자식들 고생 시키지 않으려면 엄동설한보다는 꽃 피는 따뜻한 봄날 가고 싶다."고 말씀 하셨다. 어머니 뜻대로 온갖 꽃망울이 터지는 따스한 봄날 꽃가마 타고 가셨다. 매년 어머니 기일에는 환상적인 칠갑 산 가로수 벚꽃 길을 지나 어머니 산소에 이른다. 부모님 산소山所는 자식과 부모 간의 '대화 장소'이다. 자식은 잘한 것은 칭찬받고, 잘못한 것은 용서 비는 곳이다. 아버지는 돌아가신 뒤에도 여전히 엄격하시고, 어머니는 돌아가신 뒤에도 여전히 자애로우시다. 자식이 부모님 산소를 찾는 이유 중 가장 큰 덕목은 귀한 가르침 얻어 오는 데 있다. 경건한 마음으로 두 번 절하고 부모님을 정중히 뵙는 일은 '내 안의 스승'을 만나는 일이다. 산소를 다녀올 때마다 무엇이든 깨달음 하나 가슴에 품고 오는 자식이 '사후 효자死後 孝子'다.

"어머니, 오늘이 돌아가신 지 30년 되는 해입니다. 매년 찾아오는 기일이지만 올해는 어머니 앞에 더 큰 용서를 빌고 싶습니다. 살아생전에 못다한 효가 날이 가면 갈수록 더 커지는 것은 무슨 까닭인지 모르겠습니다.

살아생전에 불효는 핑계도 많았습니다. 그럴 만한, 그럴듯한 이유가 참 많았습니다. 형편이 너무 어려워서, 아직 철이 덜 들어서, 하필이면 그때 무슨 일이 닥쳐서 등등 효를 제때 다하지 못한 핑곗거리도 많고, 변명 같은 소리도 많았습니다.

하지만 말없이 굽어보시는 어머니는 다 용서해주셨습니다. 자식이기에 용서해주시는 것이지요. 부족한 자식이기에 딱하게 바라보시며 용서해주시는 것입니다.

오히려 '너희들 대견하다', '그만하면 잘 사는 것'이라고 따뜻한 위로와 격려를 아끼지 않으시는 자애로운 우리 어머니.

그런데 어머니! 살아생전에 불효한 자식이 오늘은 더욱 사무치게 슬픈 마음으로 눈물 흘리며 용서를 빕니다.

다름 아니라 교육자로서 한평생 보람 있는 일을 많이 했던 장형이 천수를 다하지 못하고 갑작스런 병고에 시달리다가 세상을 떴고, 험한 바다에서 한평생 파도와 싸우며 해양경찰 임무를 성실하게 수행했던 셋째 형이 현직에 있을 때 얻은 병마로 인해 퇴직 후에 좋은 세상 즐기지도 못하고 너무 앞서 세상을 떠버리는 큰 불행을 당하고 보니, 어머니 앞에 자식으로서 기가 막히고 죄스럽기 그지없습니다.

인명人命은 재천在天이라지만 좋은 세상 좀 더 누리지 못하고 먼저 간 형들 생각하면 야속한 게 하늘입니다.

지난 한 해 자식, 손자에게 자랑거리도 많았고, 저 역시도 축하받을 일이 있지만 어머니는 제가 고告하지 않더라도 다 알고 계시겠지요? 살아가면서 불행한 것만 있는 것도 아니고 때론 좋은 일도 있으니, 어머니는 그런 인생사 명암明暗을 이미 다 파악하시고, 오늘 우리가 찾아오면 눈물 흘리지 말고 모쪼록 웃고 가라고 하시겠지요? 불행한 일들은 다 저희들 불찰이고, 좋은 일은 다 어머니 음덕입니다."

이렇게 어머니 산소 앞에 엎드려 절을 하고 음복을 하는데, 칠순의 누님이 동생의 눈물을 거두게 하고, 올케들도 웃게 하려고 한말씀 하셨다.

"오늘은 준섭이 엄마 생일이지? 아무도 생일잔치 안 차려줘도 서운하게 생각하지 마. '생일 떡'만큼은 산소에서 이렇게 꼭 빠뜨리지 않고 매년 얻어먹잖아. 그게 다 복이고 어머니 덕분이어!"

매년 듣게 되는 누님의 덕담이지만 아무리 거듭 들어도 내 귀엔 듣기 싫지 않은 위로의 말씀이었다. 아내도 과연 그럴까?

나중에 안 사실이지만 아내가 평소 못 보던 색다른 옷을 입고 있었다. 60대 후반 할머니인 아내에게 딱 어울리는 품위 있는 색상의 재킷이었다. 속 깊으신 누님이 생일 선물로 살짝 주고 가신 것으로 짐작됐다. 누님은 동생 내외를 위해 이렇게 늘 세심하게 마음 써주시는 것이 꼭 어머니와 같다.

(2018.04.29.)

🖋 진정 '성공'을 말할 수 있는 사람들

» 초록의 계절 6월에 내 고향 청양靑陽의 벚나무 가로수 길을 승용차로 달리면 '후두둑 뚝뚝' 우박 같은 소리가 천지 사방에서 들린다. '버찌 떨어지는 소리'이다.

국토교통부가 선정한 '한국의 아름다운 길' 100선 중 한 곳인 '청양의 명물도로'. 지난 주말에 이곳을 달렸다. 초등학교 동기동창회기 칠갑산 자락에서 열린다기에 제백사除百事하고 나섰다.

50여 년 만에 만나는 개구쟁이 친구들. 나는 그들을 만나기 위해 이곳에 달려오면서 '버찌 떨어지는 소리'에 일찍이 느껴보지 못한 내 고향 산골길의 야릇한 신비감을 몸으로 느꼈다.

칠갑산 아래 천년고찰 장곡사가 있다. 장곡사 들어가는 길가엔 '장승공원'과 '콩밭 매는 아낙네 상'이 있다. 바로 '콩밭 매는 아낙네 상' 옆에서 초등학교 동창회가 열린 것도 특별한 의미가 있었다.

뒤늦게 안 사실이지만 그곳에서 음식점을 경영하는 여주인도 동창생이라고 하니, 더욱 놀랍고 반가웠다. 내가 그녀에게 말했다. "크게 출세했네요. 칠갑산으로 시집와서 이렇게 성공한 사업가가 됐으니……" 그러자, 순박한 내 고향 '청양 아줌마 티'가 살짝 묻어나는 수줍은 표정으로 "이게 뭔 출세래요? 나보다는 다른 친구들이 모두 훌륭하게 출세하고 성공했지……."

불판에 삼겹살을 듬뿍 올려주며 50년 만에 만난 여자 동창생은 겸손하게 말했다. 이렇게 뜻깊은 자리에서 자연스럽게 '출세와 성공'이라는 말이 나오고 보니, 궁금했던 옛 친구들의 안부와 더불어 신상파악(?)도 절로 됐다. 진정 '출세와 성공'의 주인공이 누구인지 몇몇 친구들의 인생 내력도 들었다.

돌이켜보면 60대 후반 인생을 살아가는 우리 세대 동창생에게 '출세'란 말의 의미는 각별하다. 군수나 국회의원, 장관이 되는 것이 '출세'가 아니었다. 보릿고개를 겪으면서 힘들게 살아온 친구들에게 '출세'란 가슴에 맺힌 '가난의 한'을 자력으로 극복할 수만 있다면 가슴에 훈장처럼 붙여줄 수 있는 말이었다. 소박하지만 그만큼 갈망해온 굳은 의지의 표현도 없었다.

조상으로부터 물려받은 것이라곤 가난밖에 없다던 시골 소년소녀들. 그들은 누굴 원망하지 않고 악착같이 일하여 자수성가自手成家했다. 도시로 나가 궂은일을 닥치는 대로 하면서 돈을 벌어 출세한 친구도 있었지만, 한평생 고향을 지키면서 '새 농민상'의 주인공이 된 친구도 빼놓을 수 없는 '성공신화의 주역'이다.

지역의 고소득 특산물인 멜론을 최초 입식했고, 작목반을 구성하여 이른바 '명품 청양 멜론'의 진가와 명성을 떨친 친구도 있다. 그가 '새 농민상'을 탔다는 언론보도를 보고 필자도 반가워 축전祝電을 보낸 적이 있다. 그야말로 빈농의 자식으로 태어나 무에서 유를 창조한 영농신화의 주인공이었다. 그는 크고 작은 기관·단체장의 상을 거의 다 탔으며, 신문과 방송에도 '혁신적인 농사꾼'으로 소개됐다.

"그런데 아직 대통령상만 못 탔다네!" 또 다른 친구가 그를 향해 우스갯

소리를 하니, "그건 나중에 '인생 피날레'를 장식하려고 남겨놨어!"라고 농담하여 좌중이 모두 부러워하면서 감탄했다.

보릿고개 시절 무작정 상경하여 공장 일에서부터 온갖 어렵고 힘든 일을 하면서 행복한 가정을 이룬 여자 동창생의 '인생 스토리'도 눈물 없이 들을 수 없었다. "가난했던 옛 시골생활을 생각하면 눈물이 나. 정말 너무 곤궁해서 어린 나이에 마음에 상처도 많이 받았어. 그래서 어떻게든 가난에서 벗어나 보려고 억척스럽게 살았지. 남들처럼 공부하지 못한 것이 가장 가슴 아프고 평생 한이 됐어."

그녀의 눈가에서 눈물이 주르륵 흘러내렸다. 내가 손수건을 꺼내 닦아 주려 하니, 괜찮다며 말했다. "이젠 살 만해. 결혼한 자식들도 다 잘살고 있고, 착한 사위도 내게 아주 잘해."

나는 이쯤에서 과연 우리에게 '행복의 정의'를 내릴 자격을 가진 사람들이 누군가 생각해 보았다. 바로 자랑스러운 당신들, 내 친구들이라고 말해주고 싶었다. 역경과 고난을 성실과 인내로 견뎌온 '인간 승리'의 아름다운 주인공들. 그들의 눈물 어린 '과거사 회상'은 우리나라 현대사의 생생한 육성 기록이었다.

그렇다면 이제 남은 생애 어떻게 살아야 하나. 건강한 모습의 친구들은 반가웠지만, 최근에 유명幽明을 달리한 친구도 3명이나 있었다. 우리는 그들의 이름을 하나하나 불러보면서 명복을 비는 묵념을 했다.

'노년의 행복'을 위해선 숙제가 남아 있다. 더 큰 욕심은 부질없으므로, '노년 4고(苦: 가난, 질병, 고독, 하고 싶은 말 제대로 못하고 사는 것)'를 극복하고, 즐겁고 건강하게 사는 일이 가장 큰 명제라고 모두들 입을 모았다. 칠갑산 자락 천년고찰 장곡사 골짜기에서 불어오는 청정바람이 '무욕無慾의 가르침'이 되어 폐부 깊숙이 스며들었다.

(『한국문학시대』 2018 가을호)

▲ **청양 장평초등학교 제29회 동기 동창생들** - 전국 각처에서 50여 명의 동기 동창들이 모였다. 60대 후반의 할머니, 할아버지들이지만 옛 시절을 회상할 때는 모두가 천진난만한 소년·소녀들이었다. 어려웠던 보릿고개 시절을 성실과 인내로 잘 극복하여 '성공'한 친구들도 많았다. (2018.06.09. 칠갑산 '장곡사 가는 길목'에서)

어느 노학자의 여행기에서 발견한

'나라꽃 무궁화'

문학평론가 송백헌 박사의
『해외 여행기』를 읽고

» "박사님, 이것 좀 보세요. 참으로 놀라운 사진입니다."

대전문인총연합회 연초 모임에서 송백헌 박사(문학평론가, 충남대학교 명예교수)에게 내가 스마트폰 사진을 보여드리면서 감탄하는 말이었다.

소주잔이 오가는 술자리는 왁자지껄하기 마련이다. 약주 좀 드실 줄 아는 지역 문인 20여 명이 자리를 함께하다 보니, 바로 옆자리 사람과도 큰 목소리로 말하지 않으면 잘 들리지 않을 만큼 술자리는 분위기가 한껏 고조된 상태였다.

"뭔 사진인가요?"

송 박사님이 곁에 바짝 다가앉으면서 물었다. (여기서 잠깐, 송 박사 옆에 가까이 앉게 된 까닭부터 설명할 필요를 느낀다.) 사실, 이런 모임에서 나는 송 박사의 옆자리에 앉기를 좋아한다. 그분의 옆자리에 앉으면 무엇이든 한두 가지 새로운 정보나 유익한 이야기를 들을 수 있어 좋다. 격의 없이 소탈하게 전해주는 말씀도 구수하거니와, 그분의 책에서 읽을 수 없는 '비하인드 스토리'도 재미있고 유익하니, 이런 돈 안 들이고 얻어가는 '공짜 강의'가 어디 있나?

그뿐이 아니다. 내가 송 박사를 남달리 좋아하고 존경하는 것은 그만한 이유가 있다. 팔순을 훌쩍 넘긴 연세임에도 총기聰氣가 뛰어나 '걸어 다니는 백과사전'이라는 애칭이 늘 따라다닌다. 지역 문인들의 웬만한 프로필은 죄다 꿸 뿐 아니라 본관本貫이며, 이름을 떨친 조상까지 기억해낸다. 공식적인 칭호는 '문학박사'지만 '만물박사'라 불릴 만큼 역사와 지리, 풍속 분야에도 박학다식博學多識하고, 무불통지無不通知한 학자다. 풍부한 유머에 재담才談도 뛰어나니, 그분과 함께 있으면 엔도르핀이 솟는다.

모임에 가면 으레 그분이 내 손목을 이끌고 "윤 선생, 내 옆으로 와 봐요. 하고 싶은 말이 많아요."라고 말씀하실 때가 많지만, 오늘 이 자리에선 내가 먼저 그분의 옆자리에 자진해서 앉았다. 오늘은 '내가 드리고 싶은 말씀'이 많아서였다.

"이게 어떤 사진인 줄 아시지요? 송 박사가 오래전에 제게 주신 여행기 『삿포로에서 카사블랑카까지』에 나오는 사진입니다."

송 박사는 신기한 듯 내가 보여드리는 스마트폰 사진을 유심히 살펴보았다. 송 박사가 내게 준 저서에서 인상 깊게 읽었던 한 대목을 밑줄 긋고 사진 찍어뒀던 것이다.

◀ **면암 최익현 선생 순국비** - 송백헌 박사의 여행기 『삿포로에서 카사블랑카까지』에 나오는 사진이다. '순국비殉國碑' 뒤편으로 '나라꽃 무궁화'가 보인다.

최익현 선생 순국비
충남 청양군 목면 송암리에는 최 선생의 위패를 모신 사당 모덕사(慕德祠)가 있고, 예산군 광시면 관음리에는 그분의 묘소가 있다.

"면암 최익현 선생 순국비, 이 사진을 보면 비석 뒤편에 활짝 핀 무궁화가 보이지요? 저는 이 사진 한 장이 갖는 상징성이 대단히 크다고 보았어요. 얼마나 귀한 사진인가요. 저는 독자의 한 사람으로서 송 박사님 여행기 중에서 이 사진이 최고 가치 있는 사진으로 봅니다. 나라꽃 무궁화를 누가 면암 선생 비석 뒤에 심어놨는지, 놀라운 일이고, 그 의미가 각별해요."

그러면서 일본 땅 슈젠지[修善寺]에 세워진 면암 최익현 선생 순국비를 언급한 송 박사의 여행기 한 대목을 내가 읽었다.

"최익현 선생은 한말의 대유학자이자, 정치가요, 구국항일투쟁의 상징인물로 익히 알려진 분이다. 그는 1906년 말에 이곳에 강제로 유배되어 오면서 신발 속에 우리 땅의 흙을 집어넣어 일본 땅은 절대로 밟지 않겠다는 의지를 보였다. 그 후 이곳에 와서 일본이 주는 음식을 먹지 않고 끝내 1907년 1월 1일 숨을 거두었다."

이 대목에 이르러 나는 송 박사에게 "애국심과 지조라는 말 한마디로 그분을 추앙하기엔 부족하다"고 말씀드렸다.

일본 땅에 강제로 유배되어 오면서 신발 속에 우리 땅의 흙을 집어넣어 왔다는 대목을 보라. 이런 이야기를 어디서 듣는가? 백 마디 애국을 가르치는 것보다 이 한 마디 대목을 읽으면 '나라 사랑 정신'이 온전히 전이轉移되는 것 같아서 가슴이 아려온다. 여기서 그치지 않았다.

이 여행기에는 내 고향 충남 청양에 면암 선생의 위패를 모신 모덕사慕德寺가 있다는 사실도 소개하고 있다. 여기서 내가 송 박사에게 여쭈었다.

"면암 최익현 선생의 종손 최창규崔昌圭(전 독립기념관장, 충남 청양 출생) 교수와 송 박사님이 세의世誼로 맺은 친구여서 이곳에 올 때마다 감회가 남다르다고 하셨잖아요? '세의'란 '대대로 사귀어 온 정情'을 뜻하는데, 송 박사님과 최창규 교수와 그렇게 깊은 인연을 맺고 살아오셨군요." 그러자 송 박사는 "그래요. 최 교수와는 대대로 각별한 인연이지요. 최 교수가 사문학회斯文學會(우암 학문을 추앙하는 학회) 회장도 지냈어요. 1970년대 초에 우암 종중에서 우암 선생의 학덕을 추모하기 위하여 사문학회를 만들어 사무실을 인사동에 두었는데, 그때 최 교수가 회장을 맡았습니다.

송 박사의 본관本貫은 은진恩津이다. 조선 후기 성리학자 우암尤菴 송시열宋時烈 후손이다. 머리 좋은 학자 가문의 후손답게 오늘날 송 박사가 펴내는 훌륭한 저서들도 현세現世뿐 아니라 먼 훗날까지 귀중한 사료적 가치로 인정받으리라 믿는다.

마침 삼일절이 다가오는 시점이다. '독서여행'을 즐기는 독자의 한 사람으로서 일본 땅에 세워진 면암 최익현 선생의 순국비를 송백헌 박사의 여행기를 바탕으로 단편적이나마 살펴볼 수 있었던 것은 매우 의미 있는 일이었다.

이밖에도 이 여행기에는 공무 출장, 또는 동료 교수들과 단체 여행, 자녀들이 보내준 효도 여행까지 무려 40여 개국의 여행기를 담고 있다. 여행기 어느 쪽을 펼쳐봐도 그 지역의 역사와 문화·전통까지 상세하게 기술돼 있어, 해외여행을 계획하고 있는 사람에게는 한 번쯤 읽어보길 권한다. 해외여행도 그 나라에 대한 깊이 있는 상식과 지식을 가지고 떠난다면 더욱 의미 있는 여행이 되리라 믿는다.

우편물이 또 도착했다. 송백헌 박사가 보내준 『해외 여행기 두 번째 이야기–파타야 해변에서 별을 헤다』이다. 이 책에는 또 어떤 풍부한 여행지식과 그동안 내가 몰랐던 의미 있는 이야기가 숨어 있을지, 자못 기대를 가지고 열어본다.

(2019, 『한국문학시대』 봄호)

이 글을 충남 청양 장평초등학교 선배이자 '올바른 역사를 사랑하는 모임(올사모)' 회장인 낙암樂庵 정구복鄭求福 교수에게 보여드렸더니, 이런 귀한 답 글을 주었다.

"송백헌 교수님은 제가 존경하는 분으로 잠깐 동안이지만 충남대학교에서 함께 모시고 지냈습니다. 송 교수님의 해학諧謔은 잊히지 않습니다. 윤 선생님의 소개가 참으로 인상적입니다. 재미있게 읽었습니다. 새해에 많은 글을 보여주시고 건승하시기를 두 손 모아 바랍니다."

정구복 박사의 답 글 중에 송백헌 박사와 과거 충남대학교에서 같이 근무하였다는 대목이 있어, 다시 송백헌 박사에게 안부 겸하여 전해드렸더니, 송 박사께서 바로 답글을 주었다.

"정구복 교수는 내가 충남대학교 재직할 때 전북대학교에서 충남대학교로 전입해 와서 설진하게 지낸 사이였습니다. 뒤에 정신문화연구원(지금의 한국학중앙연구원)으로 전출을 갔지만, 그 교수의 학구적인 태도나 어머니에 대한 효성은 대단했습니다. 언젠가 읽은 기억이 있지만, 어머니의 생애를 어머니가 살았던 역사적 배경을 깔고 서술한 일대기여서 오래도록 남을 '효도 교과서'라고 칭할 만합니다. 윤승원 선생님도 가지고 계시리라 믿습니다만, 만약 받아보지 못하셨다면 한 권 달라고 해서 읽어보세요. 꼭 읽어야 할 책이니까요. 내가 가지고 있던 책은 대전문학관에 기증하였기에 그 책 제목을 잊었군요. 건필을 기원합니다."

송 박사는 이런 메일을 내게 보내주고 나서 곧바로 전화를 주셨다. 정구복 박사의 저서 『우리 어머님』을 읽었느냐고 물었다. "동향同鄕 선배님의 저서여서 저도 그 책을 받아 읽었어요."라고 했더니, "그냥 예사 책이 아니라 어머니에 대한 극진한 효심을 담은 책이지요. 역사 전공 학자답게 시대적 배경도 체계적으로 잘 담아놓은 훌륭한 책"이라고 거듭 칭찬을 아끼지 않았다.
이런 귀한 말씀을 전해 듣고 혼자 간직할 수 없어 다시 정구복 박사에게 한 자도 빠뜨리지 않고 그대로 전해드렸다. 정구복 박사 역시 가만히 계실 리 없었다. 내게 이런 답 글을 또 주었다.

"윤 선생님! 그대를 삼족오三足烏에 비유한다면 실례가 되는지요. 그러나 오해는 하지 마시고 좋게 이해해주세요. 50년 전의 송백헌 박사와 저를 그렇게 연결해주시고, 그 만남의 중심에는 청양 모덕사慕德寺의 '면암이야기'에 청양과 대전, 용인(*필자주: 정 박사 거주지) 그리고 일본까지, 시공時空을 따지면 수백 년(우암까지), 수만 리의 거리를 그렇게도 쉽게 연결해주시는 '전령의 신 삼족오'에 비유합니다. 윤 선생님도 아시겠지만 '삼족오'는 고구려 고분벽화에 나오는 발이 셋인 까마귀로, 지상의 인간과 천상의 해와 달을 연결해주는 전령의 상징입니다. 그 연결의 고리가 그처럼 문학적이어서 더욱 존경스럽습니다."

▶ **아들이 그려준 삼족오三足烏** – 서양화가인 아들[鍾運]이 정 박사와 내가 나눈 이야기를 듣고 "문학적인 비유가 멋있고 재미있다"면서 '삼족오'를 그려줬다. 태양에 살면서 천상의 신들과 인간세계를 연결해주는 신성한 상상의 길조라고 하니, 신비감이 든다.

이렇게 과분한 답 글을 받고 필자 역시 가만히 있을 수 없었다. 마무리 인사를 드려야 도리일 것 같았다.

"참으로 멋진 비유! 영광입니다. 하지만 과분합니다. 문학, 특히 '수필'이란 바로 거창한 시대적 담론을 담는 것이 아니라 이렇게 작지만 따뜻한 인연과 끈끈한 정이 묻어나는 인간애를 순수한 가슴으로 나누는 아름다운 작업이 아닌가 생각합니다. 두 분 학자님 존경합니다. 사랑합니다. 따뜻한 답신 글월에 감동합니다."

(2019.01.31.)

대전 만인산 '별난 호떡'

» 언론인 J 선생(G일보 전 논설실장)과 점심을 같이 했다. 점심 후엔 바람도 쐴 겸 금산에 갔다. 특별히 무슨 볼일이나 행사가 있어 그곳에 간 것이 아니다. 그분과는 가끔 만나 점심을 함께하는 사이로, 식사 후엔 으레 산책하면서 세상 돌아가는 이야기를 나누곤 한다.

J 선생과의 인연은 과거 공직 퇴임 후 지방 일간지 논설위원으로 사실과 칼럼을 집필할 때부터 시작됐다. 그분과 남달리 친숙하게 지내는 것은 세상사를 논하며 호흡을 맞춰 글을 써온 것 때문만은 아니었다.

알고 보니, 그분은 나와 동갑인 데다가 학창시절 그분이 내 장형의 제자이기도 해서 남다른 정을 느끼면서 지내게 됐다. 물론 그분의 소탈한 인품이 좋아 종종 식사를 함께하는 것도 빼놓을 수 없는 만남의 이유다.

오늘도 그분의 연식 오래된 검소한(?) 승용차를 타고 대전을 벗어나 교외로 바람 쐬러 가게 되니, 세상만사 아무런 걱정거리 없이 동심처럼 즐거웠다.

그분과 한참 얘기를 나누다 보면 어디 숨었다 나오는 이야기보따리인지 비밀스러운 체험담도 끝없이 이어진다. 공개 못 할 '특종거리'일수록 더욱 재미있다. 돌이켜보니까 '재미있는 이야기'이지, 당시엔 황당하고 어처구니

없어 한숨 쉬었던 삶의 에피소드가 대부분이다.

격변의 파란만장했던 한 시대를 그분은 신문기자로, 나는 경찰관으로 별의별 특이한 경험을 다 하면서 살아온 동년배로서 이젠 서로를 존중하면서 노년의 길을 쓸쓸하지 않게 걸어가려고 노력한다. 이 나이에 무슨 욕심이 있으랴.

세상사 담론이든지, 사소한 개인사이든지 둘 사이 오갈 수 있는 이야기는 거리낌이 없다. 티끌만 한 이해관계도 없이 정담을 나눌 수 있는 사이가 됐다.

점심시간에 나눈 이런저런 '웃기는 얘기'를 다 소개하긴 어렵고, 돌아오는 길에 만인산萬仞山 자연휴양림에 들러 '호떡 사 먹은 얘기'나 할까 한다. 만인산 자연휴양림 호떡 가게는 언제부턴가 맛있기로 유명하다. 이름도 특이하다. '봉이 호떡'.

그분은 어딜 가든지 '입가심'하길 좋아한다. 촌놈인 내가 좋아하지 않는 쓰디쓴 아메리카노 커피도 외국 여행을 자주 다녀서 그런지 잘 마시고, 각종 탄산음료도 가리지 않는다. 나는 점심에 과식해서 아무런 생각도 없는데, 그분은 달랐다. 여기까지 와서 그 유명하다는 봉이 호떡을 안 사 먹고갈 순 없다면서 줄을 섰다.

호떡 한 개 사 먹기 위해 노년의 언론인이 젊은이들의 뒤에서 느긋이 순서를 기다리는 모습도 볼만(?)했다. 영하의 날씨에 바람도 매우 차가웠는데, 인내력을 가지고 줄을 서서 기다렸다.

한참 후에 그분이 호떡 두 개를 사 들고 만면에 웃음을 머금은 채 내게로 다가왔다.

▲ 대전 만인산 '봉이 호떡'

나무 의자에 마주 앉았다. 방금 철판에서 나온 호떡이라 매우 뜨거웠다. 조심스럽게 먹을 수밖에 없었는데, 그분은 마치 동심(?)처럼 즐거운 표정으로 나보다 훨씬 빠른 속도로 순식간에 거의 다 먹어가고 있었다. 내가 말했다.

"유명한 호떡이라 그런지 식감이 바싹하고, 고소하네요. 속에 잣도 들어있네요. 그런데 호떡이란 것은 속에 뜨거운 단물이 있어 조심해서 먹지 않으면 자칫 낭패 보게 되지요. 검은 설탕물이 흘러나오지 않게 조심해야 합니다."

과거 무수히 경험했던 낭패담을 마치 혼자만 알고 있는 듯 '주의 사항 당부'처럼 말하자, 그분도 ('나도 잘 알아요, 조심할게요.'라고 속으로 말하고 싶은 듯) 고개를 끄덕였다.

"앗!"

그런데 이게 어찌 된 일인가. 나의 '주의 사항'이 끝나자마자 갑자기 그분이 소릴 질렀다. 호떡 한 개를 거의 다 먹어갈 즈음, 호떡에서 나온 검은 설탕물이 주르륵 바짓가랑이로 흘러내렸다.

순간, 호주머니를 뒤져봐도 물티슈도, 화장지도 없어 난감하기에 응급조치로 내가 들고 있던 호떡을 담아온 사각의 종이 그릇으로 옷에 흥건히 고인 설탕물을 닦았으나 '찐득한 액체'는 바지에 그대로 스며들었다. 하지만 그분은 평소 소탈하고 호방한 성품대로 "괜찮아요!"라고 말하면서 껄껄 웃었다.

나도 덩달아 웃음이 나왔지만 조금만 웃었다. 남의 낭패를 즐거워하는 것 같아서….

호떡을 다 먹고 나서 경관 좋은 멋진 산책로를 함께 걷고 싶었는데, 순간적으로 그분의 모습이 보이지 않았다.

내가 두리번거리고 있는데, 주차장 쪽에서 그분이 내게 손을 흔들었다. 차량에 비치된 물티슈가 필요했던 것이다. 그분은 옷을 손질했고, 나는 길가 바로 옆에 세워져 있는 '정훈 시비 「머들령」'을 크게 낭송했다.

요강원을 지나 / 머들령 / 옛날 이 길로 원님이 내리고 / 등짐장사 쉬어 넘고 / 도적이 목 지키던 곳 / 분홍 두루막에 남빛 돌띠 두르고 / 할아버지와 이 재를 넘었다 / 뻐꾸기 자꾸 울던 날 / 감장 개명화에 / 발이 부르트고 / 파랑 갑사댕기 / 손에 감고 울었더니 / 흘러간 서른 해 / 유월 하늘에 슬픔이 어린다

▲ 정훈 시비 「머들령」

명시名詩다. 대전 출신 정훈丁薰 시인(1911~1992)의 대표작이다. 시구詩句에 나오는 '도적이 목 지키던 곳' 대목을 다시 읊으며 우리는 그 옛날 바로 요 자리에서 도적에게 돈 뺏기던 장꾼들의 허탈과 설움에 관해서도 이야기했다.

시 한 수 음미하고 곧바로 그곳을 떠났다. 그분이 정작 안내하고 싶은 곳은 따로 있는 듯했다. 내가 처음 가보는 숲 속의 '민속박물관'이었다. 아무도 모를 것 같은 좁디좁은 산골짜기로 들어가니, 널따란 주차장엔 차들이 꽉 찼다.

작은 민속박물관이지만 옛사람들의 각종 장신구에다 크고 작은 수많은 맷돌, 다듬잇돌, 돌확 등이 이곳만큼 다량으로 잘 보존된 곳은 드물 것이다. 특히 엄청난 수량의 다듬잇돌을 마치 돌탑처럼 차곡차곡 쌓아 놓은 곳에서는 감탄을 자아냈다. 대전에서 40년 넘게 살았는데도 이런 산골짜기에 민속박물관이 있는 줄 처음 알았다.

▲ 옛터 민속박물관

생소했다. 마치 낯선 여행지에 온 것처럼 내 눈엔 신기한 볼거리도 많았다. 기행紀行이란 새로운 여행 정보도 중요하지만, 남들이 느끼지 못한 나만의 경이로운 발견이나 신선한 깨달음도 중요하고 값진 것이다.

60대 후반 노년의 두 남자가 마치 어린아이처럼 호떡 한 개씩 사 먹고, 외딴 산속에 숨어 있는 민속박물관을 찾아 다듬잇돌과 맷돌 등을 살펴보면서 옛사람들의 고단한 일상을 새삼 느껴본다는 것은 의미 있는 일이었다.

두들기고 두들겨서 닳고 닳은 수많은 다듬잇돌. 찧고 찧어서 원형이 기형으로 변형된 수많은 돌절구. 갈고 갈아서 움푹 파이고 납작해진 맷돌도 있었다. 이 많은 돌 기구들을 어떻게 수집했을까. 드넓은 한밭[大田] 고을 전 지역에서 모조리 수집해 놓은 것만 같은 엄청난 수량의 돌 기구들이었다. 그분과 나는 특히 탑을 쌓듯 쌓아 놓은 다듬잇돌 앞에서 숙연해졌다. 옛 여인네들의 고단한 일상과 남모르는 한이 서려 있는 다듬잇돌. 방망이로 얼마나 두들겼으면 저리도 닳고 닳았을까.

돌확은 또 어떤가. 내 고향 청양 지방에서는 '학독'이라고도 불렀다. 그 단단한 화강암이 닳고 닳아 변형된 것도 많았다. 저 닳고 닳은 수많은 돌 기구들이 오늘날 우리에게 어떤 의미를 던져주고 있는가.

▲ 탑을 이룬 엄청난 수량의 다듬잇돌

집집마다 첨단 전자 제품이 그득하고, 무엇 하나 부족함이 없이 풍족하게 누리고 사는 이 편리한 시대에 닳고 닳아 원형조차 상실해 가는 저 돌 기구들이 무슨 의미가 있는가. 단순한 관광지 장식품인가, 특이한 볼거리인가. 그렇지 않다. 남의 나라 이야기가 아닌 우리의 역사다.

보리쌀 찧고, 매운 고춧가루 빻으면서 빈궁한 여인네들이 저 돌확 앞에서 흘린 눈물의 양量이 얼마인가. 저 서러운 돌 기구 속에 맺힌 옛 어머니, 누님들의 한과 눈물은 몇 동이였겠는가.

▲ 닳고 닳은 돌확과 맷돌

이제 어느덧 할아버지가 된 우리 두 노년의 남자는 그 어려웠던 보릿고개 시절을 생생하게 체험했다. 모두가 대수롭지 않게 지나쳐도 우리 두 남자는 이런 사연 많은 '옛터'를 예사로 지나치기 어려웠다.

세상은 놀랍게 발전하고 의식도 변했으나 돌이켜보면 무엇 하나 웃을 일이 없는 우울한 시대를 살아오지 않았던가. 어린아이처럼 호떡 한 개 입에 물고, 희희낙락했던 웃음이 그래서 사소하지만 소중한지도 모르겠다. 모처럼 이색 볼거리를 안내해주고, '별난 호떡' 맛의 여운이 오래 남도록 이런 글까지 쓰게 만든 언론인 J 선생께 감사드린다.

(2018.12.18.)

제2부 들어가며

대전문학관 기획전시 '중견작가전' 개막식에는 아내와 두 아들, 손자까지 참석했다. 그만큼 가족들에게도 의미 있는 문학행사로 인식됐다. 현직 교사이자 사진작가인 큰아들은 아비가 참여하는 문학관 전시행사 전 장면을 카메라에 담아 스마트폰 기념앨범을 만들어줬다. 서양화 작가이자 언론사 기자인 둘째 아들은 아비가 참여하는 개막식 전 과정과 작가콘서트 전 과정을 동영상으로 각각 제작해줬다. 한 편의 드라마와 같은 '영상자료집'이었다. 그럼에도 불구하고 이렇게 책에 문학관 행사 내용을 단편적이나마 수록하는 것은 또 다른 이유가 있다. 개인소장용으로 그치는 동영상과 앨범과는 달리 활자로 보여줌으로써 문학관을 찾지 못한 더 많은 독자들과 행간의 느낌을 공유하고 싶었던 것이다. 삶의 기록인 저술 활동은 글 쓰는 이의 기본적인 욕구다.

제2부

'전시 ·
낭송 ·
작가   대전문학관 중견작가전
           참여 작품
콘서트'

문학관 기획전시실로 들어가며

■ 대전문학관 기획전시 '중견작가전(2017.11.16.~2018.02.28.)'

"여기 전시된 글을 조용히 눈으로 읽는 것은 관람객들의 몫이지만 작품을 쓰게 된 배경과 잘 알려지지 않은 작가의 인생 스토리까지 독자에게 상세히 소개하는 것은 해설사의 몫이지요."

대전문학관 기획 전시실에서 안내를 맡은 한 해설사(시인)의 말이었다. 영광스러운 일이었다. 내 책이 독자의 손길이 미치지 않는 어느 서가에 꽂혀 먼지를 뒤집어쓰고 있거나, 한 가정의 좁은 방구석에서 이리저리 '처치 곤란' 물건쯤으로 천대받다가 급기야 폐지 수거 리어카에 실려가는 '불운의 운명'을 맞이하는 것보다는 얼마나 다행스럽고 호사스러운 일인가?

국가와 지방자치단체 재정으로 운영되는 공공시설 문학관文學館은 글을 쓰는 작가들에게 '화려한 무대'였다. 마치 무명가수가 세종문화회관 큰무대에 서는 것과 같은 심정이라면 지나친 비유일까. 그렇지 않다. 누구나 찾아와서 슬며시 훑어보고 조용히 나가는 곳이 아니었다. '작가의 소리·독자의 소리'라는 이름으로 문학콘서트도 열려 작품을 작가와 독자가 번갈아 낭송하고 문답도 하는 '글 마당'에 참여하는 일은 난생처음 경험하는 뜻깊고 멋있는 일이었다.

전시 기간 중 고마웠던 독자들도 많았다. 특히, 일선 경찰 지구대와 파출소에 근무하는 현직 경찰관들이 비번非番 날 동료 경찰관들과 함께 문학관을 찾아준 것은 참으로 반가운 일이었다.

정서가 삭막하다고 하는 일선 경찰관들이 문학관에 찾아와 시와 수필을 읽으면서 경찰 출신 수필작가의 삶의 애환을 경청해준 것은 참여 작가의 한 사람으로서 생애 가장 보람 있고 행복한 순간이었다.

그리고 보면 수필이란 일상의 편안함 속에서 행복을 넘치게 누리고 사는 사람의 몫은 아닌 것 같다. 긴급출동과 비상대기라는 늘 긴장된 상황에서 근무하고 있는 일선 경찰관들, 폭력적인 언어가 난무하는 거칠고 삭막한 직무현장에서 마음의 여유 없이 살아가는 경찰관들이 틈틈이 가까이해야 할 문학 장르가 수필이 아닌가 생각해 보았다.

대전문학관 전시 자료
방송됐던 수필작품 테이프와 각종 신문기사 스크랩, 작가 연보, 출간한 저서 등 작가의 문학 자료가 전시 작품과 함께 설치됐다.

🖋 대전문학관에서 만났던 귀한 분들

책 속의 글은 '독서'이고,
문학관 전시 수필은 '감상'이지요

"경찰 출신 수필작가의 작품과 작품세계가 6대 도시의 하나인 대전문학관 기획전시실에 소개된 것은 전국 초유의 일입니다."

전시관을 둘러본 여러 문인들과 전·현직 경찰관들의 남다른 관심 표명이었다. 관람객들은 입체적으로 전시된 나의 졸고를 읽으면서 '작가의 말'과 문학평론가의 '작품평'이 실린 도록圖錄에도 관심을 보였다. 도록엔 문학관측으로부터 받은 두 가지 질문에 대한 답변이 나온다.

■ 첫 번째 질문: 글을 쓴다는 것은 무엇인가요?

"아름답고 가치 있는 삶을 추구하기 위한 방편으로 글을 쓰지요. 글을 쓰면 '마음의 풍요'를 누릴 수 있습니다. 평범하지만 따뜻한 가슴으로 살아가는 사람들의 일상적인 소망을 글에 담으면 삶의 지표가 되기도 하고, 나침반이 되기도 합니다. 특히, 수필 쓰기는 삶의 기록에 그치는 것이 아니라 '인생에 대한 자기해석'이니, 가치의 재발견입니다. 저는 수필을 한자漢字로 쓸 때, '따를 隨' 자 대신 '닦을 修' 자를 써도 좋다고 생각합니다. 마음을 닦는 글, 또는 성찰의 글이라고나 할까요. 성찰과 각성의 눈으로 자신을 바라보면 인간 본연의 순수성을 발견하게 됩니다. 절차탁마切磋琢磨, 글쓰기의 묘미와 위대함이 거기 있지요."

◀ '대전문학 프리즘' 전시 작가 콘서트 도록 圖錄 – 도록엔 '두 가지 질문'에 대한 답변과 작품세계, 대표작 등이 실려 있다.

■ 두 번째 질문: 작품을 통해 하고 싶은 이야기는 무엇인가요?

"돈이 되는 것, 쾌락적인 것, 유별난 것이 아니고도 이 세상은 얼마든지 살맛 나는 가치가 있다는 것을 보여 줄 수 있다면 내 글은 성공한 글이라 생각합니다.

30여 년 치안 일선에서 밤이슬 맞으면서 살아온 경험에 의하면, 어째서 시와 수필을 읽지 않아도 될 사람은 가까이하고, 꼭 읽어야 할 사람은 외면하고 살아가는지, 왜 강력범과 패륜아의 집안에서는 진솔한 삶의 이야기가 담긴 수필집 한 권이 발견되지 않고 음란물과 폭력 영상물만 쏟아져 나오는지…….

내 글의 '사회적 효용가치'를 따져봅니다. 수필은 뜬구름 잡는 글이 아닙니다. 체험이 무르녹아야 글이 됩니다. 건강한 사회를 만드는 요소로 작용한다면 더욱 좋겠지요. 좋은 수필의 소재는 거창한 욕망의 바다에 있는 게 아니라 작지만 따뜻한 것에 있습니다."

◀ 영상 스크린 1 - 아름답고 가치 있는 삶을 추구하기 위한 방편으로 글을 쓰지요.

◀ 영상 스크린 2 - 글을 쓰면 '마음의 풍요'를 누릴 수 있습니다.

◀ **영상 스크린 3** - 평범하지만 따뜻한 가슴으로 살아가는 사람들의 일상적인 소망을 글에 담으면

◀ **영상 스크린 4** - 삶의 지표가 되기도 하고, 나침반이 되기도 합니다.

◀ **영상 스크린 5** - 특히, 수필 쓰기는 삶의 기록에 그치는 것이 아니라 '인생에 대한 자기해석'이니, 가치의 재발견입니다.

　대전문학관 기획전시실 입구. 화사하게 꽃이 만개한 난蘭 화분을 정성스럽게 놓고 간 현직 경찰관은 대전 동부경찰서 김인찬 경위였다.

　그는 방명록에 이름도 남기지 않고 조용히 다녀갔다. 뒤늦게 축하 화분을 발견한 내가 그에게 전화했다. 왜 사전에 연락도 없이 조용히 화분만 놓고 다녀갔느냐고 물으니까, 그가 말했다.

　"선배님, 조용히 다녀가도 눈여겨볼 것을 다 봤습니다. 저는 진열된 선배님의 작품 연보와 바인더 자료도 살펴봤습니다."라고 하면서 "고생하는 일선 경찰에게 선배님의 글은 큰 위안과 힘이 됐지요."라고 덧붙였다. 과거 같은 부서에서 함께 근무할 때도 그는 내게 남달리 따뜻한 정을 주었는데, 퇴직 후에도 그 의리와 동지애를 변함없이 이어가는 것을 보면서 인간적인 고마움을 가슴으로 느꼈다.

어느 제복 경찰관은 문학관에 진열된 작가의 바인더 자료들을 스마트폰 영상으로 일일이 담아가는 것을 보았다. 아, 글이란 이런 거로구나. 세월과 함께 바람처럼 사라지는 것이 아니라 누군가의 기억 속에 저장되어 하나의 작은 역사가 되는구나! 카메라에 담아 간다는 것은 또 다른 독자와 공유한다는 뜻이 아니겠는가?

과거 충남지방경찰청에서 함께 근무했던 유희동 경찰 선배도 방명록에 사인하면서 내 이름을 다정하게 불렀다.

"승원 씨, 현직에 있을 때 참으로 고생 많았지요. 퇴직 후에도 꾸준히 보람 있는 글쓰기를 하니, 보기가 좋구려." 남달리 건강해 보이는 선배 경찰은 자신도 퇴직 후에 시를 쓰고 있다고 말했다.

전직경찰지원센터 조인행 자문관(전 경감)도 예쁜 축하 난 화분을 들고 찾아왔다. 전직 경찰이면서 퇴직 경찰의 각종 일자리도 적극적으로 알선해주고 있는 조 자문관은 류영순 센터장, 오명자 위원, 오정현 위원, 박영선 위원과 함께 대전문학관 전시실을 장시간 꼼꼼히 둘러보면서 이구동성으로 "문학의 향기가 온몸으로 느껴지네요."라고 말했다.

전직경찰지원센터 임직원들이 이렇게 단체로 문학관을 찾아 경찰 출신 수필작가의 작품에 대해 남달리 관심을 두는 것은 자긍심을 북돋기 위한 '성원'이라 생각되었다.

▶ **따뜻한 성원과 관심** – 향기 그윽한 축하 난 화분을 전시 작품 아래에 놓고, 작가의 문학 관련 자료를 꼼꼼히 살펴보는 류영순 경찰전직지원센터장

대전에서 치안 수요가 가장 많은 것으로 알려진 둔산경찰서 박종민 서
장과 김일환 경감도 잠시 짬을 내어 나의 문학콘서트에 '깜짝 참석'했다.
작가콘서트 단상에 축하 꽃바구니를 올려놓고 살며시 나가려는 순간, 내
가 경찰서장의 소매를 잡았다.

현직 경찰서장의 '즉흥적인 축사'는 그래서 더욱 인상 깊었고, 관객들의
박수도 유난히 크게 받았다.

마침 이 자리에서 필자의 글을 평
評해준 문학평론가 송백헌 박사(충남
대학교 국문과 명예교수)를 만났다.

◀ 문학평론가 송백헌 박사와 함께 –
대학교에서 수필 강의만 30년 이상 해왔
다는 송 박사는 문학행사 때마다 경찰
출신 필자의 글에 대해 각별한 애정을
표하면서 따뜻한 격려를 아끼지 않았다.

"윤 선생은 순사 냄새가 나지 않아요. 윤 선생 작품은 법과 제도만으로
는 도저히 치유될 수 없는 사회 현상에 대한 연민, 그리고 날로 심화되어
가는 인간성의 상실을 가슴 아파하는 내적 갈등을 섬세한 터치로 형상
화한 것이 특징이지요." 따뜻한 격려 말씀이지만 과분하다.

내가 송백헌 박사를 존경하는 이유는 앞서 다른 글(어느 노학자의 여행
기에서 발견한 '나라꽃 무궁화')에서도 언급했다.

이날도 내 옷소매를 잡아끌면서 "윤 선생과 나누고 싶은 이야기가 너무
많아요."라면서 스마트폰에 내 연락처를 입력(사진참조)한 뒤, 최근 출간한

문학평론집『대전 문인 문학』을 건네주었다. 문학평론집에는 "윤승원 님, 글로서 맺은 인연, 오래도록 간직하렵니다. 지은이 드림"이라고 손수 서명 해주었는데, 책을 펼쳐보니, 뜻밖에도『대전수필문학사』편에 나의 문단 이력과 작품평이 2면에 걸쳐 수록돼 있어 더욱 놀라게 했다.

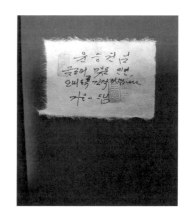

▲ 송백헌 문학평론가가 건네준 최근 저서 - "글로서 맺은 인연, 오래도록 간직 하렵니다. 지은이 드림"이라는 저자의 정이 담긴 친필 서명 문구가 소중하게 느껴진 다. 대전지역 문단사를 한눈에 볼 수 있게 잘 정리된 저서라서 사료적 가치가 높다.

꽃이 곱게 핀 난 화분을 살며시 놓고 내게 다가온 이임수 선배경찰(퇴직 공무원협동조합 부이사장)도 특별한 의미를 부여했다.

"이런 뜻깊은 전시회를 마련해준 것은 어쩌면 숨어있는 경찰 출신 작가 의 말에도 우리 사회가 한 번쯤 귀 기울여보자는 의미도 있지 않나 싶네 요. 퇴직공무원협동조합 홈페이지에도 올리고 싶어 전시장 풍경을 카메라 에 담았습니다."

여기서 그치지 않았다. 언론인 전재구 선생(전 금강일보 논설실장)도 이 런 귀한 말씀을 주었다.

"전시회 이름을 왜 '대전문학 프리즘'이라 했는지, '프리즘'의 뜻을 알겠군요. 저마다의 목소리가 서로 다른 빛을 내며 스펙트럼 효과를 만든다는 것, 경찰 출신 작가의 목소리도 그중 하나이겠지요." 탁월한 식견과 통찰력으로 일간지 지면에서 필봉筆鋒을 날리던 중견 언론인다운 해석이었다.

◀ **언론인 전재구 선생의 감상평** - 필자와는 금강일보 사설과 칼럼을 집필할 때부터 인연을 맺어왔다. 시대 변화를 통찰하는 깊이 있는 안목과 해박한 동서양의 고전을 바탕으로 명칼럼을 많이 써온 충청지역 저명 언론인이다. 문학관 전시실을 꼼꼼히 둘러보면서 '문학 프리즘'의 뜻을 언론인 시각으로 다양하게 해석해주는데 놀랐다. 함께하는 시간이 유익하고 즐거웠다.

개막식에 예쁜 꽃바구니를 들고 와서 따뜻한 축하 말씀 주시고 작가 콘서트에도 참석해 '수필예술 동인'의 정을 느끼게 해준 대전수필문학회 강표성 회장의 각별한 성의도 가슴으로 느꼈다.

축사를 해준 대전문인총연합회 김영훈 회장(작가, 문학평론가)은 내 전시 작품 앞에서 우리 가족에게 촌평하면서 "고향 사람 글이라 그런지 더욱 정감이 우러난다"고 각별한 애정을 표해주었다.

지역 문인들도 전시 작품을 함께 감상하고 기념사진을 찍었다. 배인환 시인, 최자영 시인, 권득용 시인, 이건영 시인, 고만수 시인, 최인석 시인, 이미숙 소설가, 윤옥희 시인, 최중호 수필가, 육상구 수필가, 강승택 수필가, 박영진 수필가, 권예자 수필가, 김정아 수필가, 이문숙 수필가 제씨諸

氏와 대전문인총연합회원 여러분들도 귀한 시간을 내어 찾아주었다. 김영호 문학평론가와도 반갑게 인사 나누었다. 처음 뵜지만 구면인 것처럼 친근하게 인사 나눌 수 있었던 것은 같은 전시실 공간에서 작품으로 서로 호흡을 함께해 온 인연 때문이 아닌가 싶었다. 이봉직 아동문학가 또한 그러했다. 교과서에 실린 그분의 작품 「웃는 기와」가 이 공간에 함께 전시돼 이미 친숙한 사이가 됐기 때문이다.

멀리 천안에서 혼자 차를 몰고 달려온 김지안 수필가의 정감 넘치는 감상평도 인상 깊었고, 더 멀리 태안 만리포에서 우중에 대전문학관을 다녀가면서 나의 전시 작품을 일일이 입체적으로 편집하여 '수필예술 카페'에 올려준 이태호 작가의 정성과 성의에도 크게 감동했다.

그뿐만이 아니다. 문학콘서트가 진행되는 동안 실시간으로 전 과정을 '페이스북 라이브 중계'를 해준 김명아 시인의 열정과 세심한 배려도 고마웠고, 첼로와 피아노 연주로 장내 분위기를 한껏 고조시켜준 임현정, 정혜나 음악가의 아름답고 감미로운 선율도 잊을 수 없다.

또 서울과 청주에서 조카 종인이와 병용이가 바쁜 직장 생활하는 가운데 금쪽같은 시간을 쪼개어 삼촌의 작품이 전시돼 있는 대전문학관을 찾아온 것은 정말 뜻밖이었다. 두 조카가 전시 작품 아래에 커다란 축하 꽃바구니를 놓고 스마트폰 문자로 '축하 메시지'를 보내준 것은 각별한 의미가 있었다. 종인이는 돌아가신 셋째 형님을 대신하여 축하하러 온 '전령사傳令使'였고, 병용이는 동생을 끔찍이 사랑해주시는 누님을 대신하여 축하하러 온 '전령사'라는 생각이 들었다.

아들과 며느리가 보내준 축하 꽃을 바라보면서 가족의 소중함도 느꼈고, 네 살배기 손자도 할아버지 품에 안겨 기념사진을 함께 찍었으니, 훗날 소중한 추억으로 기억될 것이다.

◀ 할아버지의 모습, 훗날 가족사의 한 페이지로 기억해줄까? – 문학관 입구 벽에 새겨진 할아버지 얼굴을 손자가 보고 있다.

▶ 할아버지 작품 앞에서 – 손자 지환이가 성장하여 이 사진을 보면 할아버지가 살아가면서 썼던 글도 자연히 읽어보겠지. '할아버지는 작은 것에서 행복을 찾았구나!' 느끼겠지…….

　　지역 문단에 새 바람을 불어넣고, 숨어있는 작가들에게 창작욕을 고취시킨 박진용 대전문학관장을 비롯하여 기획 전시 팀 관계자, 작가콘서트 팀 관계자, 해설사 여러분들의 열정적인 문학 혼도 가슴으로 느꼈다. 지면 관계상 문학관을 찾아주신 모든 분의 귀한 감상평과 격려 말씀을 일일이 다 소개하지 못하는 아쉬움이 있다.

　　각계각층 다양한 시각을 가진 분들의 귀한 소감을 들으면서 새삼 글을 쓴 보람을 느꼈다. 경찰 출신 수필문학인으로서 자부심도 가졌다. 정말 뜻하지 않은 일이었다.

(2018.02.28. 대전문학관에서)

❖ 문학관 전시 작품

만원 버스에서

택시를 잡으려고 뛰어다니는 사람들을 보면 마음이 덩달아 바빠지고, 시내버스 승강장에서 느긋이 줄 서 있는 사람들을 보면 나는 왠지 마음이 편안해진다. 고급승용차 이름 하나 제대로 외우지 못해도 시내버스 번호만 대면 노선을 척척 알아맞히는 사람에게서 나는 정을 느낀다. 그는 분명 자가용이 없는 소시민이지만 결코 초라하거나 외롭게 느껴지지 않는다.

시내버스를 타고 다니는 사람은 사람의 냄새를 맡고 사는 사람이다. 만원 버스에서 나는 냄새는 아침저녁이 다르다. 아침 출근길, 시내버스에서 나는 냄새는 향기롭다. 아가씨의 머리칼에서는 향긋한 비누냄새가 나고, 면도 자국이 파르스름한 남자의 얼굴에서는 산뜻한 스킨 냄새가 풍긴다. 도시락의 온기가 따스하게 느껴지는 학생의 책가방을 무릎 위에 올려놓으면 반찬 냄새가 약간 묻어나는 듯하다. 그 냄새는 싫지 않은 냄새다. 내 학창시절의 냄새이기 때문이다.

그러나 퇴근길, 만원 버스에서 느끼는 냄새는 조금 다르다. 손잡이를 붙잡고 묵묵히 서 있는 사람들. 그들은 모두 각기 다른 인생의 냄새를 풍기고 있다. 차창 밖을 내다보고 있는 어느 중년의 입가에선 소주 냄새가 난다. 그 냄새가 조금은 역겹게 느껴지지만, 그래도 꾹 참아줘야 한다. 무거운 책가방을 들고 서 있는 고등학생의 목덜미에서 나는 냄새도 맡을 만하다. 이것이 곧 삶의 향기다. 그 향기는 자가용이나 택시를 타면 맡을 수가 없다.

마침 빈자리가 하나 났는데 학생이 나더러 앉으란다. 그러나 난 아직 털썩 주저앉기엔 망설여지는 나이다. 잠시 머뭇거리는데, 또 한 번 권하니 눈인사를 하고 얌전히(?) 앉는다. 그러나 책가방은 내 몫이다. 두어 개 받아 올려놓으니 묵직하다. 그래도 도시락을 비운 가방이니, 등굣길 가방보다는 한결 가볍다. 좌석에 앉긴 앉았지만 왠지 마음이 편치 않다. 자가용 없는 아저씨가 여기 이렇게 앉아 가게 되니, 고단한 학생의 자리 하나를 빼앗은 셈이나 아닌지….

혹시라도 곁에 서 있는 저 학생이 버스를 이용하는 나더러 지지리도 못난 아저씨라고 나무라시나 않을까? 그러나 이 성노의 미안함은 참을 만하다. 내가 제대 후 시골에서 잠시 농사짓던 시절이 생각난다. 이른 새벽, 이십여 리 장에 가서 돼지 새끼 한 마리 사 가지고 오다가 버스를 만나게 된다. 버스에 오르면 우선 안내양의 눈치를 살피게 되는데, 자루 속에 든 놈의 역한 냄새는 물론, 소리라도 한번 꽥 지르면 내 얼굴은 금방 홍당무가 된다. 그래서 운임이라도 더 준다고 사정하면 안내양이 생긋 웃으며 한마디 한다.

"사람 태우고 요금 받으라는 버스지, 돼지 싣고 운임 받으라는 버스는 아니니까 걱정 마세요." 하는 것이다. 그놈을 안고 가시방석에 앉은 사람처럼 좌불안석 집에 오던 생각이 난다.

그 같은 생각을 갑자기 하는 것은 나의 과민인지도 모른다. 그러나 버스는 사람 차별을 하지 않는다. 노점상 아줌마의 광주리도 올라오고, 귀걸

이 한 마나님도 앉아 가는 곳이다. 어디 그뿐인가? 머리가 희끗희끗한 노학자님도 타고 다니는 게 시내버스요, 10부제 지키는 날, 운전기사를 둔 사장님도 한 번쯤 타보게 되는 게 시내버스다. 그 가운데 더러는 보따리를 챙기느라 긴장되어 가는 시골 아저씨도 있다.

그러나 무엇보다도 우리의 시름을 잊게 해 주는 것은 엄마의 등에서 방긋거리는 갓난아이의 천진스런 웃음이다. 그 웃음을 받아주느라 '깍꿍'을 연발하시는 할아버지의 이 빠진 웃음도 있다. 이렇듯 각양각색의 사람들이 모여 호흡을 같이하는 곳이 시내버스다.

그런저런 사람들을 일일이 관찰하다 보면 어느새 목적지에 이른다. 그래서 만원 버스에 이골이 난 사람은 구두가 밟혀도, 옷 단추가 떨어져 나가도 화를 내지 않고, 그 날의 운수소관으로 돌리고 만다는 사실이다.

(1991. KBS)

▶ KBS와 『한국수필』 공동 공모 방송 수필 당선작 「만원 버스에서」 녹음테이프 - 이 글은 두 차례 방송 전파를 탔다. 정규 방송 프로그램에서 처음 방송됐던 글을 다시 심사하여 당선작 발표하던 날 또 한 번 다른 성우의 음성으로 낭송했다. (1991)

▶ 문학관 전시실에 설치된 수필 「만원 버스에서」 - 글이란 세월이 아무리 흘러도 새롭게 조명해주고 자신의 경험처럼 읽어주는 독자가 있으니, 필자는 행복하다. 고맙기도 하다. (2018)

□ 선자평選者評

이 작품에서 재미있게 느껴진 부분을 보면 "시내버스를 타고 다니는 사람은 사람의 냄새를 맡고 사는 사람이다. 시내버스에서 나는 냄새는 아침저녁이 다르다."라고 했는데, 아침저녁으로 타고 다니는 버스를 냄새를 통하여 파악했다는 것이 돋보이는 점이죠. 사실, 시내버스 안에는 살 냄새, 땀 냄새 등 역한 냄새가 나죠. 그러나 그러한 냄새를 "택시나 자가용을 타면 맡을 수가 없다."라고 한 것은 이 작가가 '인생을 꿰뚫어 보는 상당한 눈'이라 할 수 있지요. 다시 말하면, 역한 냄새 뒤에는 삶의 진지한 모습이 있고, 그 진지한 모습이 곧 인생을 열심히 살아가는 사람들의 참된 모습이죠. "만원 버스에 이골이 난 사람은 구두가 밟혀도 옷 단추가 떨어져 나가도 화를 내지 않고 그 날의 운수소관으로 돌리고 만다."라고 한 것도 긍정적인 삶의 태도이고, 달관한 여유죠.

— **서정범** 경희대학교 교수

❖ '문학콘서트' 낭송 작품

<작가의 소리·독자의 소리>

내 안에 스승을 찾아서

초임 시절 지방경찰청에서 근무할 때였다. 일거리가 많아 공휴일에도 출근하는 날이 많았다. 그런데 식사시간이 되면 직원들이 서로 눈치를 보면서 걱정을 했다. 크고 작은 상황과 끊임없이 걸려오는 전화 때문에 사무실을 잠시라도 비울 수 없으므로, 누군가 한 사람은 으레 당번으로 남아야 했기 때문이다.

그러던 어느 날이었다. 관내 치안 상황이 비교적 조용한 편이니 잠시 밖에 나가서 식사하고 오자고 하여 모처럼 전 직원이 한자리에 모여 즐겁게 식사를 하였다. 그런데 뜻하지 않은 일이 생겼다. 식사를 마치고 사무실로 돌아와 문을 열려고 하니 열쇠가 없지 않은가.

모처럼 전 직원이 외식을 한다는 들뜬 분위기에 급히 서두르다가 그만 열쇠를 안에 놓고 잠근 것이다. 마침 안에서는 전화벨이 울렸고, 복도에서 기다리던 동료 직원들은 마음이 다급해졌다. 키가 큰 직원은 환기용으로 만들어놓은 천장 밑의 창문이라도 열려 있나 싶어 흔들어보았다. 다행히 작은 창문 하나가 열렸다. 동료 한 사람이 등을 구부렸다. 가장 막내 격인 내가 그의 등을 타고 창문으로 기어 올라갔다. 힘이 들긴 했지만, 간신히 들어가 출입문을 열 수가 있었다. 그런데 문제는 거기서 끝나지 않았다.

이튿날 아침, 연세 지긋한 상사가 직원들을 모두 집합시켰다. 순경에서 출발하여 삼십여 년을 수사 분야에서 이력을 쌓은 이른바 '수사통'이었다. 정년이 얼마 남지 않은 고령인데도 직무에 대한 열의와 패기는 젊은 경찰관 못지않은 분이었다.

그는 직원들 앞에서 격노한 어조로 말했다.

"경찰관서 벽을 타는 통 큰 놈이 있습니다. 간덩어리가 이만저만 큰 게 아닙니다. 수사해서 반드시 잡아야 할 것입니다."

그리고는 서무반장에게 실내외 벽을 한 번 둘러보라고 명령했다. 선명하지는 않았지만, 벽의 상단에 보기 싫을 정도의 족적足跡 하나가 발견되었다.

일러스트 이정운

언뜻 보면 2단 옆차기에 능한 유단자가 힘차게 한 방 날려본 흔적이요, '수사통'의 시각으로 보면 도둑이 자신도 모르게 남긴 족적임이 분명하였다. 평소 상사의 불같은 성품을 누구보다 잘 아는 서무반장인지라, 당장 벼락이라도 떨어질 것을 염려한 나머지 이렇게 얼버무렸다.

"잠긴 문을 열려다가 직원들이 실수한 것 같은데, 용서하십시오."

그러자 상사는 또 한 번 대노했다.

"뭐야, 우리 직원들이 벽을 탔단 말이야?"

동료 직원들은 잔뜩 긴장한 채 상사를 바라보고 있었고, 문제의 발자국 주인공인 나는 쥐구멍이라도 찾고 싶은 심정이었다. 그러자 상사가 말했다.

"안 될 말이야, 용서 못 할 일이야! 경찰관이 벽을 넘다니? 도둑 잡는 것을 업으로 하는 사람들이 어찌 벽을 넘나?"

이처럼 화를 내는 상사의 얼굴을 일찍이 본 적이 없다. "대체 누구의 행위냐?"라고 캐묻는 상사 앞에서 서무반장은 끝내 밝히지 않았다.

동료 직원을 애써 덮어주고 감싸느라 그는 진땀을 흘렸지만, 용기가 부족한 나는 끝내 자수하지 못했다. 그 순간의 분위기에 위축되어 앞에 썩나서지 못한 나의 용렬함이야말로 그 어떤 변명으로도 용서받을 수 없는 것이었다.

이윽고 상사는 전 직원들을 공범으로 간주하고, 이렇게 훈시했다.

"공직자의 가장 큰 덕목은 정직과 도덕성입니다. 그것을 지키려면 해야할 일과 해서는 안 될 일을 분명히 가릴 줄 알아야 합니다."

그리고 나서 노 상사는 자신이 손수 걸레를 빨아다가 벽에 남아있는 발자국을 말끔히 지우는 것이었다.

이제 경찰 생활 20여 년이 넘었다. 그동안 크고 작은 우여곡절을 많이 겪었지만 쉽게 잊히지 않는 분이다. 지금은 고인이 되었지만, 당시 그분에게서 들었던 훈계 한마디가 내게는 알게 모르게 생활의 밑거름이 되었다. 소심하리만치 매사를 챙기고, 조신操身하지 않으면 공직을 당당하게 이어가기 어렵다는 나름대로의 상식도 가지게 되었다.

그렇다고 완벽을 추구하는 동료 직원들의 축에는 끼지도 못한다. 인간적으로 많이 부족한 사람이어서 더러는 잘못도 범하고 산다. 그래도 이만큼이나 안정적인 정서로 살아갈 수 있는 것은 보람 있는 나의 직장에서 만나는 다양한 유형의 상사와 동료 경찰관들이 있기 때문이다. 그들은 모두 나의 삶을 비춰 보게 하는 거울과 같은 대상이다.

그래서 나의 직장을 일컬어 '인생종합대학'이라 했던가. 가족보다 오히려 함께하는 시간이 더 많은 동료들, 그리고 직무상 만나게 되는 각양각색의 민원인들도 나에게는 좋은 스승이 된다. 몇 해 전에는 잘 아는 선배 한 분이 안타깝게 불명예 퇴직했다.

'겸상兼床'을 해서는 안 될 상대와 자리를 함께했다는 사실이 감찰 조사 결과 드러났다는 것이다. "호랑이를 잡으려면 호랑이굴 속으로 들어가야 한다."라는 말처럼 경찰관이 때로는 범죄자와도 겸상을 해야 정보를 입수할 것이 아닌가? 문제는 공직자로서 적당한 '선線'을 긋지 못한 것이 큰 불찰로 드러난 것이다. '인생종합대학'의 스승은 그래서 후배 경찰관들에게 '선을 잘 그어야 생존한다.'라는 교훈을 남기고 옷을 벗은 셈이다.

지난겨울에는 파출소에서 근무하는 후배 직원 한 사람이 주취자酒醉者를 잘 보호하여 가족에게 인계하였다. 추운 날씨에 그대로 방치했더라면 어찌 되었을지도 모르는 한 집안의 가장이었다. 뒤늦게 이 사실을 안 그의 가족들이 성의껏 잘 보살펴주어 고맙다며 현금 봉투를 건넸다. 그는 정중히 거절하였지만, 그 가족들은 막무가내로 봉투를 던져 놓고 도망치듯 달아났다.

그는 경찰관으로서 의당 해야 할 일을 하였으므로 대가를 받을 수 없다는 판단으로, 이 현금 봉투를 경찰서 청문감사실에서 운영하는 '포돌이 양심방'에 신고했다.

어찌 보면 흔히 있을 수 있는 사소한 일이지만, 그는 그 후 '깨끗한 손'이라는 칭호와 함께 많은 동료 직원들로부터 매사 청렴성을 인정받게 되었다. 그 또한 연조로 보면 까마득한 후배지만, 직무현장에서는 스승의 본을 보여준 인물이었다. 사욕私慾을 버릴 줄 아는 삶의 기본 방식, 공직자로서 그 소중한 일깨움을 공유케 해준 것만으로도 조직의 건강성을 입증한 셈이다.

"교훈教訓은 안내하지만, 모범模範은 잡아준다"는 옛말이 있다. 모범은 추구해야 할 이상理想이 아니라, 경찰관에게 있어 삶의 바탕이 되어야 한다.

그러므로 공직자라는 이름에 부과된 값을 하려면 살아가면서 조심해야 할 것이 참으로 많다. 능력과 자질도 중요하지만, 정직과 도덕성이라는 인생 덕목을 유달리 강조하는 것도 그런 연유에서일 것이다.

내가 오늘 걸어가는 길은 결코 평탄치 않다. 살얼음판과도 같다는 생각이 들 때가 많다. 나는 술을 좋아하지만, 많이 마시지는 못한다. 치질의 고통을 경험한 바 있기 때문이다. 그래서 주석酒席에서는 으레 마음속으로 계산하기 마련이다.

정량을 초과하면 고생한다는 지극히 평범한 상식을 벗어나지 않기 위해서다. 그래서 옛 어른들은 "몸속에 작은 질병 하나 가지고 있는 것도 보배"라고 했던가? 역설적이지만 '지병持病이 때론 수호신守護神'이 되는 셈이다.

살아가면서 일행삼사一行三思의 정신도 잠언箴言처럼 귀한 덕목이지만, 늘 자신을 성찰하면서 정도를 일탈하지 말자는 자신과의 약속. 스스로 건강한 삶을 돌보는 지혜가 아닌가 새삼 생각해 본다.

(2001. 경찰문화대전 금상)

단조로움과 반복에 대한 단상

택시기사에게 미안하다. 승차하자마자 "○○까지 가시죠." 하니까, 대답 대신 힐끗 한 번 쳐다본다. 그리고는 이내 무반응이다. 그렇다고 안 가겠다는 것이 아니다. 내가 가고자 하는 방향으로 자동차는 굴러간다. 그러나 운전자의 마음이 썩 내키지 않는 듯하다.

웬만큼 눈치로 살아온 사람에게 잡히는 '감'이라고나 할까? 기사의 표정을 정면으로 읽을 수는 없어도, 뒤통수만 보고도 감지할 수 있는 어떤 불만스런 느낌 같은 것.

무슨 언짢은 일이라도 있나 싶어 조심스럽게 물으니, "방금 갔다 온 길을 또다시 가자고 하는 승객을 만났을 때, 솔직히 맥이 빠진다"고 말한다. 그렇다. 우리는 가고 싶지 않은 길을 가야 할 때가 있다. 태어날 때부터 자신의 의지와는 무관하게, 신께서 점지했다고 하지 않는가.

삶이 내 의지대로, 핸들 돌리고 싶은 대로 갈 수만 있다면 얼마나 좋으랴! 가고 싶어도 마음대로 갈 수 없는 길이 있고, 내키지 않지만 가야 하는 길이 있다.

무슨 핑계를 대더라도 승객에게 다른 택시를 이용하라고 할 수도 있다. 승차 거부가 아니라, 양해를 구하는 것이다. 그러나 기사는 그런 구차한 방법을 택하지 않았다. 양심적인 직업의식, 그 신뢰감이 우리를 안도케 한다.

직장에서는 매달 한 번씩 정기 교육이 실시된다. 전 직원을 집합시키면 민원인에게 불편을 주게 되고, 업무에도 공백이 생기므로, 갑·을 반으로 나누어 실시한다. 매번 을반에 편성된 나는 조금 싱거운 생각을 하게 된다. 강단에 선 강사가 왠지 딱해 보이는 것이다. 엊그제 갑반에서 한 말을 앵무새처럼 똑같이 되풀이하는 그 모습이 안쓰럽게 느껴진다.

'질리겠다!' 엉뚱하게도 그런 생각에 이르면, 더욱 진지하게 경청해야겠다는 마음이 생긴다. 그런 청중의 마음을 헤아리기라도 한 듯, 강단의 외래강사는 오늘이 두 번째가 아닌, 처음인 것처럼 열강을 한다. 고마운 일이다.

강연 도중에 몇 차례 박수가 터져나왔다. 갑반 직원들도 요런 대목에서는 틀림없이 손뼉을 쳤을 것이다. 그러므로 을반 직원들은 갑반 직원들보다 더 열렬히 손뼉을 쳐줘야 하는지 모른다. 수고하는 분에 대한 최소한의 예의요, 보답이다.

고등학생인 아이가 집에 돌아오면 학교에서 있었던 이야기를 곧잘 들려준다. 그중에서 학교 선생님들의 이야기도 빠지지 않는다. A반에서 한 이야기를 B반에서 해야 하고, 작년에 3학년생들에게 한 이야기를 올해 또 3학년에 올라온 학생들한테 똑같이 되풀이하는 선생님들이지만, 신학기에 새로운 선생님들을 대하는 아이들에게는 신선하게만 느껴지는 모양이다.

선생님인들 직업에 대한 권태를, 그 단조로움을 왜 느끼지 않으실까? 아이들 앞에서 늘 새로워지려고 노력하는 선생님들께 새삼 고마운 생각이 든다.

지난해 지역 방송국의 요청으로 TV 생방송 프로에 출연한 적이 있다. 그런데 생방송이란 것도 사전에 '입을 맞추는' 리허설이라는 게 있었다. 구성작가가 써준 대로 미리 한 번 해보는 것이다. 실수를 줄이기 위해 의당 하도록 되어 있는 연습이지만, 그 반복의 시간이 왠지 아까운 생각이 들었다.

그래서 "오! 하느님, 제 생에서 이런 연습의 시간은 부디 계산하지 말고 빼주십시오!"라고 기도하였더니, 제작진들이 웃으면서 더 이상 되풀이하지 않고 단 한 번으로 끝내주었다.

요즘 영화관에 가려면 예측 가능한 몇 가지 상황에 대비해야 한다. 이른바 '야한 장면'에 대한 심적 대비다. 흥행에 성공했다고 하는 영화라면 그런 장면이 양념처럼 몇 차례 나오기 마련이다. 본래 단조로운 것을 싫어하는 관객의 심리를 제작자들은 잘도 간파하여 작품을 만드는 것 같다.

관객의 입장에서 보더라도, 그렇고 그런 싱거운 장면들뿐이라면 굳이 돈과 시간을 낭비하면서 영화관에 갈 필요가 없을 것이다. 그래서 온가족이 모처럼 영화나 한 편 보자고 나설 때는 그런 장면이 어느 정도 진하게 나오는 영환지 미리 정보를 알고 가야 민망함을 모면할 수 있다.

얼마 전에 기회가 있어 문학동인과 함께 화제의 영화를 본 적이 있다. 정직하게 말하면 그런 야한 장면이 나올 때마다 젊은 남자들은 애써 태연을 가장해야 한다.

아무리 예술성이 뛰어난 영화일지라도, 인간의 말초와 관능을 최대한 자극하여 어떤 극한 상황에까지 이끌어 가고야 말겠다는 제작자의 강렬한 의지가 화면에 드러날 때, 관객들은 앉은 자리를 추슬러보려고 하지만, 다리조차 꼬기 어려운 영화관의 비좁은 의사가 원방스러워지는 것이다.

이런 곤란한 상황에 직면하면 옛 어른들은 '어 흠!' 하고 헛기침으로라도 긴장을 해소했을 터인데, 다 같이 숨죽이고 있는 공간에서는 무엇보다 에티켓이 더 중요하므로 그저 꾹 참아야 할 도리밖에 없다. 더구나 옆자리에는 '점잖은 여성'이 함께하고 있질 않은가? 영화가 끝나고 나오면서 시인은 내게 말했다.

"남녀 간의 우정은 노년에 가서야 가능하다는 걸 보여주는 영화군요. 인간의 본능이 정지되었기 때문이죠." 갑작스런 시인의 관람평에 나는 그만 당황하여 이렇게 동문서답을 하고 말았다.

"임자 있는 여자는 호랑이도 안 물어간다는 옛말도 있잖습니까? 옛 어른들 말씀대로 살아간다면 불행을 자초하는 일은 없을 텐데……."

그러자 시인은 태연한 표정으로 이렇게 말했다.

"저는 영화를 보고 나올 때마다 언제나 궁금한 게 있어요. 영사기 돌리는 저분들 말예요. 이렇게 여러 날, 길게는 한 달여 동안 연속 상영하는 영화를 질리게 볼 거 아녜요? 얼마나 권태로울까 싶어요. 본 걸 또 보고, 본 걸 또 보고……."

순간, 나는 점잖지 못한 말을 내뱉고 말았다.

"걱정도 팔자시네요! 영사기 돌려놓고 한숨 졸면 되지, 본 걸 또 보고 본 걸 또 보고 하겠어요?"

내 말에 어처구니가 없는지 시인은 "그럴까요? 참 재미있는 답변이네요. 윤 선생님은 세상을 참으로 편하게 생각하세요." 편하게 생각한다는 시인의 말은 틀렸다. 나를 모르고 하는 소리이다. 내가 얼마나 엉뚱한 생각을 잘하는 사람인지 모르고…….

모처럼 이발소에 가서 머리를 깎으면서 오늘은 이발사가 몇 명의 머리를 깎았는지 궁금해서 물어보았다.

"열 분 정도 깎은 것 같아요."

"힘드시겠어요. 그런데 실례의 말씀이지만, 온종일 남의 머리를 만진다는 거, 질리지는 않으세요?"

"왜 안 질려요, 지겹지요. 그런데 이 세상엔 두상 스타일이 똑같은 사람이 하나도 없어요. 그래서 지겨운지 모르고 해요."

놀라운 사실이었다. 일상 반복되는 일이지만, '두상이 똑같질 않아서 지겨운지 모른다'는 이발소 주인의 말이 내겐 예사롭게 들리지 않았다.

택시 기사가 방금 다녀온 길을 또 가게 되었다고 잠시 우울해하지만, 아까 모셔다 드린 손님과 나는 그 얼굴이 다르지 않은가! 온 길을 다시 되짚어갔다가 혹시 아는가!

다음번 손님은 임산부라도 태워 병원에 당도하기 전에 자동차 안에서 순

산이라도 하게 될지? 그리하여 좋은 일 했다고 회사 사장님으로부터 격려 받고, 길조吉兆 명목의 보너스 봉투라도 받게 될지? 비약이 아니라, 건전한 상상이길 바란다. 단조로운 가운데서도 이런 미지의 시간에 대한 예측할 수 없는 기대감으로 일상의 권태를 잠시라도 극복할 수 있었으면 좋겠다.

'웃음이 묻어나는 편지'라는 라디오 프로그램을 가끔 듣게 된다. 이 프로를 듣고 있노라면, 편지 내용보다도 '까르르'를 연발하며 편지를 읽어주는 여성 진행자의 특이한 웃음소리에 매료되어 덩달아 웃게 된다. 하루 이틀도 아니고, 아무리 좋은 이야기도 날이면 날마다 되풀이해 읽다 보면 지겨울 법도 하다. 그러나 전혀 그런 빛이 없이 웃어댄다. 조금은 허풍스러워 보이지만, 청취자들을 즐겁게 해주기 위해 애써 특유의 웃음을 아끼지 않는 방송진행자도 이 시대의 몇 안 가는 '투철한 직업인'이 아닌가 싶다.

나의 직장 역시 오늘도 변함없이 무미건조하고 피곤한 삶의 영역에서 벗어나지 못한다. 수사과 직원들은 인생을 한순간에 망쳐버린 고개 숙인 피의자들과 온종일 대좌하면서 그들의 온갖 험악한 말들을 들어야 하고, 날이면 날마다 매연과 소음의 도로에서 와장창 부서진 자동차와 삿대질이 오가는 인간들의 살벌함만을 보고 돌아오는 교통사고 조사반 직원들의 피곤에 지친 얼굴도 본다.

어디 그뿐인가? 험악한 욕설과 발길질이 난무하는 집단 시위현장에서 방패 하나로 버티다가 무사히 돌아온 의경대원들의 안도와 지친 표정도 만난다. 내일 또 그런 일들은 어김없이 되풀이되지만, 정말 아무 걱정도 없는 사람들처럼 오늘의 표정은 그저 태연하고 담담하게만 보인다.

미지의 시간이여! 비록 단조로움과 반복의 연속일지라도, 좀 더 나은 내일을 기대하는 사람의 소박한 희망을 부디 저버리지 말기를……

(2000. 전국공무원문예대전 입상)

구멍 난 양복바지

계단을 오르는데 뒤따라오던 동료 형사가 내게 말했다.

"바지 히프 부분을 누비셨네요. 아직 멀쩡한 바진데…."

꿰매 입은 바지를 흔히 볼 수 없는 세상인지라, 동료 형사의 눈에는 내 엉덩이 부분의 재봉틀 자국이 신기하게 보였던 모양이다.

"아, 네. 구멍 난 걸 집사람이 세탁소에 가서 누벼왔더군요. 이제 그만 입어야 하는데…."

나는 그 말을 하면서 얼굴이 붉어져 옴을 느꼈다. 이유는 두 가지다. 하나는, 평소에 겉으로는 말쑥한 차림으로 보았는데 뒤에서 자세히 관찰해 보니 그게 아니라는 생각을 동료가 하게 되었을 거라는 민망함 때문이고, 또 하나는 외부적인 활동을 빈번히 하는 사람이 옷 하나 번듯이 챙겨 입고 다니지 못한다는 자책과 부끄러움이 들어서였다.

내가 평소에 절약을 잘하고, 가정에서부터 내핍 생활이 몸에 밴 사람이라 그런 바지를 입고 다니며 궁색을 떠는 것은 결코 아니다. 신사복의 경우 대개 윗도리는 멀쩡한데 바지는 세탁을 자주 하게 되니 쉽게 낡기 마련이다. 감쪽같이 짜깁기를 한다 해도 자세히 살펴보면 본바탕의 색상과 어딘지 모르게 표시가 나게 된다. 그렇다고 멀쩡한 신사복 바지를 버릴 수 없어 또다시 꺼내 입기 일쑤다.

어쨌거나 요즘 나는 거울을 보면서 앞모습보다는 뒷모습에 더 많은 신경을 쓰는 나이가 되었다. 차츰 머리숱도 줄어들어, 아침에 머리를 빗을 때는 손거울로 뒷머리를 슬쩍 비쳐 보기도 한다. 자칫 잘못하면 새집을 지은 것처럼 볼썽사나운 꼴이 되기 십상이어서 한 번쯤 더 매만지게 된다. 자동차를 타게 되더라도 뒤에 앉은 사람이 내 뒤통수를 보게 될 것을 염두에 두지 않을 수 없다. 시내버스를 타고 가다 보면 더러는 어깨에 비듬이 떨어져 있는 중년 남자의 모습을 보게 되는데, 결코 남의 일로 여겨지지 않는다. 하지만 어쩌겠는가? 밤새워 야근을 한 사람일 수도 있고, 일에 골몰하다 보니 어쩌다 옷매무새조차 고쳐 입을 겨를 없이 거리에 나선 사람이려니 하고 이해하는 수밖에.

그뿐만 아니다. 회의실 등 여러 사람이 모이는 장소에서 나란히 앉아 있으면 보기 싫어도 남의 뒤통수를 바라보아야 한다. 이때 남의 뒷머리가 흐트러졌거나 어깨 위에 비듬이라도 떨어져 있으면 괜스레 보는 사람마저 민망해진다. 지적해줄까, 아니면 내가 털어줄까? 잠시 고민하다가 상대가 민망해할까 봐 못 본 척 고개를 돌린 적도 있다.

그래서 외출할 때면 으레 습관처럼 뒷머리를 매만지는 등 소심하리만치 뒷모습을 점검하게 되고, 아무것도 없는 어깨 위만 괜스레 톡 톡 털어보기도 하는 부질없는 버릇이 생겼다.

오늘은 고등학교에 다니는 아이가 머리를 깎고 왔는데, 거울 앞에서 손거울로 뒷머리를 여러 차례 확인하는 걸 보았다. 내가 보기엔 깎아 놓은 밤같이 유난히 뒤통수가 말끔해 보여 "머리 참 예쁘게도 깎았구나!" 했더니, 녀석은 한사코 불만이다. 이발소 아저씨가 자기 맘에 안 들게 깎았다면서 투정이 이만저만이 아니다. 내가 말했다.

"사춘기의 네 눈에는 그렇게 보일지도 모른다. 그러나 남들이 네 뒤통수를 보면 아주 예쁘다고 할 거다. 걱정하지 말 지어다!" 하면서 면도 자국이 파르스름한 녀석의 뒤통수를 쓰다듬어주었더니, 녀석이 빙긋 웃는다.

뒤를 점검한다는 것. 또 다른 나의 모습을 확인하는 일이다. 나의 앞모습은 선천적으로 타고난 것이므로 당장 어찌해 볼 방도가 없다. 그러나 뒷모습은 살아가면서 스스로 만들어 가는 것이 아닐까 생각해 본다. 어쩌면 나에 대한 인상이 뒷모습으로 결정되고 있는지도 모를 일이다.

그런데 왜 조물주는 인간의 뒤통수에다 눈을 두지 않으셨을까? 쉽게 볼 수 없는 곳이므로 갑절 신경을 쓰라는 뜻에서였을까?

아직도 나는 이 낡은 바지를 언제까지 입고 다녀야 할지 결정짓지 못하고 있다. 계단을 오르면서 내 엉덩이 부분을 자세히 관찰하고 솔직한 느낌을 말해준 동료 형사가 새삼 임의롭고 고맙게 느껴질 따름이다.

(1999. 『수필문학』)

❖『한국문학시대』문학대상 수상자 작품 전시

『한국문학시대』문학대상 수상작가
작품집에서 선정한 전시 작품

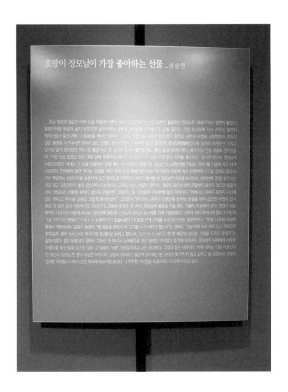

▲『한국문학시대』문학대상 수상작가 작품코너도 마련됐다 - 필자는 제6회
수상자이다. 수필집『靑村隨筆』에서 한 편을 뽑아 걸었다. 지면으로 읽는 것과
문학관에서 시각적인 전시물로 수필을 읽는 것에는 차이가 있다. 책장을 넘기지
않고 한 눈으로 읽을 수 있다는 단순하고 간편한 느낌만은 아니다. 책 속의 글
은 '독서'이고, 전시관의 수필은 '감상'이라는 차이가 있다.

호랑이 장모님이 가장 좋아하는 선물

충남 청양의 칠갑산 아래 산골 마을에 아흔이 다 되신 장모님이 사신다. 어르신에게 유일한 벗은 TV다. 온종일 틀어놓는 TV의 높은 볼륨 탓에 대화가 불편할 정도다. 하지만 나는 TV 볼륨을 줄이지 않는다.

TV 소리가 크게 느껴지는 것은 도회지에서 사는 나의 예민한 귀 탓이지, 시골 노인의 귀에는 상관이 없다. 혼자 적적하게 사시는 노인 귀에는 이렇게 큰 음량이 익숙해 생활에 아무런 불편이 없으니, 문안드리는 사람이 굳이 TV 볼륨을 줄여드릴 필요가 없다.

이곳은 TV 소리마저 없으면 절간이나 다름없다. 사람이 사는 집인지, 빈집인지 모를 정도이다. 일찍이 홀로되신 장모님은 '호랑이'라는 별명이 붙었다. 호랑이처럼 무섭게 살지 않았으면 살아가면서 별의별 어려움을 겪었을지도 모를 일이다. 여자 혼자 살아가니 나약한 면을 보여서는 안 되는 처지였다. 그 많은 전답을 혼자 관리하려면 장정壯丁 못지않은 완력과 기세도 필요했다.

거친 농사일에 자식 키우는 일까지 억척스럽게 일인다역一人多役을 해내신 분이다. 그러나 한편으론 외로운 분이었다. 일찍이 남편과 사별해 경험했듯이 뜻하지 않은 불행을 이겨내려면 보이지 않는 신령神靈도 믿어야 했다. 이때부터 일진日辰이며 음양오행陰陽五行을 엄격히 따지면서 '가리고 삼가는 일'이 많아졌다. 먹는 것, 물건 사는 것, 심지어 장거리 출타할 때도 '좋은 날'을 따져야 했다.

30여 년 전 내가 이곳 깊은 산골 마을로 장가갔을 때, 가장 인상 깊었던 것은 대문 앞에 우람하게 버티고 서 있는 가시 달린 나무였다. 악귀惡

鬼를 쫓는다는 '엄나무'였는데, 장모님의 수호신守護神이었다. 그 나무는 세월이 흐르면서 태풍에 쓰러졌지만 뿌리는 아직도 죽지 않고 새순을 피워 올려 여전히 강한 생명력을 유지하고 있다.

아내는 그 산골 마을에서 '콩밭 매는 아낙'이었다. 대중가요 「칠갑산」의 노랫말에 등장하는 것처럼 아내도 '홀어머니 두고' 내게 시집왔다.

찬바람이 불면 아내는 김장을 한다. 우리 식구 먹을 양만 하는 게 아니라 시골에 홀로 계신 친정어머니가 드실 김치도 담근다. 요즘은 손쉽게 택배로 부쳐도 된다고 하지만 그럴 수는 없다.

지난 휴일 김장 단지를 승용차에 싣고 청양으로 달려갔다. 허리가 활처럼 휜 장모님이 이것을 보시더니, 사위한테 '큰절' 받으시는 것도 잊으시고 김장 단지가 놓일 장소부터 지시하신다. 그래도 나는 큰절이 먼저다. '호랑이 장모님'한테 큰절부터 올리지 않으면 나중에 혼쭐이 난다. 장모님은 사위나 손주들에게 선물을 원하지 않는다. 큰절이면 그만이다. 왜 그러실까?

아내한테 들은 이야기다. "친정어머니는 일찍이 혼자되시어 아버지 몫까지 대신해오신 분이고, 자식들 교육도 그렇게 엄격히 하셨어. 객지의 자식과 손주들이 찾아뵙고 올리는 큰절도 어머니에겐 그래서 각별한 의미가 있지."

일러스트 이철원 기자(조선일보)

그러면서 "자식이나 손주들이 오랜만에 찾아뵙고 큰절을 하지 않으면 어쩐지 인사받은 것 같지 않아 서운하다고 하신다"고 귀띔해 주었다. 그 뒤로 나는 처가에 가면 무조건 '큰절'부터 올린다.

또 하나 신경 써야 할 일이 있다. 작별 인사하면서 장모님께 용돈을 드릴 때도 각별히 조심해야 한다. 언젠가 대문 밖까지 나오셔서 배웅해주시는 장모님께 용돈을 드리는데 한사코 손사래를 치며 거절하셨다.

그래서 치마 주머니에 찔러 드리는데 그냥 드리기가 뭣해서 "고기나 사 드세요."라고 말씀드렸다. 예부터 어르신들께 용돈을 드리면서 자식들이 흔히 하는 방식대로 내 딴엔 크게 의미를 두지 않고 말씀드린 것이었다. 그런데 나중에 아내를 통해서 책망하시는 말씀이 들렸다. "왜 용돈을 주면서 꼭 '고기를 사 드시라'고 했느냐"는 것이다. "그냥 아무 소리 하지 않고 주었으면 초파일에 절에 가서 '사위 무사 기원 등燈'을 달려고 했는데, 사위가 '고기 사 드시라'고 한 말 때문에 임의로 기원을 드리지 못했다"는 말씀이었다.

절대 융통성이 없어서 그러신 게 아니다. 노여움으로 하신 말씀도 아니었다. 듣기에 따라서는 장모님이 사위에게 서운한 마음으로 하신 말씀 같지만 실은 그 말씀이 '바른 가르침'이라고 나는 생각한다. 그것이 '깊은 사랑'이다.

이제 내게는 다른 어르신이 안 계신다. 장모님 한 분이 유일한 어르신이다. 남달리 정직하고 올곧게 살아오신 분, 남에게 폐 끼치지 말고 살라고 늘 강조하는 그분의 엄격한 가르침이 나의 느슨한 의식에 바늘처럼 꽂힌다. 그 꼿꼿한 가르침을 조금이라도 더 오래 누리고 싶다.

(2011.11.30. 조선일보 에세이)

문학콘서트 참석 시인과의
따뜻한 '인정 나눔'

문학콘서트 〈작가의 소리·독자의 소리〉
참석했던 오혜림 시인의 목소리

 # 시인 윤승원 작가님 안녕하세요? 조금 전 대전문학관에서 받아온 윤 작가님의 수필집 『청춘수필』을 읽고 있는데요, 윤 작가님은 경찰공무원으로 일하셨다는데, 오늘 문학콘서트에서 말씀을 정말 감명 깊게 들었습니다.

▲ 문학콘서트 '작가의 소리·독자의 소리'에서 작품 배경 설명하는 필자(가운데) - 행사 진행은 안현심 시인(우측)이 맡았다. 안 시인은 출연 작가에게 사전에 질문 내용을 전혀 알려주지 않고 즉석 질문을 던져 오히려 현장감과 생동감 있는 '작가의 숨어있는 내면의 소리'까지 이끌어냈다는 평을 들었다. 또한, 진행자 안 시인은 작가의 작품집을 거의 다 읽은 듯, 작가가 20여 년 전에 쓴 수필 한 대목을 이 자리에서 특별히 언급하면서 질문하여 작가를 놀라게 했다. 좋은 수필을 많이 써온 남상숙 수필가(좌측)도 중견작가전 참여 작가의 한 사람으로 동석하여 독창적인 작품세계를 진지하게 들려줬다.

 # 윤승원　과분한 말씀입니다. 말실수나 하지 않았는지 걱정이 되네요.

 # 시인　아니에요. 제가 문학콘서트가 끝나고 곧바로 유성지역 모임에 갔거든요. 전직 교사들의 모임이에요. 이 자리에서 윤 작가님의『청춘수필』을 내놓으면서 대전에 이런 작가분이 계신 줄 몰랐다. 앞으로 대전 시내 어느 곳에서든 윤 작가님의 강의가 있다고 하면 빠짐없이 참석하고 싶다고 말했어요. 말씀을 진솔하게 잘하셔서 참으로 유익한 시간이었어요. 생생한 일선 치안현장 경험이 풍부한 이런 분한테 한 시간이나 두 시간, 말씀을 들으면 참 유익할 것 같다는 생각이 든다고, 제가 모임에서 작가님 소개를 했어요.

 # 윤승원　너무 과분하신 말씀입니다. 그렇게 말씀해주시니 큰 영광입니다.

 # 시인　아까 문학콘서트에서 윤 작가님이 유치장 순시 중에 자신의 수필집을 읽고 있는 어느 앳된 청년을 보고 남다른 감명을 받았다고 하셨잖아요. 저는 그 대목에서 눈물이 주르륵 흘렀어요. 경찰서 유치장과같은 낮은 자리의 삶을 살고 있는 사람이 윤 작가님의 수필집을 읽고 새로운 생각을 하게 된다면 얼마나 감동적이고 소중한 일인가 싶어 가슴이 뭉클했어요. 유치장에 갇혀 있는 사람들의 복잡한 심정이 제 가슴 속에 들어온 거예요.

 # 윤승원　그렇게 느끼셨다니, 제가 오히려 감동인 걸요.

시인 그리고 윤 작가님이 쓰신 「어머니와 함께 떠난 첫 해외여행」이란 수필을 읽었거든요. 아드님하고 해외여행하실 때 어머니 사진액자를 가지고 가서, 여행지 호텔 방에 놓고 생시에 여행 한 번 못하신 어머니와 함께 여행을 즐기셨다는 글을 읽고, '어머니를 이렇게 진정으로 사랑하시는 분만이 이런 좋은 글을 쓸 수 있구나.' 하는 생각도 했습니다. 제가 처음 읽은 '효 실천 수필'이었습니다.

윤승원 사후 효가 무슨 소용 있겠어요. 생시에 못다 한 효가 한이 되어 가슴에 품고 살아가는 것이지요. 저는 그 당시 해외여행을 떠날 때도 어머니 액자사진을 가지고 갔지만, 평소 저의 지갑 속에도 어머니 사진을 꼭 지니고 다닙니다. 어머니 사진이 제게는 부적이나 마찬가지입니다. 저를 지켜주시는 수호신이지요. 살아가면서 힘든 일, 어려운 일이 있을 때마다 어쩌면 그렇게노 나행스럽게 잘 넘어가는지, 그게 다 어머니 덕분이거든요.

▲ 지갑 속에 넣고 다니는 어머니 사진

시인 (어머니 얘기만 나오면 눈물 흘리는 내 누님처럼 촉촉이 젖은 목소리로) 아이고, 너무너무 감사해요. 윤 작가님!

윤승원 먼저 가신 부모님은 한평생 고생만 하시다가 이렇게 좋은 세상을 못 보고 가셨잖아요. 오늘날 우리가 이렇게 많은 행복, 넘치게 누리고 살아가는 것, 모두가 부모님 덕분인데, 함께 하지 못하고 살아간다는

게 그저 죄송스러운 것이지요.

 # 시인 제가 학교에서 논술을 강의하는데, 윤 작가님이 강조하신 '문학은 일기로부터'라는 말씀도 인용하고 있습니다. 윤 작가님이 말씀하신 '진솔한 글쓰기 방식'이 제가 부르짖고자 하는 뜻과 일치하여 감사드립니다. 문학의 힘은 위대합니다. 역사를 바꿀 수 있는 힘이 문학에 있음을 알고 있습니다. 특히 동방의 효 나라인 우리나라에서 효사상이 무너지고 있다는 말이 나오는 현실인데, 윤 작가님의 아름다운 효 실천 수필은 읽는 이로 하여금 자기 삶을 돌아보게 합니다. 오늘 이렇게 일상 속 글쓰기를 통해 많은 사람에게 감동을 주는 분과 함께해서 정말 좋았습니다. 하느님께 감사드립니다.

(2018.01.18. 밤)

▶ **시인이 보내준 책 속의 편지** – 한 자, 한 자 정성스럽게 쓴 시인의 손 글씨에서 평소 몸에 밴 자상함과 진지한 삶의 태도를 배운다. 시인의 남다른 따뜻한 인간애에 감동했다. 오 시인은 교직 생활 38년 동안 학생들을 가르치면서도 이렇듯 '칭찬'을 많이 하여 제자들을 훌륭한 인재로 키워냈을 것이다.

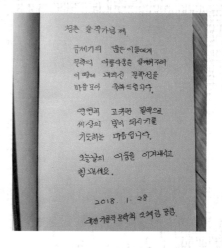

'작가의 소리·독자의 소리' 방송

CMB대전방송 TV뉴스(2018.02.07)
※ 본 방송은 '유튜브'에서 '윤승원 작가의 소리' 검색어로 '다시 보기' 가능

▲ 방송 인터뷰 장면 – 김명아 시인(가운데)이 질문하고, 박오덕 기자(우측)가 취재하고 있다(둘째 아들 찍음).

 # 기자 수필가와 독자의 만남에서 작품을 작가와 독자가 읽으며 설명을 하고 공감하는 시간을 가졌습니다. 대전문학관에서 진행된 '작가의 소리·독자의 소리'에서 윤승원 수필가는 전직 경찰로, 유치장에서 마음을 갈고닦는 분들이 작가의 글을 읽고 알아보기도 하였으며 그분들에게 새로운 용기를 주게 되었습니다. 일상을 글로 쓰는 문학인들의 소명을 윤승원 수필가는 강조하였습니다.

 # 윤승원 [⋯前略⋯]신변잡기에서 좋은 보석을 뽑아내는 일, 이거야말로 문학인들이 해야 할 일이 아닌가!

 # 기자 또한 윤승원 작가는 수필을 쓰는 것이, 자기성찰과 진솔함을 표현하기도 한다고 말하고 있습니다.

 # 윤승원 수필은 자기성찰, 진솔한 경험, 이런 것을 표현하는 문학 장르입니다. 사회적인 기능도 중요하죠.

 # 기자 가족이 제일 먼저 글을 읽고, 비평해 주었다는 윤승원 작가와 만남 자리에 아들 윤종운 화가는 독자로 참여하여 글을 읽고, 존경하는 작가이며 아버지라고 하였습니다.

 # 윤종운(아들) 저는 아버지가 자랑스러워요. 경찰이라는 직업이 삭막하다고 할 수도 있는 그런 직무 환경인데도 불구하고, 문학이라는 감성적인 예술 활동을 틈틈이 해 오셨다는 점에서 존경심을 표합니다.

 # 기자 『청촌수필』에세이집에 자필로 서명하여 독자들에게 나눠주기도 하며 작가와 만남에서 살펴보지 못한 윤승원 수필가의 글을 읽을 수 있게 하였습니다.

누구나 '생활 속의 이야기'를 글로 써볼 때, 자신의 글이 될 것이며, 어렵고 힘들 때 위안받을 수 있는 수필가의 글이 더 많은 독자와 만날 수 있기를 기대해 봅니다.

- CMB 대전방송 뉴스 박오덕 시민기자

일상을 글로, 글을 일상으로

하루하루 써내려간 이야기가
작품이 되는 과정(독자와의 대화)

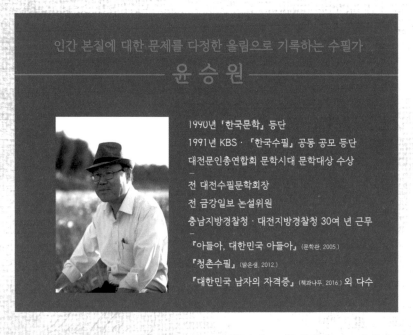

인간 본질에 대한 문제를 다정한 울림으로 기록하는 수필가

윤 승 원

1990년 『한국문학』 등단
1991년 KBS · 『한국수필』 공동 공모 등단
대전문인총연합회 문학시대 문학대상 수상
–
전 대전수필문학회장
전 금강일보 논설위원
충남지방경찰청 · 대전지방경찰청 30여 년 근무
–
『아들아, 대한민국 아들아』 (문학관, 2005.)
『청촌수필』 (맑은샘, 2012.)
『대한민국 남자의 자격증』 (책과나무, 2016.) 외 다수

▲ **작가소개 리플릿과 도록** – '작가의 소리·독자의 소리' 문학콘서트장에서 책자와 영상 스크린으로 작가의 작품세계가 소개됐다.

(2018.11.16.)

▲ **전시 작가의 작품 설명** – 취재기자와 관람객들이 성황을 이룬 가운데 전시 작품 배경 설명이 있었다. 이 글을 쓰게 된 동기를 설명하자 떠들썩했던 개막식 장 분위기가 갑자기 조용해졌다. 진지하게 경청해 주는 관람객들이 고마웠다.

(2018.11.16.)

제3부 들어가며

'세월 따라 노래 따라'라는 말은 누구에게나 귀에 익숙한 말이다. 한 번 불리고 끝나는 일회성 노래가 아니라 세월 따라 '다시 듣고 싶은 노래', '다시 부르고 싶은 노래'라면 우리의 정서 생활에 얼마나 유익한 일인가? 노래가 아니더라도 여기 수록된 글이 그런 '희망 사항'을 품고 있다. 아니, 이미 필자의 그런 '희망 사항'을 독자들이 충족시켜주고 있다. '좋아해준 수필', '추천해준 수필', '슬그머니 퍼간 수필', '사랑의 말씀 주신 수필', 그리고 '경찰서 유치장에서 자신을 반성하고 새로운 생각을 가지게 됐다는 수필' 등이 그러하다. **'세월 따라 수필 따라'** 우리네 인생도 슬픔은 다 독이고, 즐거움은 나누면서, 아름답고, 풍요롭고, 멋지게 살았으면 좋겠다.

제3부

경찰서
유치장에서 만난　‘내
글의 독자’

🖋 아내가 좋아하는 수필

어느덧 60대 후반의 할머니(아내)는 눈으로 글을 읽는 것보다 귀로 듣는 것을 더 좋아한다. 눈으로 글을 읽으려면 10분도 채 안 돼 잠이 온다는 것이다. 그래서 방송된 나의 수필을 녹음테이프에 담아 계절에 맞게 가끔 틀어주기도 하고, 때론 내 목소리로 수필을 읽어주기도 한다. 그럴 때마다 '언제 들어도 가슴에 스며드는 글'이라고 공감해주는 수필이 있다. 「기침 소리」가 그러하고, 「동태 한 마리의 행복」이 그러했다. 한 시대를 비슷한 생활 정서로 살아왔기에 소박하고 순수한 삶의 이야기에 공감해주는 것 같다.

◀ 방송수필 「기침 소리」 - 이 글이 방송된 계절이 겨울철이었다. 찬바람이 불면 더욱 심하셨던 어머니의 잔기침 소리와 근엄하셨던 아버지의 큰 기침 소리가 그리워진다. 부모님 기침 소리가 다시 듣고 싶을 때 이 수필을 가족과 함께 듣는다. 돌아가신 분들이 아니라 곁에 여전히 존재하시는 분들과 같은 착각이 들 때도 있다.

▶ 시와 수필 CD - 방송됐던 시와 수필을 녹음테이프에 담아두었더니 세월이 지남에 따라 음질이 변하여 CD에 담아 놓았다. 이 세상에 단 1개밖에 없는 '개인소장용 낭송수필 CD'

기침 소리

생전에 부모님의 기침 소리는 적잖은 괴로움이었다. 그러나 찬바람이 불고 이렇게 스산하게 느껴지는 겨울밤이면 이 세상에 안 계신 부모님의 기침 소리가 그립고, 다시금 듣고 싶어지는 까닭은 무엇인가?

그 옛날, 친구들과 어울려 놀다가 밤이 이슥하여 집 앞에 이르면 나는 부모님께 죄송하여 큰 대문을 두드릴 수 없었다. 쪽대문으로 발길을 옮기는 것이다. 쪽대문은 늘 걸어 잠그지 않으셨다. 작대기 하나만 살짝 걸쳐 놓으셨다.

그것은 밤늦게 돌아올 자식을 위해 어머니께서 해놓으신 배려였다. 그러나 문을 열고 들어서면 사랑방에서 아버지의 큰 기침 소리가 어김없이 흘러나왔다. 아무리 발걸음 소리를 죽이고 살그머니 들어서려고 해도 아버지께서는 용케 아시고 큰기침을 하셨다.

우리 형제들은 아버지의 큰기침 한 번이면 기가 죽었다. 그 소리가 행동에 엄격한 제약을 주는 것이었다. 그것은 위엄이었다. 그 기침 소리는 근엄하신 아버지의 상징이었다.

외출하고 돌아오실 때 아버지께서는 대문 앞에서 꼭 큰기침을 한두 번 하고 들어오셨다. 그 소리가 곧 어른의 기척이셨다. 혹 못마땅한 일이 있어도 크게 꾸짖지 않으셨다. 그저 큰기침 한 번으로 대신하셨다. 그것은 자식의 잘못을 스스로 깨우치게 하는 채찍의 소리였다.

이제 나는 돌아가신 어른의 큰기침 소리를 다시 들을 수가 없다. 아무리 인륜이 땅에 떨어진 세상이라고 개탄하는 소리가 높지만 근엄하신 어른의 큰기침 소리가 들리는 집안이면 그 아이들은 온순하게 자랄 거란 믿음이 간다.

그러나 지금의 나는 옛 어른만큼 무게 있는 큰기침을 아이들 앞에서 낼 수가 없다. 그래서 더욱 옛 어른의 큰기침 소리가 그리워지는지 모른다.

　우리는 살아가면서 많은 기침 소리를 듣게 된다. 어두운 밤길에서 듣게 되는 기침 소리는 반갑다. 그 인기척 소리는 내 가까운 이웃처럼 느껴져 공포감을 씻어주니, 안도의 소리이다. 기침 소리는 연만하신 노인의 소리이며, 환자의 소리이기도 하다.

　또한, 기침 소리로 목을 가다듬고, 아랫배에 자신감을 불어넣어 보기도 하는 사전 준비운동 같은 것이기도 하다. 어디 그뿐인가? 저만치에서 못된 짓을 저지르려고 하는 아이의 행동을 멈칫하게 하는 소리가 어른의 기침 소리이다.

　그리고 찬바람이 불면 더욱 심하셨던 어머니의 기침 소리를 어찌 잊으랴! 학창시절 부엌에서 들려오는 어머니의 기침 소리는 새벽밥 지으시는 소리였고, 집 안밖을 둘러보시며 아버지가 하시는 헛기침 소리는 늦잠 자는 자식을 깨우는 자명종 소리와 같은 것이었다.

　어머니의 잔기침 소리에 온화한 모정을 느끼었고, 아버지의 큰기침 소리에 흐트러진 매무시를 고쳤다. 자식은 그렇게 탈 없이 성장하였다. 커 가는 자식에게 잔정만 있고 위엄과 권위가 없는 오늘의 아비가 부끄러운 것도 옛 어른의 근엄함을 따를 수 없기 때문이다. 어른의 큰기침 소리 한번 듣고 싶어지는 밤이다.

(1990.11.24. KBS)

동태 한 마리의 행복

　요즘 단돈 1만 원으로 온 가족이 행복할 수 있다면 믿을까? 얼마든지 행복할 수 있다는 비결을 알았다. 아니 분에 넘치는 호사스런 행복을 누릴 수 있다는 것을 알았다.

　휴일 오후 대전 갑천 변에서 걷기 운동하고 집에 돌아올 때, 또는 도솔산 등산을 하고 집에 돌아올 때, 인근 재래시장에 자주 들른다. 시장에 들어서면 우선 생선가게 앞을 그냥 지나치지 못한다.

　"자, 오늘은 거저 주는 거나 다름없는 가격입니다. 고등어도 엄청 싸고, 꽁치는 더 싸고, 오늘의 오징어는 바다에서 금방 건져 올린 것처럼 펄펄하고 싱싱합니다. 어서 오십시오. 무지무지하게 쌉니다."

　'거저 주는 것이나 다름없이 싸다'는 재래시장 상인의 너스레는 365일 똑같은 '고객 유혹수법'이지만 누구도 '과대선전'이라 나무라지 않는다. 오히려 그 구성지고 신명 나는 목소리가 정겨운 장터의 분위기를 한껏 고조시킨다. 통통하게 알이 밴 큼지막한 동태 한 마리를 골랐다. 4,000원이다. 그런데 투박하고 묵직한 칼로 동태를 힘껏 내려치면서 젊은 생선장수가 단골인 내게 던지는 말이 재미있다.

　"오늘도 축하드립니다. 또 행운을 잡으셨습니다." '놈의 배 속에 알이 가득하다'는 뜻이다. 언제부턴가 나는 생선가게에서 동태를 고를 때, 주인에게 "저놈 뱃속에 알이 들어 있을까요?" 묻곤 한다. 그러면 생선 장수는 "저도 몰라요. 배 속을 열어봐야 알지요."라고 답한다.

　두 아들이 유난히 동태 알을 좋아한다. 아내가 동태를 한 냄비 푸짐하게 끓여 식탁에 올려놓으면 두 아들은 '알의 유무'부터 먼저 확인한다. 알이 들어 있지 않으면 잔뜩 부풀었던 기대가 무너지는 것처럼 "에이 없네. 없어!" 하면서 실망하고 만다.

유년 시절에는 동태 알을 서로 많이 차지하려고 곧잘 숟가락 싸움을 벌이기도 했던 형제다. 두 형제 모두 군 복무를 마친 뒤로는 달라졌다. 숟가락에 먼저 알을 떴다가도 '형님 먼저, 아우 먼저' 양보하는 모습을 보는 아비는 그저 흐뭇하기만 하다.

이런 저녁 식탁 풍경을 익히 잘 아는지라, 나는 생선가게에서 동태를 살때, 간혹 알이 들어 있지 않은 놈을 만나면 별도로 판매하는 생선 알을 듬뿍 사오곤 한다. 저녁 식탁에서 동태 한 마리 끓여놓고 온 가족이 맛있게 먹는 것을 보면서 나는 국물만 먹어도 흐뭇하고 한없는 행복감에 젖는다.

김소운金素雲(1908~1981)의 명수필 가운데 「가난한 날의 행복」에는 감동적인 세 쌍의 부부 이야기가 등장한다. 그중에서 쌀이 떨어져 밥 대신 고구마를 아침상에 내놓은 '시인의 아내' 이야기를 나는 가슴 아리게 좋아한다.

'쌀이 떨어졌으면 왜 미리 말을 못했느냐?'고 나무라는 남편에게 아내가 다소곳이 건네는 말이 긴 여운을 남긴다.

"저의 아버님이 장관이셔요. 어디를 가면 쌀 한 가마 없겠어요? 하지만 긴긴 인생에 이런 일도 있어야 늙어서 얘깃거리가 되잖아요."

단돈 4,000원짜리 동태 한 마리 사 들고 들어와서 이런 수필 한 줄 떠올리며 호사스런 행복감을 맛보는 것은 내 가정형편이 궁색해서가 아니다.

그 옛날 선친께서 시골 장에 가시면 빈손으로 들어오시는 법이 없었다. 으레 꽁치나 고등어 몇 마리 사 들고 들어오셨다. 그러면 어머니는 고기보다 무를 더 많이 넣고 한 솥 넘치게 푸짐하게 끓여주셨다.

그때의 '꿀맛'을 오늘날 내가 잊지 못하고 기억하는 것처럼, 나중에 내

아이들도 아버지가 되면 이 같은 한 가장의 '동태 한 마리의 소박한 행복'을 그들 자식들에게도 이야기하면서 웃음꽃을 활짝 피우리라 믿기 때문이다.

(2010.05.10. 금강일보)

복福 달아날라

"아주 자~알 먹었다. 배부르다. 아이고, 배불러~."

밥을 먹으면서 아이들한테 이런 소릴 들으면 나도 모르게 튀어나오는 말이 있다. "그런 말 하면 복 달아난다." '잘 먹었다'는 말은 듣기 좋은데, '배가 부르다'는 말은 왠지 거슬린다. 왜까?

60, 70년대만 해도 세끼 밥도 제대로 챙겨 먹지 못하던 어려운 이웃들을 많이 보면서 자랐다. 그런 까닭에 어른들은 아이들이 밥을 먹고 나서 '배부르다'는 말을 함부로 하면 꾸짖었다. 꾸짖는 데는 두 가지의 이유가 있다. 하나는 배고픈 이웃이 들으면 그 서러움이 더욱 클 터이니 '삼가라'는 뜻이요, 또 하나는 '오늘의 배부름'을 자랑이나 과시하면 혹여 말이 씨가 되어 배고픔을 경험하게 될지도 모른다는 '경계의 뜻'에서 나온 말이다.

요즘도 나는 이런 말을 아이들 앞에서 곧잘 하는 것을 보면 구시대 사람임이 틀림없다. 고려대학교 신문사에서 특집 원고 청탁을 받았던 적이 있다. '주제탐구: 밥으로 세상 읽기 – 아버지의 밥'이라는 기획특집이었다. 인생의 서러움 중에 가장 큰 서러움인 배고픔을 이기면서 살아온 어려운 이웃을 소재로 쓴 이야기였다. 나의 이야기 주인공이 된 그 당시 가난했던 소년은 지금은 성장하여 어엿한 40, 50대의 가장이 되었으리라 생각된다.

요즘에 '배고프다'는 말을 하는 사람은 보기 힘들다. 하지만 '배부르다'는 말을 무심코 하는 사람들을 주위에서 흔히 본다. 그럴 때마다 가난했던 시절, '배꼽의 수치'를 잘 아는 필자는 부질없는 걱정을 한다. "복달아 날라!" 옛 어르신들이 공연히 하신 말씀이 아니라는 생각이 든다.

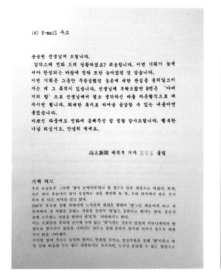

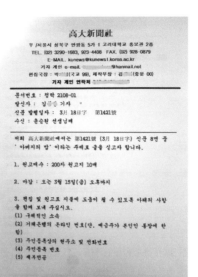

▲ **고려대학교 신문사의 원고청탁서 일부** – 각종 신문이나 문학지 등에서 필자에게 원고청탁 할 때, 대부분 정중하면서도 간곡한 청탁서를 보내오지만 그중에서 고려대학교 신문사에서 보내온 원고 청탁서는 필자가 글을 쓰지 않을 수 없게 '마음을 움직이는' 성의가 묻어난다. '원고청탁의 표본'을 보여주는 것 같다. 편집자는 필자에게 먼저 전화로 원고를 써줄 수 있는지 1차 타진하고, 2차로 메일로 허락해준 데 대한 감사의 뜻을 전하면서 청탁 배경과 기획의도 등을 자상하게 보내주는 것이다. 여기서 그치지 않는다. 지면에 게재되면 글이 실린 신문을 우편으로 보내준다. 물론 원고료 역시 통장 계좌로 동시에 보내주었다. 바쁜 직장 생활하면서 시간을 쪼개 글을 써준 필자로서는 '글 대접 제대로 받았다'는 느낌이 든다.

▲ **고려대학교신문 기획특집**(2002.03.18) – '밥'으로 세상보기(「아버지의 밥」). 이 수필이 대학교신문에 게재되자 필자가 재직 중인 경찰관서에서도 큰 화제가 됐고, 내 고향 '청양신문'에서도 화제기사(2002.03.26일자)로 보도됐다.

튀어나온 배꼽의 수치를 아는가

　점심때가 되면 배꼽이 툭 튀어나온 아이가 이따금 대문 앞에 나타났다. 간신히 고추만 가린 녀석은 턱을 괴고 문간에 앉아 같은 또래의 친구(필자의 조카)를 불렀다.

　"선영아, 놀자! 응? 얼릉 나와." 아이의 힘없는 작은 목소리가 문간에서 들리면 식구들은 마루에서 밥을 먹다 말고 일제히 쳐다보았다. 녀석을 보면서 식구들은 밥이 목으로 제대로 넘어가지 않았다. 아이의 배꼽은 밥을 많이 먹어 튀어나온 게 아니었다. 어른들은 품삯 일 나가고 어린것이 동네 골목을 혼자 배회하다가 허기가 지면 장독대의 된장, 고추장을 손가락으로 찍어 먹었다. 그 짜고 떫은 것을 입에 넣었으니, 한여름에 갈증이 오죽 심할 것인가. 이내 우물가의 바가지로 물을 들이켜지 않으면 안 되었으므로, 녀석의 배꼽이 그리된 것이었다. 녀석이 대문 앞에서 같은 또래의 친구를 부르며 놀자고 하는 것은 소꿉놀이가 목적이 아니었다. 오로지 '밥'이 그리워서였다.

　그러나 아이의 모습은 절대 비굴하지 않았다. 기氣가 펄펄하게 살아있는 오늘날의 아이들 같으면 다짜고짜 "저 밥 한 그릇 주세요." 했을 것이다.

　하지만 아이는 본디 그렇게 활달하게 길들여진 집안의 자손이 아니었다. 삼시三時 끼니를 제때 찾아 먹기 어려울 만큼 사는 형편이 어려워서 그렇지, 아이의 가슴속에는 한 가닥 자존심이 흐르고 있었다.

　여름철이면 거의 웃통을 벗고 사는 동네 아이들에게 배꼽이 튀어나온 것은 결코 수치심이 아니었다. 그러나 '밥 좀 달라'는 소리 대신 '친구야 놀자!'라고 말할 수밖에 없었던 것은 아무리 동심이지만 상처받고 싶지 않은 자존심 때문이 아니었나 싶다. 그런 까닭에 어른들의 가슴속에는 그 아이의 그늘진 표정이 더 큰 슬픔으로 각인되었는지 모른다.

문간에서 들려오는 녀석의 그 가느다란 목소리를 듣고, 으레 손잡고 들어오는 것은 인정 많으신 형수님이었다. 형수님은 자식 같은 녀석의 볼록한 배를 어루만지며 "어이구, 불쌍한 것!" 하셨다.

녀석은 거지가 아니었다. 내 이웃이었다. 그러므로 한 식구처럼 마루에 걸터앉은 아이의 앞에는 고봉 밥사발뿐만이 아니라, 어른의 진지 상에 올랐던 것과 똑같은 살찐 생선도 한 토막 마땅히 놓아주는 것이었다. 배고픈 이에게 밥을 주는 일은 농촌 사람들에게 가장 아름다운 덕목이었다. 그 적덕積德의 시절, 남을 위해 베푸는 사람들은 많이 가진 자들이 결코 아니었다. 한결같이 넉넉한 형편은 아니었지만 작은 나눔의 인정을 통해서 정신적인 풍요를 누리고자 했다.

그 심성 착한 이웃들은 밥그릇을 가지고 다투지 않았다. 못 살아도 무지無知를 탓할 뿐 누굴 원망할 줄 몰랐다. 정치도, 사회도, 경제도 몰랐으므로 불평이 크지 않았다. 그런 토양에서 자란 사람들은 그래서 범죄도 몰랐다. 한평생 농사꾼으로 살아온 어른들은 천형天刑과 같은 가난을 면하려면 자식을 가르치는 일밖에 달리 도리가 없다고 굳게 믿었다. 가르칠 능력마저 모자라는 사람은 보따리 싸들고 도회지로 내빼는 자식들을 잡지 못했다.

장독대의 된장, 고추장을 손가락으로 찍어 먹던 그 아이의 힘들었던 시절도 그리 오래가지는 않았다. 굶어 죽어도 서울행 버스를 타야만 했다. 죽기를 각오하고 나선 몸인데, 호구糊口 해결을 못 하랴. 무에서 유를 개척해야 하는 역경의 세월 속에서 그들은 한 맺힌 '밥 설움' 극복을 위한 절치부심切齒腐心이 있었을 것이다.

이제 시대가 화려하게 변했다. '튀어나온 배꼽', 그 수치심을 모르고 자랐던 세대들도 이제 밥은 먹고 살만큼 되었다. 그런데 어찌 된 일인지 밥에 대한 한풀이는 그칠 줄 모른다. '밥그릇'에 대한 투쟁의 역사는 계속되는 것이다. '기본 생존권'이라는 점잖은 말로 밥의 정의를 대신하는 사람들도 부쩍 늘었다. 너도나도 안정적이라 믿었던 직장인들이 밥그릇에 대한 불안 심리를 '붉은 머리띠'로 나타내는 것도 흔한 모습이었다. 어린 시절 혹독한 허기를 경험했던 '배꼽 아이'가 이 시대 노조 간부 속에 끼어 있다면 가히 숙명적이라고 할 수밖에.

돌이켜 보면 밥의 역사는 비극의 역사다. 쌀밥 한 그릇이면 온몸으로 행복을 느껴야 했던 곤궁의 시절에는 '생존권'이라는 강력한 호소력을 가진 용어조차 있는 줄 몰랐다. 인간다운 삶. 그런 사치스런 용어는 행복에 겨운 선진국 사람들이나 즐겨 사용하는 언어인 줄 알았다. 문명의 시대로 전환되면서 무지無知의 아버지들도 의식이 깨었다. 아는 만큼 권익權益이 보이는 것이다. 요즘 대학생 아들을 둔 이 아버지는 안타깝다. 신세대 아들에게 이런 이야기를 하면, 내가 과거 선친 앞에서 그랬듯이 "옛날 얘기 그만하세요. 이젠 시대가 변했잖아요." 한다.

그렇다. 아버지의 시대는 가고 있다. 그래도 이 아비는 아들에게 실망하고 싶지 않다. 오히려 기특한 데가 있음을 발견한다. 밥 굶지 않고 사는 것을 굳이 아버지의 고생의 대가로 여기지 않더라도, 아내가 밥상을 차려 주면 저 논밭에서 허리 휘게 고생하는 농민들의 피땀이라 여기면서, 밥 한 톨도 귀하게 여겨 알뜰히 먹어주는 아이들이 그저 고맙기만 한 것이다.

(2002.03.18. 高大新聞)

경찰 동료가 추천한 수필

　수필 「허리띠」는 사연이 많은 글이다. 경찰 재직 중 동료 여자 경찰의 따뜻한 마음의 선물이 소중하여 수필로 썼다. 방송과 삽시에 잇따라 이 글이 소개되자 경찰 동료들 사이에서 크게 화제가 됐다. 소속 지방경찰청장까지 내 수필에 대해 언급하면서 격려 편지와 함께 또 다른 '명품 허리띠'를 선물로 보내오기도 했다. 수필 「경찰관의 구두」와 「겸손한 경찰」 역시 현직 경찰관들의 댓글이 가장 많이 달렸던 글이다. 매년 10월 21일 '경찰의 날'을 전후하여 SNS 통해 '다시 읽는 수필'이 됐다. 치안 일선에서 불철주야 고생하는 경찰관들과 그 가족들이 조금이나마 위안이 되는 글이었으면 좋겠다.

◀ 충남지방경찰청장의 편지 - 겉봉에는 친필로 "좋은 글이외다. 보기 드문 좋은 글이구먼, 축하와 더불어 감사!"라고 쓰고, 봉투 안에는 해당 글을 가위로 오려 보내주었다. 당시 그분(김중겸 치안감)은 신문이나 잡지에 경찰관의 글이 실리면 이런 형식으로 격려와 축하의 편지를 보내주었다. 글 속에 나오는 것과 똑같은 까만색의 '고급 허리띠' 선물은 공보실 직원을 통해 별도 포장으로 보내왔다.

허리띠

선물이라고 하면 어떤 것이든 각별하지 않은 게 없지만, 그중에서 내겐 아주 긴요하게 느껴지는 물건이 하나 있다. 다름 아닌 허리띠가 바로 그것 이다. 어찌 보면 하찮은 물건이다. 그러나 그게 선물로 받은 것이니, 내겐 소중하게 느껴지는 물건이다.

지금까지 나는 이걸 선물로 받았다고 누구에게도 말하지 않았다. 괜스 레 웃음을 살 것 같다는 생각에서였다. 그러나 언제까지 비밀로 간직할 수는 없다. 그걸 선물로 준 분의 뜻을 고맙게 여기면서, 한편으론 누구에 게 은근히 자랑하고 싶어 조바심이 난다.

이런 고급스런 허리띠는 처음 매보았다. 내가 여기서 굳이 혁대나 벨트 라 하지 않고, 허리띠라 하는 것은 우리말의 순수한 점도 있지만, 그보다 는 어릴 적부터 익숙하게 써 온 말이기 때문이다.

이것을 내게 선물한 사람은 여자 경찰[女警]인 K 여사다. K 여사는 몇 해 전에 나와 같은 부서에 근무한 적이 있는데, 내가 다른 부서로 자리를 옮기게 되었다고 하니까, 서운하다면서 이걸 선물로 주었다. 같은 부서에 근무했던 동료 직원이라는 것밖에는 특별히 잘해준 것도 없는데, K 여사 는 내게 남다른 관심을 보였다.

물론, 그러한 느낌은 내 쪽에서 일방적으로 느낀 친근감 같은 것이니, 아무도 오해(?)할 소지는 없다.

그러나 K 여사와 남달리 스스럼없는 대화를 나누고 가깝게 지낼 수 있 었던 가장 큰 이유는 둘 다 개구쟁이 아들을 둘씩 두었다는 점이다. 내가 어쩌다 집안 이야기를 하다가, "아이들 말썽이 이만저만이 아니야." 하면,

그도 "어쩌면 우리 애들하고 똑같은지 몰라요!" 하면서 맞장구를 쳐주는 것이었다.

짓궂은 사내아이들을 둔 비슷한 처지의 부모가 겪는 동병상련이라고나 할까? 그런데 나는 그런 선물을 받기만 하고 그 뒤로 K 여사에게 아무런 보답도 하지 못했다.

서로 각기 떨어져 다른 부서에 근무하는 탓도 있지만, 안부 전화조차도 못하고 살아온 나의 무성의가 더 크다. 물론 일과 중에 여경과 사담私談이나 나눌 만큼 한가한 직장 분위기도 아니지만.

결국, 나는 허리띠를 맬 때나 가끔 K 여사를 떠올리게 되는데, 그럴 때마다 나도 언젠가는 보답을 해야겠다는 마음뿐이다.

K 여사는 많고 많은 선물 가운데 왜 하필이면 내게 이 같은 선물을 하였을까? 백화점에 갔다가 우연히 눈에 띄어 이걸 선물한 것일까? 아니면, 박봉에 헤프게 살지 말고 허리띠나 졸라매고 살라고 내게 이걸 선물하였을까? 옛 속담에 '허리띠 속에 상고장上告狀 들었다'는 말이 있다. 겉보기와 달리 속에 뛰어난 재주와 훌륭한 물건을 지니고 있다는 뜻이다. '떨어진 주머니에 어패御牌 들었다'는 말과 같다. 그 옛날 어머니는 '못생기고 볼품없다고 해서 사람 무시하지 말라'는 뜻으로 '베주머니에 의송(議送 : 조선 시대, 백성이 고을 원의 판결에 수긍하지 못하였을 때 다시 관찰사에게 하는 상소) 들었느니라'는 말씀을 자주 하셨다. 겉은 허술하고 못난 듯하나 비범한 재질과 훌륭한 가치를 지녔다는 말이다. '허리띠'에 대한 순전히 나의 상상이요, 확대해석이다. 사소한 것 같지만, 정신적으로 많은 뜻을 내포한 선물을 받고 혼자 이런저런 생각에 잠겨보는 것이다. 하지만 그 뜻을 내가 어찌 헤아리랴! 어차피 이것은 이미 나를 구성하는 일부분이 되었고, 이젠 손때가 묻어 웬만큼 정도 들었다. 고장도 잘 나지 않고 질기기

도 하다. 색깔도 까만 것이어서 아무 바지에 매도 무난하다. 그러니 이것을 나는 언제까지 매고 다닐지 모른다.

그동안 살아오면서 많은 허리띠를 매보았지만 금방 고장이 나거나 퇴색하여 버린 것이 부지기수다. 어디 그뿐인가? 좀 더 거슬러 올라가 보면 이같은 고급 혁대가 없었던 나의 어린 시절, 어머니의 치마끈을 바꿔 매도 좋을 '무명 끈'으로 바지춤을 질끈 동여매고 다니기도 하지 않았던가! 그건 '허리끈'이라 해야 어울린다.

'내핍생활의 상징'으로 그걸 졸라맨다고도 하고, 진수성찬을 앞에 놓고 그걸 끌러놓고 먹어보자고도 하는 물건! 어찌 보면 상체와 하체를 구분짓는 선線이요, 사람의 중간 부분을 적당히 조여 긴장을 시켜주기도 하는 매듭이다. 배가 나온 중년中年은 한 칸씩 늘어감이 걱정이고, 연만하신 노인이면 한 칸씩 줄어듦이 서운하다.

온종일 흘러내리지 않도록 하는 기능도 중요하지만, 하루의 일과를 끝내고 귀가하여 그것을 풀어내리는 홀가분함 또한 맛볼 수 있게 하는 장치인 것이다. 이만하면 겉으로 드러나게 치장하고 다니는 그 어떤 호화로운 액세서리보다 귀한 선물이 아닌가 싶다.

(1990. KBS)

경찰관의 구두

　칠순 노모가 자식의 구두를 깨끗이 닦아놓는다. 돈을 주고 닦아 신는 것처럼 구두코가 반들반들하지는 않지만, 어머니께서 손수 닦아주시는 구두를 신고 집을 나서면 나는 죄송하면서도 한편으로는 기분이 좋았다.

　어머니는 경찰관 아들의 구두를 닦아주시는 것을 일상의 큰 낙으로 여기셨다. '힘드신데 그냥 놔두시라'고 한사코 말리는데도, 어머니는 내 구두를 하루도 거르지 않고 닦아주셨다.

　어머니는 자식의 구두를 닦으면서 '오늘도 자식이 이걸 신고 다니면서 고생할 텐데…' 안쓰럽게 여기셨을 게 분명하다. 이제 어머니는 이 세상에 안 계시다.

　나는 지금도 아침에 구두를 신고 나오면서 어머니의 그 손길을 염치없이 그리워한다. 어머니는 내게 수호신 같은 존재였다. 지금도 다르지 않다.

　낮고 험한 데만 찾아다녀야 하는 경찰 직업을 가진 자식을 위해 저 높은 곳에서 염려스런 마음으로 지켜주시리라는 믿음은 지금도 내겐 신앙과 같다. 일선 경찰관들은 발로 뛰는 사람들이다. 책상머리에 앉아 머리로 일하는 사람과는 임무가 다르다. 현장을 노상 발로 확인하고, 몸으로 느낀다. 구두가 그 어느 직종보다 쉽게 헤질 만큼.

　언젠가 구두 수선업을 하는 분이 경찰관의 구두를 수선하면서 그 속에서 풍기는 지독한 냄새와 그 어떤 직업에서도 찾아보기 어려운 구두 옆구리의 헤진 부분을 보고 그 노고를 지면에 투고한 것을 기억한다. "발은 침대에 있는 시간 이외에는 신발 속에 있다."라는 서양속담이 떠오른다. 아마도 이 말이 가장 적절하게 잘 어울리는 직업이 경찰관이 아닌가 싶다.

이제 경찰관의 구두는 유행이나 모양으로 선택하기보다는 건강이라는 관점에서 특별히 제작된 것을 신었으면 하는 소망도 가져본다.

경찰관들은 발을 너무 혹사시킨다. 지난해 경찰가족의 편지글을 모아 편집하는 일을 맡아 본 적이 있다. 그중에서 경찰관 자녀가 쓴 「아빠의 발을 보면…」이란 편지를 읽으면서 나도 모르게 가슴 뭉클함을 느꼈다.

"아빠가 야근을 하고 집에 오시면 오전 내내 주무시지요. 주무실 때 퉁퉁 붓고 무좀투성이인 아빠의 발이 보이지요. 그 발은 더럽고 미워 보이지만 우리를 위해 애쓰고 고생하시는 것을 다 말해주는 것 같아요."

얼마 전, 일선 고등학교 교장직을 끝으로 정년퇴임하신 큰 형님이 미국에 교환 교수로 가 있는 조카의 초청으로 메인주 벵골지역을 여행하면서 동생인 내게 이런 편지를 보내왔다.

"이곳 경찰들은 길거리를 다니면서 하품을 예사로 한다. 그 모습이 내 눈엔 부럽기만 하더라." 그러면서 형님은 "미국의 다른 지역은 몰라도, 이 벵골지역의 치안상태만은 집마다 문을 걸어 잠그지 않아도 될 만큼 평온하다."라는 것이었고, "피곤해서가 아니라, 할 일이 없어 하품하는 경찰들을 보고, 경찰 직업을 가진 동생을 생각하게 됐다."라는 것이었다. 나는 이 편지가 소중해서 동료 경찰관들과 돌려가면서 읽었다.

▲ 미국에서 보내온 장형의 편지

동생 승원에게

말로만 듣던 미국에 도착한 지도 며칠 되었다. 보고 듣는 게 모두 신비하고 경이롭구나. 넓고 크고 한없이 풍족한 삶을 누리고 있다. 모든 게 부럽기만 해서 우리 실정과 비교할 때 속이 상할 정도다.

어딜 가도 숲이 무성하고 집들이 멀찍이 떨어져 있어 사람을 만나면 무조건 반갑단다. 모르는 남남끼리도 웃으며 인사한다. 거짓말 같은 사실들이다. 승용차 문도 잠그지 않는다. 도둑이 없다고 하면 믿겠니? 그러나 사실이라고 한다(물론 미국 전역이 다 그런 것은 아니고, 이곳 메인주의 뱅골지방이 그렇다).

모두가 여유롭고 풍족하게 사는데 무엇 때문에 남의 물건에 욕심을 내느냐는 거다. 조상 적부터 생활습관이 바르고 신사적인 삶을 살아온 것도 도둑 없는 사회를 만든 중요한 덕목이 된 것 같다.

서울 김포공항에서 이곳 보스턴까지는 비행기 안에서 14시간을 지냈다. 논스톱이다. 보스턴에서 이곳 뱅골까지는 4시간 반이 걸렸다. 아마 서울에서 대구 정도는 되지 싶다. 아니 그보다 더 먼지도 모르겠다. 그 구간에서 전답이나 채소 한 포기 못 보았다. 계속되는 숲 사이로 고속도로만이 직선으로 나 있다.

승용차들은 대낮인데도 거의 다 라이트를 켜고 달린다. 산도 못 보았다. 산이 없으니 높고 낮은 고개도 없다. 그저 모두가 나무숲의 연속일 뿐이다. 처음에는 무슨 이런 곳이 다 있는가 싶었다. 어디고 나무만 베어버리면 넓고 넓은 농토가 될 것이다. 그런데 한 곳도 손대지 않고 버려두고 있더라. 이토록 풍족한 곳에서 살아서인지 범법자도 없단다. 경찰관들이 할 일이 없어 왔다 갔다 그냥 돌아다니거나, 하품을 할 수밖에 없다고 한다. 이곳 뱅골지방에 8년 만에 범죄사건, 그것도 살인사건이 발생했는데, 가해자는 정신질환자였다고 한다. 범죄 없고 도둑 없고 오염이나 공해가 전혀 없는 곳, 그런 곳이 아직은 이 지구상에 남아 있다는 데 신비감이 더해진다.

이렇게 마음이 여유롭고 생활이 풍족하고 땅이 넓은데, 사람이 그리울 정도로 반가우니, 마치 몇백 년 전 우리 선조들이 살던 시대와 같다고나 할까. 풍경은 소박해 보이는데 문화 문명만큼은 초현대식이니, 초행길인 내 눈엔 가히 천국 같은 낙원이라고 하겠다.

다만 교통도덕, 질서의식은 가혹하리만큼 엄격해서 다른 어느 곳에서 운전면허를 취득했다 해도 이곳 메인주만은 운전면허 시험을 다시 치러야 한다. '밤이고 낮이고 승용차 문 잠그는 사람 없다'고 했는데, 여기에 모든 걸 견주어 상상해 보기 바란다. 나로서는 진실로 믿어지지 않아 꿈나라에서 헤매는 느낌이다.

이 좋은 곳에 아들 딕택에 왔으니, 잘 쉬었다 가겠다. 사실 정년퇴직하고 그동안 마음의 여유가 없었다. 이제 이런 곳에서 좀 쉬어도 되지 싶은 생각이 든다. 여러 자식 집을 방문해 보면 '이만하면 되었지, 이 나이에 더 무슨 욕심을 내랴' 싶기도 하다. 잠시 시간이 있기에 두서도 없이 몇 자 적었다. 항상 부모님 은혜와 조상님의 음덕을 감사히 생각한다. 우리 집안 모두의 건강과 행복을 기원한다.

미국 메인주 벵골에서
舍兄 길원 씀

요즘 인터넷 게시판에는 경찰의 잘못을 나무라는 글들이 많이 올라온다. 어느 네티즌은 의경들이 거리에서 잡담하는 모습이 보기 안 좋다고 지적한 적도 있었다.

또 어느 시민은 순찰하는 경찰관이 모자를 삐뚤게 썼다고 기강 해이를 지적했다. 경찰이 그늘에서 잠시 쉬는 것도 곱지 않게 본다. '단거리 선수처럼 언제나 뛰어다녀야 하는 직업'으로 인식한다.

한국 경찰은 고달프다. 출동하여 현장에 가보면, 비상식이 상식인양 둔갑하기도 한다. 공연한 일로 트집 잡아 행패 부리는 사람도 있고, 입으로는 온갖 좋은 말을 하면서도 행동은 영 실망스러운, 자칭 '민주시민'도 있다.

사람 사는 곳에 어찌 다툼이 없기를 바라랴? 사람 사는 곳에 어찌 이런저런 말썽이 없기를 바라랴? 그러나 걸핏하면 술이 원인이 되어 문제를 일으키고 끝내 경찰관서에서 매듭지려는 사람도 있다.

보통 사람의 평범한 가정교육과 초등교육 정도를 받은 사람의 지적 수준이라면 얼마든지 경찰을 수고롭게 하지 않아도 될 사안인데도, 일부 시민들은 경찰을 여전히 고달프게 한다. 연중 한 켤레 구두로는 부족할 만큼…….

(2004. 한국경우문예회 『파도와 등대』)

겸손한 경찰

과거 70, 80년대까지만 해도 총각 경찰관이 결혼하려면 중매쟁이가 애를 먹었다. 딸을 둔 집안에서 경찰관이란 직업을 그다지 달갑게 여기지 않았기 때문이다. 사람 됨됨이는 좋은데, 직업이 마뜩잖다는 것이었다. 일제日帝의 잔재가 남아 있어 경찰(순사)에 대한 이미지가 안 좋은데다가 박봉이란 것도 부정적인 요인으로 작용했다.

그런데 그보다 정작 시집갈 처녀들이 선뜻 받아들이지 못하는 더 큰 이유는 '몸을 아낄 수 없는 직업'이라는 데 있었다. 남들이 편안히 잠잘 때 밤이슬 맞고 다녀야 하는 직업, 이 세상 온갖 궂은일은 도맡아 쫓아다녀야 하는 직업이란 점에서 행복한 가정을 이루기 어려운 직종으로 인식됐기 때문이나.

그렇다고 장가를 못 가 애태우는 경찰관들은 주변에서 보질 못했다. 중매쟁이의 화려한 말 수완 덕분인지, 아니면 혼기를 앞둔 처녀들에게 핸섬한 제복 차림의 총각 경찰관들이 매력 있게 보였던 것인지, 많은 경찰관이 '초임지가 곧 처가'가 됐다. 결혼하기 어려운 직업이라고 수군대던 주변 사람들의 통념을 깨고 마음에 드는 처녀를 버젓이 신부로 맞아들였다.

그렇다면 총각 경찰관에게 어떤 또 다른 호감을 느꼈기에 처녀들이 기꺼이 시집을 온 걸까? 비가 오나 눈이 오나 구석구석을 누비면서 힘들고 궂은일을 해결해주는 성실한 봉사 자세에서 '믿음직한 경찰상像'을 발견했고, 이 같은 호감 어린 눈길은 경찰에 대한 사랑과 신뢰로 이어졌다.

'순사가 잡아간다'고 하면 우는 아이도 뚝 그쳤던 그 옛날 '순사'에 대한 부정적인 시각과 고정관념을 성실한 총각 경찰관들이 깨기 시작한 것이었다. 나의 어머니와 누님도 '경찰관 사위'를 보신 것도 기실 그런 인식의 배경이 깔려 있었기에 가능했다. 범죄꾼들에게는 추상같은 면모를 보였지만 선량한 주민들에게는 부모·형제 대하듯 상냥하고 부드러웠다.

그런데 이 같은 대다수 성실한 경찰관들을 힘들게 하는 불미스러운 사건들이 꼬리를 물었다. 직업윤리를 망각한 일부 경찰의 실수나 비리로 인해 대다수 본분을 다하는 경찰관들의 어깨를 축 처지게 만들었다. 한 사람의 경찰관이 국민들에게 큰 실망을 주면 그 여파는 전체 조직의 명예에 큰 상처가 됐다.

경찰에 대한 부정적인 인식은 하루아침에 바뀌지 않는다. 애써 좋은 면만을 부각하려고 노력해도 국민들의 고정관념은 쉽게 바뀌지 않는다. 여기서 중요한 것은 홍보기능에서 굳이 '선행경찰'을 발굴하지 않아도 묵묵히 본분을 다하는 경찰의 모습에서 국민들은 감동한다는 사실이다.

최근에 믿음직스런 경찰의 모습이 잇따라 보도되고 있다. 지난 9일 경기도 광주에서는 비탈진 왕복 4차선 도로에 정차해 있던 한 여성(38세)의 승용차가 갑자기 뒤로 밀리기 시작했다. 차량은 가속도가 붙었고, 차량 조수석에 타고 있던 8살 된 딸은 비명을 질러댔다. 차량이 30m 이상 밀려 횡단보도 앞까지 다다랐을 때쯤 경찰관이 뛰어들어 온몸으로 차량을 막아 세웠다.

자칫 대형사고로 이어질 뻔한 위급한 상황에서 온몸으로 사고를 막은 경찰관은 이렇게 말했다. "여성 운전자가 빵을 사기 위해 정차하면서 사이드 브레이크를 느슨하게 채운 것이 화근이었어요. 큰 사고로 이어지지 않아 다행이지요."

이뿐만이 아니다. 지난해 8월에는 마약 수배자가 운전하는 차량에 매달려 25분을 버틴 뒤 범인을 검거한 일명 '다이하드 경찰관'의 동영상이

CNN을 통해 전 세계에 전파돼 한국경찰의 이미지를 크게 높였다. 또 도주하는 차량의 문을 붙잡고 끌려간 끝에 무면허 음주 운전자를 붙잡은 '용감한 여경'도 있었다.

몸을 사리지 않는 경찰관의 '초인적인 현장 대응능력'은 어디서 나오는가? 투철한 직업의식에서 나온다. 「경찰관직무집행법(2조)」에는 '직무의 범위'가 나온다. 범죄의 예방·진압 및 수사 등 구체적으로 명시해놓은 법 조항만이 다가 아니다. 국민의 생명과 재산을 보호하기 위한 경찰활동이야 말로 그 직무 범위가 얼마나 넓은가 보여준다. 그 '무한대의 직무범위' 때문에 경찰을 힘든 직업이라고 말한다.

초인적인 직업의식은 남다른 애국심과 애민愛民정신에서 나온다. 오늘도 본분과 사명을 다하기 위해 몸을 아끼지 않는 경찰관들이 가까운 곳에 존재하기에 국민들은 평안하고 행복한 삶을 누릴 수 있다. 성실하게 제 역할을 나하는 경찰관들은 큰 것을 비리지 않는다. 국민들이 따뜻한 성원과 격려를 보내면 한결같이 "당연한 일을 했는데요."라면서 겸손해한다.

(2013.04.18. 금강일보)

경찰서 유치장에서 만난 '내 글의 독자'

경찰서 유치장에서 어느 청년이 내 글을 읽고 야간 당직 순시관이었던 필자에게 말을 걸어온 것은 정말 뜻하지 않은 일이었다. 경찰 재직 중 가장 놀랍고, 감동적이었던 순간이었다. 세월이 아무리 흘러도 그 청년의 눈빛을 잊을 수 없다. 법과 제도로도 치유 불가능하다면 어찌하는가? 골목의 좀도둑에서부터 강도·살인 등 중범죄는 물론, 도처에서 목격되는 무질서와 도덕성 상실에 이르기까지 우리 사회에서 근본부터 고쳐야 할 대상은 너무 많다. 그렇다고 유치원부터 다시 보낼 수는 없지 않은가? 어떤 '말 없는 스승'이 필요한 것이다. 사회의 어르신들이 침묵한다면 책이라도 읽게 해야 한다. 말 없는 메시지, 바로 그것이 쉽게 읽히는 수필일 수 있다.

군고구마 장수와 좀도둑

한파가 몰아쳤다. 영하 15도의 기온도 기온이지만 세찬 바람 때문에 사람들은 잔뜩 웅크린 채 동동걸음으로 귀가하고 있었다.

대전의 어느 주택가 골목. 오늘은 차량 통행이 적고 소음과 매연이 없는 주택가에 야간 방범 비상근무 배치를 받은 것도 행운이다.

저만치 아파트 담장 옆에서 군고구마 통에 불을 지피기 위해 널빤지와 각목을 자귀질하는 아가씨의 손놀림이 매우 서툴러 보인다.

근무자의 의무감이라고 할까? '불티가 날라 위험하다'는 말을 하고 싶어 다가갔는데, 막상 군고구마 장수의 앳된 얼굴을 보니 그 말은 나오지 않았다.

불쑥, '고구마 2천 원이치만 달라'고 했다. 목수건을 마스크처럼 입까지 두르고 불을 지피고 있는 긴 머리의 아가씨와, 허름한 잠바 차림에 방한모도 쓰지 않은 채 추위를 이기기 위해 껑충껑충 제자리 뛰기를 하고 있는 까까머리 소년. 남매간이라고 했다. 값싼 동정이 아니라, 그들이 필시 무슨 사연이 있을 것만 같아 호기심으로 물어보았다.

"추운데 고생이 많구나. 그런데 학생은 방한모도 쓰지 않고 왜 여기 나와서 떨고 있지?" 그러자 소년이 말했다.

"누나가 아르바이트를 하는데 도와주고 있어요." 방학 중에 누나가 학비를 벌기 위해 군고구마 장사를 시작했는데, 중학생인 동생도 배달을 해주기 위해 자진해서 나온다는 것이다.

군고구마를 배달한다는 말이 신기해서, "고구마도 배달하니?"라고 물었다. 그러자, 소년의 설명이 재미있다. 퇴근길에 사람들이 군고구마를 사가

려고 여기 서 있으면, 고구마는 쉬 구워지지 않고 추운데 오래 서서 기다리게 하기가 미안하다고 한다. 그래서 아파트 호수를 물어 집까지 배달해 주는데, 그 일이 자기의 몫이라는 이야기다.

소년은 내게도 말했다. 추운데 댁에 가 계시라고. 그러면 곧 배달해주겠다고 아파트 몇 동에 사느냐고 물었다. 나는, 걱정을 안 해도 되는 사람이니, 어서 고구마를 굽기나 하라고 하면서 이들 남매를 좀 더 관찰(?)해보기로 하였다.

드럼통에는 고구마가 들어가는 구멍이 여덟 개가 있었다. 그런데 불을 지피면 맨 가운데 놓인 것만 잘 익고, 옆구리에 놓여 있는 것들은 더디게 익는다고 한다. 그래서 장갑 낀 손으로 자주 바꾸어 놓기도 하고, 또 타지 않도록 골고루 뒤집어 놓아야 한다고 했다.

그러나 무엇보다도 신경을 써야 하는 것은 불을 꺼뜨리지 않고 잘 지피는 일이라고 한다. 고구마가 잘 구워지고 잘못 설구워지고 하는 것은 전적으로 화력에 달려 있다고 대학생 누나가 제법 이 분야의 전문가답게 말했다. 어찌 보면 지극히 상식적인 얘기인데도 이들의 설명이 자못 진지한 것은, 평소 쉽게 경험할 수 없는 어려운 일을 몸소 겪고 있기 때문이 아닌가 싶었다.

나는 고구마가 다 구워질 때까지 이들의 얘기를 좀 더 듣기로 했다. 처음에는 이 일을 시작하는 데 용기가 필요했다고 한다. 부모님은 물론 친구들도 모두 걱정을 했다고 한다.

방학 중에 관공서나 기업체 등에서 사무 보조로, 또는 음식점 종업원으로 아르바이트하는 친구들도 많은데, 왜 하필이면 추운 거리에서 군고구마 장사냐고 만류했다는 것이다. 그런데 뜻밖에도 삼촌이, '젊어서 고생은 사서라도 해 보아야 한다.' 하면서 드럼통과 리어카를 사다 주더라는 것이다.

나는 이쯤 이야기를 듣고, 아가씨가 담아주는 따끈한 군고구마 한 봉지를 가슴에 안고 자동차 안으로 들어왔다. 마침 기동대에서 지원 나온 신임의경에게 이걸 주었더니, 그는 고향 생각이 난다고 했다.

의경과 나는 자동차 안에서 군고구마를 까먹으면서 밖에서 추위에 떨고 있는 소년을 바라다보았다.

부모 밑에서 응석이나 부릴 나이에 저런 고생을 한다는 게 참으로 대견스러워 보였다. 그러나 그들의 의지력이라도 시험하려는지 날씨가 몹시도 매서웠다. 밤이 깊어 갈수록 기온은 점점 더 내려가고 눈발까지 흩날리고 있었다.

인적이 뜸해졌다. 나는 잠시 소년을 자동차 안으로 불러들여 몸을 녹이게 해주고 싶었다.

"여간 춥지 않구나. 내 차 안에서 잠시 몸 좀 녹일까?" 내가 소년의 손목을 잡아끌자, 그의 누나가 의심스러운 듯 나를 쳐다보았다.

"괜찮아, 따라와!" 내가 호루라기와 손전등을 호주머니에서 꺼내 보이자, 소년이 안심이 되는 듯 순순히 따라왔다.

차 안으로 들어온 소년은 의경이 들고 있는 무전기가 신기한 듯 만져보기도 하였다. 내가 소년에게 물었다.

"저렇게 고생을 하면 하루 얼마나 버니?" "2만 원도 벌고 3만 원도 벌어요." "그러면, 그 돈을 어디다 쓰지?"

내가 꼬치꼬치 묻자, 소년은 겸연쩍게 웃으며 이렇게 대답했다.

"그 돈을 어떻게 써요? 쓸 수가 없어요. 그래서 저는 누나가 쪼개주는 용돈을 그냥 모으기만 해요."

이때였다. 형사 기동대 차량이 경광등을 번쩍거리면서 골목 안으로 들어왔다. 두 형사가 수갑을 채운 소년 하나를 끌고 내려왔다.

내가 절도범이냐고 묻자, 형사가 혀를 차면서 한두 건件이 아니라고 했다. 녀석의 자백에 의하면, 며칠 전 이 골목에서 세 집이나 털었다는 것이다. 또 다른 곳에서 절도하는 녀석을 검거했는데, 워낙 여러 건이라 현장에 데리고 다니면서 절도 수법과 피해자가 일치하는지 일일이 확인하는 중이라고 했다.

갑자기 골목 안이 시끌시끌해졌다. 피해자들이 여기저기서 나왔다. 어떤 이는 파자마 바람으로 나와 수갑 찬 소년의 멱살을 잡기도 하였다.

그러나 소년은 압수된 일부 피해품을 제외하고는, 훔친 돈 수백만 원을 모두 유흥비로 썼다고 한다.

쉽게 돈을 벌기 위해 남의 담을 뛰어넘는 젊은이와, 추운 날씨에도 아랑곳하지 않고 거리에 나와 군고구마를 팔면서 힘들게 학비를 마련하는 젊은이를 보면서, 나는 이들이 이 시대를 함께 살아가는 동년배同年輩라는 사실에 씁쓸했다. 두 형사는 수갑 찬 소년을 데리고 또 다른 곳으로 가면서 내게 말했다.

"수고하세요!" 그들이 수고하라는 말이 오늘따라 내 귀엔 '골목 잘 지키라'는 말로 들렸다.

어느새 밤은 깊었다. 그러나 아직도 갓 구워낸 고구마를 연신 봉지에 담아 아파트 단지를 뛰어다니는 소년을 바라보면서, 나는 코끝을 아리게 하는 저 눈발이라도 어서 그쳐줬으면 하고 바랐다.

(1998.01.24. 동양일보)

◀ **동양일보 수필** – 충청지역 종합일간지 동양일보(1998.01.24). 충남도경 재직 중 신문사의 원고청탁을 받아 쓴 글이다. 이 신문에는 당시「손바닥만 한 이야기」라는 고정 수필 란이 있었다. 타이틀이 '손바닥' 이지 지면은 '대문짝'이었다. 신문 한 면 전체를 차지할 만큼 파격적인 '수필'란이 당시 수필 문단에서는 크게 화제가 됐다. 필자가 몸담고 있었던 도경에서는「경찰관이 쓴 글」이라고 해서 공보관실에서 상급 관청에 보고하고 전 직원들에게도 공람케 했다(상단에 해당 언론사 표기와 게재 날짜가 적힌 고무인이 보인다). 훗날 경찰서 유치장에서 어느 젊은 청년이 이 수필을 읽고 필자에게 반갑게 말을 걸어오기도 했다.

한 가장의 작은 행복

"아버지 안녕히 다녀오세요." 어느 가정에서나 흔히 보게 되는 풍경이지만, 나도 아침에 집을 나설 때 등 뒤에서 들려오는 아들의 이 같은 인사말 한마디가 발걸음을 한결 가볍게 한다.

퇴근하여 집에 들어서면 "안녕히 다녀오셨어요."라는 아들의 인사말 역시 하루의 피로를 잠시 잊게 해준다. 보통 듣게 되는 일상적인 인사말인데도 매일같이 새롭게 느껴지는 이 작은 행복감이 때로는 가족들에 대한 고마움으로까지 느껴질 때가 있다.

'고맙다'는 말을 아내와 자식들 앞에서 예사로 내뱉지는 못해도 마음 속으로는 늘 고마움을 간직하고 산다. 왜 아니 그런가? 아침에는 직장일 하러 나가는 아버지의 모습을 자식들이 고마워하면서 인사를 하고, 저녁에는 일과를 무사히 마치고 집에 들어오는 아버지의 모습을 가족들이 감사하게 생각하여 맞아주는 인사말인데 가장으로서 어찌 아니 고마운가.

아침저녁으로 듣게 되는 이 평범한 인사말에서 아버지란 존재를 매일같이 새롭게 확인한다는 것은 건강하고 평안한 가정을 가진 아버지만이 누릴 수 있는 작은 행복이라 생각한다.

마침 의경 아들도 휴가 중이라, 아내와 두 아들이 합창하듯 "안녕히 다녀오세요."라는 인사말을 들으면서 집을 나서게 되니, 가슴이 왠지 뿌듯해오는 것을 억누르기 어렵다.

그런 아침 인사를 등 뒤로 하면서 자동차에 오르면 이 같은 다짐도 생긴다. '오늘도 아내와 자

일러스트 이정운

식들의 기대에 어긋나지 않는 삶을 살아야지', '이런 나의 다짐이 이루어질 수 있도록 하늘도 도와주셨으면…'.

자동차 시동을 걸고 나서 안전벨트를 매는 짧은 순간이지만 한 가장의 이런 일상적인 '기도문'은 자신에 대한 약속과 성찰의 요소로 작용하기도 한다.

가령, '오늘은 가급적이면 말수를 줄여야지. 내가 하고 싶은 말보다 상대 방의 말을 더 많이, 그리고 진지하게 들어야지', '오늘은 매사 손해 보듯 양 보하고, 너그러워졌으면…'. 이렇게 자신에게 최면을 걸듯 약속을 하면 언 행에 대한 절제를 주문하는 그 날의 잠언箴言이 되기도 한다.

내가 얼마나 부족한 사람이면, 매일같이 이런 굴레를 스스로 씌워놓고 옥죄고 살아가는지 참으로 딱한 일이기도 하다. 그런데 삶이 어디 뜻대로 되는가? 하루를 바쁘게 살다 보면 아침에 느꼈던 가족에 대한 고마움과 따뜻한 감정을 미처 상기해볼 겨를도 없이 매사 내 편리한 대로 타성에 젖 어 살게 된다.

게다가 뜻하지 않은 복잡한 문제에 봉착하거나, 속상한 일이 생기면 이 성보다 감정이 앞서는 갖가지 충동도 생기고, 삶에 대한 회의도 하게 된 다. 어디 그뿐인가? 이 세상에 대한 애꿎은 원망도 하고 살아간다.

경찰서에서 숙직하게 되면 유치장을 꼭 둘러보게 되는데, 나는 쇠창살 안에 갇혀 있는 유치인들을 통해 많은 것을 느끼고 배운다.

우선 그들의 죄목을 보면서 얼굴을 가만히 대조해 본다. 누구도 '살인'이 라는 낱말을 얼굴에 새긴 사람은 없다. '사기'라는 말도 그들 얼굴에서는 찾아보기 어려울 만큼 눈빛이 선량하다.

적어도 겉모습만으로는 자유롭게 살아가는 이 세상 사람 누구 못지않 게 착해 보이는 그들의 얼굴을 보면서, 가정에서 하늘이 무너지는 것처럼 걱정하고 있을 그들의 가족을 생각한다.

그 가족들은 사랑하는 가족의 구성원이 이렇게 불미스런 곳에 갇혀 있으니, 문밖에 나가 허물없는 이웃조차 상대하기 어려울 것이다.

음식을 대해도 맛을 느끼지 못할 것이다. 즐거운 것을 보아도 좀처럼 기분을 드러내기 어려운 고통스런 삶의 연속일 것이다.

아침저녁으로 "안녕히 다녀오세요", "안녕히 다녀오셨어요"라는 인사말을 가족들에게서 듣고 사는 사람의 행복이 얼마나 고마운 일인지, 그 인사말 속에 함축하고 있는 소중한 삶의 의미가 얼마나 아름답고 값진 것인지, 날마다 새롭게 깨닫게 된다.

(2005.04.18. 국정브리핑)

감정 다스리기
일행삼사―行三思

　난감했다. 차고 앞을 정면으로 가로막은 자동차 때문에 출근하지 못하고 있었다. 연락 전화번호도 없다. 핸드 브레이크도 콱 잠겨있어 요지부동이다. 클랙슨을 몇 번 눌러보았다. 아무런 반응이 없다.

　이웃집 아주머니가 인상을 찌푸리며 지나간다. 아침부터 웬 소음 공해냐고 핀잔하는 소리가 여기저기서 들려오는 것만 같다. 올 듯 말 듯하던 비까지 내린다.

　시내버스를 타고 갈 것인가, 아니면 택시를 타고 갈 것인가? 그러나 선뜻 발걸음이 내키지 않는다. 변두리 지역이라 직장까지 곧장 가는 버스도 없을뿐더러 더구나 택시를 잡기는 하늘의 별 따기다.

　그래도 미련을 버리지 못하고 자동차를 또 한 번 밀어본다. 꿈쩍도 하지 않는다. 죄 없는 자동차에 발길질이라도 하고 싶다. 아니, 이런 경우 어느 고약한 심보는 바퀴의 바람을 뺀다든지, 못으로 좌~악 긁어 놓기도 한다고 들었는데…….

　그러나 못한다. 차마 못 할 일이다. '인생을 고달프게 사는 어느 젊은이가 밤늦게 들어와 남의 차고 앞인 줄 모르고 주차했으리라.' 이렇게 생각하니 다소 마음이 누그러졌다.

　하지만 선뜻 돌아서지지 않는다. 내가 여기서 포기하고 시내버스를 타고 간다면 이 자동차의 운전자는 지금까지 무슨 일이 있었는지 아무것도 모를 것이 아닌가. 누군가가 자기 때문에 얼마만큼의 마음고생을 했는지 전혀 알지 못하고 유유히 사라질 것이다. 나는 수첩을 뜯어 이렇게 썼다.

　"선생님 자동차 때문에 혼자 속상해하다가 결국 버스를 타고 갑니다. 고의는 아니라 믿지만 야속한 아침이군요."

비가 내리는 가운데 무릎 위에 놓고 쓴 글이라 얼룩이 졌지만 그래도 나는 이 메모지를 접어 운전석 문틈으로 밀어넣었다.

버스를 타고 가면서 지금쯤 운전자가 집사람에게 사과하고 있을 장면을 떠올려보았다. 아니, 집사람이 우중에 차고 앞에서 보초(?)를 서다가 '얄미운 운전자'와 옥신각신 다투기라도 하면 어쩌나 하는 걱정도 생겼다.

출근하자마자 곧장 집으로 전화를 걸었다. '차고 앞의 자동차가 아직도 그냥 있느냐'고 묻자, 집사람은 "설거지하고 나와 보니까 홀랑 내뺐잖아요. 어휴 속상해!" 하였다.

오히려 다행이라는 생각이 들었다. 내가 집사람을 위로했다.

"잘됐지 뭐, 괜히 고약한 사람 만나 아침부터 싸워봐야 득 될 게 뭐 있겠어?"

말은 그렇게 했지만 나도 야속한 생각은 좀처럼 풀리지 않았다. 분명 메모 쪽지를 보았을 터인데도 일언반구 사과 한마디 없이 달아나버린 운전자가 은근히 얄미웠다.

이웃 간에 주차 시비를 벌이다가 살인까지 저질렀다는 보도를 본 적이 있다. 사소한 일 같지만 이 같은 작은 감정의 불씨가 순간적으로 폭발하면 범죄가 되기도 한다.

자신의 편의만을 위해 남을 배려치 않는 이기심도 문제지만, 조그마한 불편도 참지 못하고 손해를 보는 것으로 인식하는 것도 각박한 우리 세태의 한 단면이다. 감정을 잘 다스린다는 것, 그것이 인격인 줄 알지만 실천하기는 쉽지는 않다.

그래서 옛 어른들은 '일행삼사一行三思'를 강조했는지 모른다. 행동으로 옮기기 전에 세 번 생각은 아니더라도, 잠시 하늘 한 번 쳐다보고 마음을 가

다듬을 수 있는 여유를 갖는다면 얼마나 좋을까? 순간적인 스트레스는 받을지언정 큰 불행을 자초하는 일은 없을 것이다. 그 날 밤, 웬 낯선 젊은이가 음료수를 사 들고 찾아왔다.

"많이 속상하셨지요? 차에 꽂힌 메모 쪽지를 보고 전화라도 드리려고 했는데, 그만 타이밍을 놓쳐 버리고 말았어요. 너무 죄송해서 선뜻 용기가 나지 않더군요. 이렇게 뒤늦게라도 찾아뵙지 않고는 도저히 잠을 이룰 수가 없을 것 같아서 찾아왔어요."

수줍은 듯하면서도 공손한 그의 태도가 나는 참으로 고마워서 몇 번이나 고맙다는 인사를 했다.

(2004.04.16. 국정브리핑)

역학인이 퍼간 수필

인터넷에서 어느 예의 바른 사람이 내 글을 자신의 카페나 블로그에 올려놓고 "저작권에 따른 문제 제기를 하시면 곧바로 글을 내리겠습니다." 라고 정중히 표기해놓은 걸 보았다. 하지만 나는 문제 제기를 한 번도 해본 적이 없다. 내 글에서 어느 한 줄이라도 마음에 드는 곳이 있어서 퍼간 것이라면 문제 제기는커녕, 오히려 고마워해야 할 일이 아닌가? 최근에 내 글을 퍼간 사람은 뜻밖에도 역학인이었다. '명리수필', '易學', '풍수지리', '사주', '음양오행' 등 블로그 내용을 볼 때, 역학인이 아니고는 꾸밀 수 없는 글 마당이었다. 역학인이 관심 있게 읽고 퍼간 글이기에 새해 아침에 SNS 가족채팅방을 통해 아들, 며느리와도 공유했다.

좋은 운수는 스스로 만들어 가는 것
'긍정'의 자기최면 효과

시골에 계신 팔순의 장모님은 음력이 크게 표기된 새해 달력을 좋아하신다. 그 옛날 선친께서도 그러셨다. 음력이 상세히 표기되지 않은 달력은 벽에 붙여놓지 않았다.

당시 국회의원들은 자신의 얼굴과 정치구호가 들어있는 달력을 가가호호 배포했는데, 12달이 한 장에 들어 있는 달력이다 보니, 일자가 깨알 같아 노인들은 보기 어려웠다. 선친께서도 눈이 어둡다면서 "오늘이 음력으로 며칠이냐?" 내게 자주 묻곤 하셨다. 음력이 표기된 달력에는 일진日辰이 상세히 나타나 있다.

▶ **음력이 크게 표기된 새해 달력** – 아들과 며느리가 직장에서 가져온 새해 달력에는 유난히 음력이 잘 표기되어 있고, 상세한 일진日辰과 더불어 '손 없는 날(이삿날)'까지 빨간 글자로 표기돼 있어 반가웠다. 신세대 자식, 며느리가 이런 '구식달력'을 가져온 것을 고맙게 여기면서 이렇게 말했다. "너희 할아버지께서 살아계셨더라면 이런 달력을 보시고 참 좋아하셨을 것이다. 할아버지뿐 아니라 음양오행설陰陽五行說을 중시하는 시골 너의 외할머니께서도 역시 좋아하실 달력이다." 그런데 일진으로도 알 수 없는 '진짜 좋은 신묘한 운수'는 어디서 찾아야 할까?

땅과 하늘의 이치를 중시하는 농부에게는 절기와 일진이 대단히 중요했다. 무슨 특별한 일을 하기 전에는 반드시 일진을 보았다. 이를 '날 잡는다'고 했다. 이사를 하거나 원행遠行을 하거나 심지어 이엉과 용고새(용마름)를 지붕에 올릴 때도 아무 날이나 하지 않았다. 꼭 '손 없는 날'을 택했다.

택일擇日이란 좋은 날을 보는 것이 아니라 나쁜 날을 따져서 피하는 것이다. '손 없는 날'에 대해서는 두 가지의 해석이 있다. 사람의 한쪽 손가락은 다섯 개다. 음력 1~5일까지는 손이 있는 날이다. 음력 6~10일은 손이 없는 날이다. 음력 9일은 손 없는 날 중에서 제일 좋은 날이다. 음력 10일은 무해무득無害無得, 좋지도 나쁘지도 않은 날이다.

또 하나 해석은 이렇다. 원래 '손'이란 말은 궁핍한 시대에 부담스러운 손님을 고민했던 데서 유래됐는데, 이것이 '두렵다'는 뜻으로 쓰여 멀리했으면 좋겠다는 뜻을 의미한다. 우리 민속에서 '손'이란 날짜에 따라 사람들이 가는 쪽을 따라다니며 심술을 부리는 귀신을 말하기도 하는데, '손'은 손님을 줄인 것으로 '두신痘神'을 가리킨다. 두신은 천연두다.

시대가 바뀌었고 생활방식도 크게 달라졌다. '손 없는 날'을 따져 일을 행하는 것은 나약한 마음을 위로받기 위한 방편이라는 시각도 있다.

인생만사 마음먹기에 달려 있다. 하지만 여전히 무시하지 못하는 것이 택일이다. 혼사 날, 개업 날 등 기왕이면 나쁘지 않은 날을 택하고 싶은 것이 인간의 심리다.

과학이 발달한 시대에 흔히 '토정비결을 믿느냐' 하지만 살아가면서 좋지 않은 일을 겪게 되면 "저 이는 정초에 토정비결도 보지 않았나?"라고 안타까워한다. 무슨 달에는 물가(강과 바다)를, 무슨 달에는 윤화(자동차)를 조심하고, 무슨 달에는 설화(말)를 조심하라는 등의 삼가야 할 대목도 많다.

지난해 유명 정치인 중에 잇따른 설화舌禍로 곤욕을 치르는 것을 보고 어떤 이는 "한 해 운세만 보았더라도 저런 실수를 거듭하지 않을 텐데…" 라고 말했다. 한 해 운수가 아니라 재미로 보는 '오늘의 운세'만 눈여겨보았더라도 연거푸 실수하지 않았을 것이다.

띠별 운세에는 황당한 미신으로만 여길 수 없는 삶의 지혜도 들어있다. 때로는 생활 지침이 되기도 하고, 새겨들어야 할 잠언으로 작용하기도 한다. '믿거나 말거나'가 아니라 내게 좋은 뜻이면 받아들이면서 하루를 산다면 후회하는 일이 발생하지 않을 것이다.

매사 분수를 지키는 자제력과 자기 통제는 인격수양에서 나오는 것이고, 인간의 능력으로 어찌할 수 없는 '재수 없는 날'이 존재한다면 그것은 어쩌면 '하늘의 뜻'인지도 모른다.

새해 한 가장으로서 소망은 세 가지다. 국가는 강하고, 사회는 건강하고, 개인적으로는 부드러워졌으면 좋겠다. 첨단미디어 시대에 말과 글의 영향력도 커지고 있다. 살아가면서 화가 나는 일도 많은데 늘 도덕군자처럼 좋은 말만 하고 살 수는 없다. 가시 돋친 말도 하고 산다.

그러나 가려야 한다. 남에게 상처를 주거나 피해를 주는 표현은 없는지, 한밤중에도 벌떡 일어나 퇴고推敲를 하듯 자신을 가다듬어야 한다. 돌이켜 보면 필자는 등단 초기 평자評者의 말 한마디에 최면이 걸렸다.

"〈만원 버스에 이골이 난 사람은 구두가 밟혀도 옷 단추가 떨어져 나가도 화를 내지 않고 그 날의 운수소관으로 돌리고 만다는 사실이다.(수필 「만원 버스에서」 끝 문장)〉라고 한 것도 긍정적인 삶의 태도이고, 달관한 여유다. 평범한 생활 속에서 삶의 지혜와 진실성을 찾아내는 것이 아주 밝은 내용으로 되어 있다."라는 평자의 덕담 한마디에 '최면의 인자因子'가 들어 있었다.

가족의 반응도 고무적이었다.

"성공적인 글을 쓰려면 비관보다 긍정적이고 진취적인 내용을 담아야 한다는 뜻이지요."

최초 독자인 가족의 반응에 최면이 걸려 글을 쓸 때마다 '긍정의 요소' 찾기에 지금도 여전히 골몰하고 있다. 긍정에는 늘 좋은 운수가 따르는 법이니까.

(2011.01.05. 금강일보)

🖋 형님이 '사랑의 말씀' 주신 수필

    멀리 망망대해에서 해경 함장으로 근무하셨던 셋째 형님이 라디오 방송을 통해 낭송되는 동생의 이 글을 듣고 심야에 전화를 주셨다. 형님은 이 글을 녹음해서 매년 추석 명절이 다가오면 고향 생각하면서 듣는다고 하셨다. 돌아가신 부모님을 사무치게 그리워하는 것은 객지의 형님들이나 이런 글을 쓴 동생이나 조금도 다르지 않았다. 먼저 가신 형님들이 그리워 눈물이 난다.

◀ **형님이 보내주신 방송 테이프** - 멀리 바다에서 해경으로 근무하는 셋째 형님이 라디오 방송을 통해 동생의 수필을 듣고 녹음하여 보내주었다. 형님은 어떻게 동생의 방송수필을 녹음했을까? 심야에 방송되는 이 문학 프로그램을 자동 녹음하여 두 번, 세 번 다시 들으면서 고향에 대한 그리움, 형제에 대한 그리움을 삭였을 것이다.

명절이 다가오면

　자식이 부모님을 찾아뵙는 명절이 일 년에 두 번 정도이다. 음력 팔월 열나흗날, 그리고 섣달 그믐날. 그러나 한 번도 찾아뵙지 못하는 자식의 아픈 마음이 있고, 기다림이 끝내 서운함으로 변하는 부모님의 마음도 있다. 노부모님을 모시고 시골에서 살았던 나는 명절이 되어 소식도 없이 못 오시는 형님들에 대한 야속함을 부모님 못지않게 크게 가졌던 기억이 새삼 떠오른다. 모두들 즐거운 표정으로 선물과 정종 술병을 양손에 힘겹게 들고 버스에서 내리는 객지인들이 부러워, 나는 길가 논다랑이에 엎드려 피사리를 제대로 할 수가 없었다.

　그러나 우리 형님들은 그들의 대열에 한 번도 끼어 오지 않으셨다. 명절이 무슨 대단한 날은 아니더라도, 아버지께서는 객지에 나간 자식들을 행여나 기다리셨다. 해질녘, 담장 너머로 신작로 께를 기웃거리시다가 어스름이 깔리고 끝내 막차의 엔진 소리가 머얼리 사라지면 아버지께서는 입에 물었던 장죽을 툇마루의 받침돌에 두어 번 때리시고 방으로 드신다. 그러면서 혼자 말씀으로 "또 못 오는 게로군!" 하신다. 기다림으로 주름진 노안에 수심이 드리워지는 순간, 당신도 모르게 나오는 그 말씀 한 마디가 곁에서 보는 막내아들의 어린 가슴을 아리게 했다.

　그리고 동네 사람들이 "자제분은 이번 명절 쇠러 왔나요?" 하면 그저 말꼬리를 흐리시던 모습이 얼마나 쓸쓸해 보였던가! 그래서 이다음에 내가 객지 생활을 하게 되면 부모님의 기다림에 실망을 드리지 않을 거라 다짐했다. 그러나 이제 내가 그쯤 되니까, 부모님은 기다려주지 않고 저세상으로 가셨다. 그런 까닭으로 명절이 다가오면 나는 쓸쓸해진다. 돌아가신 뒤에야 형님들과 함께 부모님 산소를 찾아뵙게 되니, 마음이 착잡해질 수밖에 없는 것이다.

그렇지만, 나는 형님들 앞에서 지난날 부모님의 기다림을 충족시켜 드리지 못한 점을 회상하여 말씀드릴 수는 없다. 형님들이 마음이 없어서가 아니라, 삶이 그렇게 고달프고 힘겨웠음을 동생인 내가 잘 알고, 이해하고 있지 않은가. 그 당시 고향을 찾지 못하는 형님들 마음이야 어찌 동생의 서운함에 비기랴. 이제 부모님이 돌아가시고 객지가 고향처럼 되어 버린 우리 형제들은 명절 때 큰형님 댁으로 모이게 된다. 그런데 알 수 없는 일이다. 거기서 또 객지에 나가 명절 쇠러 못 오는 조카 걱정을 큰 형님이 하고 계신다는 사실이다. 그러한 모습이 옛 아버지의 수심처럼 깊게 느껴지는 것은 아니지만, 어느새 노인이 되신 형님의 얼굴도 자식 걱정을 하실 때는 그다지 밝은 표정은 아니다.

그것은 자식에 대한 사랑의 염려이지, 결코 노여움은 아니라 느껴진다. 그 어려웠던 시절, 아버지께서 그러하셨듯이 자식을 대학까지 보내어 소박한 농부의 꿈을 이루시고, 자식들이 저마다 그 직에 충실하느라 명절 때 귀향치 못한다는 것을 오히려 자부심으로 여기셨던 것이다. 그러나 못난 자식이 어찌 넓은 부모님 마음을 다 헤아리랴. 자식이 부모가 된 뒤에야 비로소 그 깊은 정을 깨달으며 사는 것이 부끄러운 것이다. 그래서 명절이 되면 통회하는 마음으로 부모님 산소 앞에 엎드려 용서를 빌고, 자신을 한 번쯤 뒤돌아보게 되는지 모른다.

(1990. KBS)

어떤 선물

'○○도자기 연구원'은 시내를 한참 벗어난 대덕의 어느 작은 마을 어귀에 자리하고 있었다. 도자기공장이란 말만 듣고 찾아간 곳인데, '연구원'이란 간판이 좀 색다르게 느껴졌다. 상업성보다는 어떤 예술적인 면을 나타내기 위한 간판처럼 보였기 때문이다.

삐꺽거리는 문을 열고 들어서자, 심부름하는 듯한 소년이 금방 고령토를 개다가 나온 손으로 의자를 권했으나, 뽀얀 먼지를 뒤집어쓴 의자에 앉을 수는 없었다.

"사장님은 어디 계시느냐?"라고 물었더니, "사장님은 안 계시고 공장장님이 계세요."라고 했다. '연구원이라고 했으면 원장님이어야지 어째서 공장장님이라 할까?' 생각하고 있는데, 40대로 보이는 수염이 덥수룩한 공장장이 작업복 바지에 묻은 흙가루를 툭툭 털며 나왔다.

"도자기 구경 좀 하러 왔습니다." 내가 먼저 인사하자 공장장은 정중하게 허리를 굽혀 맞아주었다. 처음 와보는 곳이어서 다소 생소한 느낌이 들었지만, 그의 부드러운 첫인상이 예술을 하는 사람처럼 어렵게 느껴지지 않았다.

"선물용으로 하나 만들었으면 하구요."

그는 진열된 것들을 몇 점 더 보여주며 좋은 것 하나 골라보라고 했다.

"그런데 이렇게 고급스럽게 만들어 놓은 게 아니고……."

"아, 네, 직접 하시게요. 글씬가요, 그림인가요?" 그는 첫인상과는 달리, 적어도 이 방면에서는 관록이 있는 전문가처럼 손님의 의중을 금방 알아보았다.

"글씨는 직접 넣고, 거기에 그림을……."

그는 더 얘기하지 않아도 알았다는 듯이 각종 그림 문양을 자상하게 소개해주는 것이었다. 그러나 정작 큰형수님 회갑 선물로 색다른 문양이 없을까 고르려니 얼른 눈에 띄는 게 없었다.

모란꽃에 나비는 너무 화사해 보이고, 뱃사공이 한가로이 낚시질하는 산수도山水圖는 어쩐지 청승맞아 보이고, 장수를 의미한다고 공장장이 권하는 노송老松에 학鶴그림은 화투장이 연상되어 얼른 제쳐놓았다.

그 밖에도 얼마든지 많았으나 시장에 수북이 쌓인 애들 양말 하나도 소심하여 선뜻 고르지 못하는 사람이 막상 작품이라 생각하고 고르자니 선택에 혼란이 왔다. 그래서 한동안 망설이고 있는데, 깨알 같은 글씨로 반야심경般若心經을 새겨놓은 자기 하나가 얼른 눈에 들어왔다.

"형수님이 실은 불교신자거든요." 그래서 생각해낸 게 연꽃이었고, 지난 봄 어머니 49재齋 때 불정사 큰스님께서 들려준 연꽃에 대한 이야기가 떠올랐다.

"연꽃은 고대 인도의 민속에서 풍요와 행운, 그리고 건강과 장수를 의미하는 꽃으로, 영원불사의 상징이며, 부처님 탄생의 꽃으로 피어나 중생들은 진흙 속에 물들지 않는 군자의 꽃으로 여기게 되었지요."

내가 주문한 대로, 공장장은 화공畵工의 손으로 연꽃 문양을 각刻해놓겠다고 약속했다. 그리고 일주일이 지난 토요일 오후, 나는 공장을 다시 찾았다. 설구이[초벌구이]가 끝났을 때 글씨를 넣으러 오라고 했기 때문이다.

언젠가 친구가 이사를 했을 때, 가훈을 써서 표구해 주었더니 제법 마음에 든다고 평을 해주었던 그 부끄러운 솜씨로 글씨를 직접 넣어볼까 하는 생각이었다. 이미 주문해 놓은 작품의 초벌구이는 나와 있었다. 문양도 그런대로 근사했다. 화공인 아가씨는 내가 글씨 쓰기에 알맞게 도자기를 좌대에 올려놓고 붓과 안료를 가지런히 갖다 놓았다.

"아마추어라 워밍업이 좀 필요한데……."

내가 연습지를 요구하자 그녀는 미처 챙기지 못했다는 듯이 부끄러워하며 또 다른 도자기 하나를 얼른 옆에 갖다 놓았다.

"이렇게 좋은 곳에 연습을 해요?" 초벌구이가 끝난 멀쩡한 자기 하나를 그냥 버릴 셈이냐고 묻자, 이미 버린 작품이라면서 괜찮다고 하였다. 두어 번 써보았다. 그러나 종이 위에 쓰는 것과는 달리 붓이 잘 나가지 않았고, 쓰다가 버리면 어쩌나 하는 염려로 손끝이 약간 떨렸다.

'琴瑟百年(금슬백년)'

▶ 필자가 직접 만들어 선물한 도자기 – 글씨는 초벌구이 때 필자가 직접 써넣었다. 진흙 덩어리가 불구덩이 가마에 들어가 백자白磁가 돼서 나오는 과정도 흥미로웠지만 필자가 쓴 글씨가 산뜻한 군청색으로 또렷이 새겨져 나오는 데 감탄했다.

(1989)

전면에 이렇게 쓰고, 밑 부분에 작은 글씨로 "祝, 형수님 甲日에 末弟 드림"이라 썼다. 어린 나이가 아니더라도, 부모님이 돌아가시고 막냇동생으로서 느끼는 큰형수님의 존재란 부모님과 같은 위치라 아니할 수 없다.

그래서 힘주어 쓴 '百年'이란 글자가 담고 있는 의미는 두 분이 오래오래 해로偕老하시라는, 평소 나의 간절한 마음이 담겨있는 것이라 할 수 있다. 변변찮은 솜씨로 붓 탓을 할 수는 없는 노릇이었지만, 내가 집에서 습자

習字를 하는 싸구려 붓보다 상태가 좋지 않은 붓이어서 화공 아가씨한테 "붓이 참 많이 닳았군요." 했더니, 아가씨 대답이 그럴 듯했다.

"전문가들은 화선지에 써도 붓털이 닳는다고 하는데 거친 설구이 자기에다 쓰는 붓이 오죽 닳겠어요?"

"허긴 그렇군요."

글씨는 그래도 정성 들여 구워달라고 부탁하면서 일어나는데 아가씨가 말했다.

"아마추어 솜씨 같지 않아요. 잘은 볼 줄 모르지만."

"별말씀을……."

아가씨의 그 말은 찾아온 손님을 기분 좋게 해주려는 의례적인 인사쯤으로 여기고 나는 그곳을 나왔다. 그 후, 또 한 주일이 지나고 막상 형수님의 회갑 날이 다가왔지만 용기가 나지 않았다. 내 글에 대한 두려움과 부끄러움 때문이었다.

그래서 집사람에게 약간의 수공료(그분들의 성의에 비하면 보잘것없는 아주 작은 것이지만)를 주면서 고맙다는 내용의 편지와 함께 전하고 찾아오도록 했다.

그랬더니 집사람이 그곳을 다녀와서는 매우 기분 좋아하는 것이었다. 의외였다. 이 사람이 작품이 제대로 잘되어서 기분 좋아하는가 싶어 반갑게 물었더니, "도자기값을 그렇게 받을 수는 없다고 사양해서 반은 남겨왔어요."

작품보다도 돈이 요렇게 조금 들 수 있느냐고 좋아하는 아내가 그렇게 천진스러워 보일 수가 없었다.

"그래, 당신이 보니까 어때?"

"내가 볼 줄 아나요, 뭐. 형님께서 조금 보시다가 미워지면 부엌에 놓고 고추장 단지나 하시겠지요, 뭐."

"고추장 단지?"

난 더 이상 할 말이 없었다. 어쨌든 형수님 회갑연은 온 가족과 가까운 이웃이 참석한 가운데 조촐하게 치러졌다. 우리 4형제뿐 아니라, 모두 성장하여 결혼한 조카 5형제도 제각기 성의 있는 축하 선물을 준비해 온 것 같았다.

그들에 비하면 내가 준비한 물건은 너무 보잘것없는 것이어서 그 자리에서 차마 펴놓지 못하고 주방 구석에 가만히 놓고는, 무슨 말인가 자꾸 하고 싶어 하는 아내의 입을 가까스로 막으면서 돌아왔다. 아내의 말대로 고추장 단지나 하셔도 좋다는 생각으로.

이튿날이었다. "넌 자랑 좀 하지 그냥 갔냐? 이웃 아주머니들이 보고 안아가고 싶다고 하고, 우리 학교 선생님들도 동생이 작품하는 사람이냐고 묻더라. 허허."

평소 좀처럼 기분을 내색치 않으시던 노 교장 선생님께서, 갑자기 성적이 올라간 꼴찌에게 주시는 찬사처럼 웃음이 담긴 전화를 주셨고, 난 아무 말씀도 드릴 수가 없었다. 그저 동생으로서 형님에 대한 어려움의 무게를 느낄 뿐.

(1990. 警察考試 최우수작품상)

■ 형님의 편지

昇遠에게

보낸 편지와 玉稿(옥고: 수필 「어떤 선물」) 잘 받았다. 오랜 옛날부터 모셔오는 부처님에게는 腹藏遺物(복장유물)이라고 하여 부처님을 만들 때, 그 속에 불사와 관계되는 귀중한 물건을 내장한다고 들었다. 이 큰 그릇 속에 무엇을 넣어둘까 생각 중이었는데, 네 귀한 글을 받고 보니 이 글과 之遠(지원)이가 선물한 默珠(묵주)를 함께 넣어서 우리 내외 생시는 물론이고 가보로 물려 보관하고 그 뜻을 기렸으면 한다.

선물이란 값지고 진귀한 것보다 마음과 뜻이 담겨있고, 받는 사람의 취향과 기호에 맞으면 최상이 아닌가 싶다. 보관에는 어려움이 좀 따르겠다. 가끔 이사도 하고 또 높이 올려놓고 보니 안전하기는 하나, 鶴(학) 무늬가 보이지 않고, 낮은 곳에 놓아보니 손사 손녀들 손에 닿기도 하여 더 안전한 보관방법을 찾고 있는 중이다. 지금에 이르러 생각하니, 지난 60平生(평생)이 말 그대로 꿈처럼 흘렀고, 기쁘고 幸福(행복)했던 時節(시절)보다는 어렵고 괴로웠던 때가 더 많았음은 事實(사실)이다. 또 잘한 일보다는 잘못하였던 일들이 많아서 부끄럽기 그지없다. 그러나 이제 와서 흘러간 옛날에 매달려 연연한들 무슨 소용이 있겠느냐?

과거를 거울삼아 남은 餘生(여생) 알뜰히 보람 있게 지내도록 노력하고 무엇보다도 신앙심이랄까, 마음속 깊이, 오로지 조상님과 부모님의 冥福(명복)을 빌고 부처님의 靈明(영명)으로 家門(가문)에 榮光(영광)과 幸運(행운)이 더하도록 빌겠다. 이러한 우리 내외의 뜻을 펴고 사는 집안 분위기를 造成(조성)하는 데 한몫을 할 수 있는 膳物(선

物)을 주어서, 物的(물적)인 면보다 心的(심적)인 면까지 具備(구비)된 좋은 물건이니 가까이 두고 보겠다. 고맙다.

年末(연말)이 되어 한결 바쁘리라 생각된다. 여러 가지 조심하여 건강히 잘지내고, 머지않아 해가 바뀌면 또 새해가 된다. 希望(희망)과 보람을 가지고 열심히 살도록 하여라. 多幸多福(다행다복)하길 祈願(기원)한다.

1989년 12월 14일

舍兄(사형) 佶遠(길원) 보냄

▲ **장형의 편지** – 형님의 편지는 언제나 정성이 가득하다. 어느 한 글자, 한 문장도 흐트러짐이 없이 반듯하다. 일상적인 안부 편지글도 한 편의 잘된 수필처럼 문장이 주옥같다. 형님의 편지글은 안부만 전하는 내용이 아니라 가문의 가르침과 대대손손 이어져 온 생활 철학, 그리고 삶의 멋과 낭만이 스며있는 예술성까지 느껴져 가히 '서한작품書翰作品'이라 해도 손색없다는 게 이 동생의 생각이다.

* 한자로 된 부분은 한글세대 독자를 위하여 편집자가 괄호(한글)로 병기

생가生家

....

▲ **고향 마을** – 충청남도 청양군 장평
면 중추리 가래울

내가 태어나 자란 집이 허물어
져 가고 있다. 기왓장은 깨져 물이
새고 담벽은 헐어 뼈만 앙상해졌으
며, 사랑방 문창살은 부서져 너덜
거리고 있다. 부모님 살아계실 때
고향이다. 부모님이 돌아가신 후에
는 고향을 찾는 발걸음이 가볍지
않으니, 1년에 한두 차례 성묘차
들리는 게 고작이다.

생가에는 사촌이 삼시 동안 살다
가 새 집을 지어 나간 뒤로 관리자가 없으니 폐가로 변하고 있다. 전세금
이나 월세금이 필요 없는 집이므로, 지금은 인근 학교 교직원이 임시 거처
로 삼고 있으나, 돈을 들여 고쳐야 하는 데는 일체 손을 대지 못한다.

겨울을 나기 위해 방풍용 널빤지를 대고 마구 못질을 해댄 기둥은 위태
롭기만 하고, 개조한 부엌이며, 뼈대만 남은 외양간, 잿간, 곳간 등의 일부
는 원형조차 상실되어 가고 있는 실정이다. 어디 그뿐인가? 사랑채 벽에
매달아 놓은 멍석이며, 삼태기, 망태기, 메꾸리('멱둥구미'의 청양지방 방
언: 짚을 엮어서 속이 깊고 둥글게 만든 곡식을 담는 그릇) 등 늙으신 부
모님이 생전에 지문이 닳도록 애써 만들어 놓은 농기구는 도회지 어느 향
토 음식점 구석에 골동품으로 모셔져 있는지 모를 일이다.

생가의 실질적인 주인인 장형은 지난 1996년 교장 정년퇴임을 앞두고

고향에서 발행하는 잡지에 「가족 수련원」이란 제목의 글을 발표했다. 흉물스럽게 변해 가는 생가를 복원해서 흩어져 사는 친동기간끼리 모여 정도 나누고, 커가는 자손들의 산 교육장으로도 활용해보자는 뜻에서 정년 퇴직 후의 청사진을 밝힌 글이다.

고향을 그리며 타향살이하는 우리 형제들은 장형의 이 같은 '고향집 복원 청사진'을 보면서 가슴 뭉클한 바가 있다. 특히, 이런 대목에서는 큰 기대감으로 가슴이 부풀기까지 하였다.

"수련원의 위치는 고향에 남아있는 빈집이다. 60여 년 된 목조 기와집 안채는 잘 수리해서 보존 활용하고, 사랑채는 퇴락하여 도저히 지탱할 수 없게 되었으니 허물어 바깥마당과 합쳐서 주차공간으로 만들어야겠다. 뒤켠 텃밭에는 살림집 겸 수련원을 작지만 쓸모에 맞추어 지을 작정이다. 상주常住는 못하지만 숙식과 생활에는 불편이 없도록 하고, 옛날과 같이 울타리도 다시 만들고 싶다. 수련은 수강생인 자손들이 주말이나 휴가기간을 이용하여 3박 4일 정도가 적당하리라."

그런데 지난여름 휴가 중에 형님과 함께 원거리 여행을 하면서 뜻밖의 이야기를 들었다. 고향의 인근 지역으로 발령 나 경지정리작업의 총책임을 맡고 있는 장조카가 이번 기회에 생가를 정리해보겠다고 제안하더라는 것이다.

'정리'의 구체적인 시행방법은 생가를 헐어버리고 농지로 전환한다는 것이다. 물론 장조카도 이젠 지명知命의 나이에 이르렀고, 아버지 형제들의 고향에 대한 향수와 생가에 대한 미련 등 정서를 모르지 않는 까닭에 아주 조심스럽게 개진했을 터이다.

이유는 두 가지이다. 첫째는 가족 중 누구도 빈집을 관리할 사람이 없을 뿐만 아니라, 이대로 방치하여 흉가로 만드느니 차라리 농지로 전환하는 게 현실적이라는 논리이다. 또 하나는 큰형수님이 옛 시가媤家에 대한 인상이 그리 좋지 않다는 점도 크게 작용한 듯하다.

그 옛날 지긋지긋했던 가난과 고생스러웠던 시집살이 기억이 되살아나는 고향집을 이제 와서 돈을 들여 영원히 보존할 필요가 있느냐면서, 반대 입장이라는 것이었다.

큰 형님은 내게 이렇게 말했다. "내 구상이 아무리 그럴듯해도 가족들의 의견을 무시할 수는 없다. 어느덧 칠십을 바라보는 나이도 있고, 이제는 내 의지력만으로는 안 되기 때문에 아내와 자식들의 의견도 존중하고 따르지 않으면 안 되는 형편이다."

나는 형님의 이야기를 들으면서 시종일관 침묵했다. 의사 표시가 부질없다는 생각이 들었다. 형님이 내게 이런 뜻을 밝히는 걸 보면, 형님도 이젠 시골집에 대한 미련을 어느 정도 떨쳐버린 상태라는 느낌을 강렬히 받았기 때문이다. 이렇게 거의 마음을 굳힌 단계에서 동생의 의견은 하나의 참고사항일 뿐이지, 적극 반영 또는 관철해본다는 뜻은 아니라 여겨졌던 것이다.

그리고 생가에 대한 일체의 권리는 장조카에게 있으니 삼촌은 제삼자가 아닌가. 설령 남에게 당장 매도해 버린다 해도 마음만 안타까울 뿐이지, 이래라저래라 간섭할 위치에 있지 않았다. 그런데 여행을 끝내고 귀가하는 도중에 형님은 또다시 생가에 대한 농지전용 문제를 거론하면서 동생의 의견을 물었다.

"형님이 하시는 일에 동생이 간여할 바가 아니라고 봅니다. 다만 형님이 그동안 구상하셨던 '생가 복원 청사진'이 왜 아직까지 진척이 없나 궁금했는데, 이제야 이유를 알 것 같습니다."

형님의 입장을 난처하게 만들려는 게 아니라, 형님의 퇴직 후 구상이 지상誌上에 공개된 뒤 지역인사들까지 부러워하면서 찬사를 아끼지 않았던 '가족수련원'의 의미를 다시 한 번 상기해보자는 뜻에서 나는 말을 이었다.

　　"장조카의 판단이 현명한지 모릅니다. 그러나 '생가'가 흔적조차 없어질 것을 생각하니, 자꾸만 걸리는군요. 부모님의 피와 땀과 혼이 서려 있는 보금자리이고, 우리 형제들의 꿈과 애환이 살아 숨쉬는 곳인데……."

　　형님도 그 대목에 가서는 "맞다. 그래 그 말이 맞다"고 공감을 표하면서, 고향 집에 대한 정서는 우리 형제가 다 마찬가지라고 동생을 위로했다. 그러면서 아직은 확정적인 것은 아니니, 좀 더 두고 생각해보자며 여운을 남겼다.

　　나는 문득 김문수의 단편 「만취당기晚翠堂記」가 떠올랐다. '만취당'이라는 고가古家를 통해서 한 집안 3대代의 모습을 보여주는데, 특히 그 집에서 3정승이 태어난다는 해학적인 구도가 흥미로우면서도 심각하게 느껴지는 작품이다. 나는 이 작품을 예로 들면서 무엇보다 우리의 전통적 촌락이 시대적인 변화와 함께 붕괴되는 안타까운 현실을 형님께 말씀드렸다.

　　이 세상에는 본인 사후에 생가를 후손들이 문화유산처럼 소중히 관리하는 것을 도처에서 볼 수 있다. 얼마 전에는 월북 시인 생가를 찾은 적이 있다. 일부 반공단체의 곱지 않은 시선에도 불구하고 고향을 빛낸 사람이라 하여 시인의 생가를 지방자치단체에서 잘 복원하여 경향 각지에서 찾아오는 관광객들의 발걸음을 멈추게 하고 있었다.

　　만약 그 자리에 누군가가 고층 건물을 세웠거나 효용가치를 따져 상가로 전용해버렸다면, 당시 시인이 살던 초가를 그처럼 원형대로 복원할 수 있었을까?

　　이름을 떨친 작가나 저명인사가 아니라도 그렇다. 범인凡人으로서도 생가의 의미는 모태母胎나 다름없다. 더구나 어려웠던 농촌 시절을 아픈 추억으로 간직하고 있는 도회인의 심정은 남다르다.

가을이 되면 안마당에는 1년 농사를 거둬들인 통가리가 세워졌고, 바깥마당은 농한기에 신파극을 공연할 정도로 동네에서 가장 넓은 문화공간이었다. 외양간에는 형님들의 학자금 밑천이 되었던 황소가 여물과 쇠죽을 먹는 모습이 지금도 선연하다.

삶은 평탄치만은 않은 것이어서, 뜻을 피워보지 못한 혈육이 젊은 나이에 이승을 떠나는 큰 아픔도 겪었지만, 새색시를 맞이하는 날 대문간에서는 바가지를 깨뜨리며 박장대소하는 동네 아낙들의 환호와 온 가족의 기쁨도 있었다.

불을 때서 밥해 먹던 그 시절, 새카맣게 그을린 부엌문에는 누나에게 응석 부림을 하면서 못으로 긁어 놓은 막내의 낙서 "밥 빨리 줘 잉"이라는 글자가 아직도 선명히 남아 있는 정겨운 곳.

손자에게 줄 눈깔사탕이 언제고 뒤져보면 하나쯤 나오는 어머니의 '비밀 창고' 벽장 속에는 아직도 실꾸리가 담긴 반짇고리가 그대로 들어 있고, TV『진품명품』에 내놔도 손색이 없을 어머니의 혼숫감 1호 오동나무 장롱이 아직도 골방에 그대로 모셔져 있는 우리의 옛집.

대대손손 가난을 벗지 못하던 재래식 농경지와 빈농가를 갈아엎고 생산적인 현대식 개량농지로 바꾸는 농촌진흥사업이 지금 충청도 최 오지인 나의 고향에선 한창 벌어지고 있다.

우리 형제들의 모태이자, 부모님의 영혼이 살아 숨쉬는 생가를 헐어버리고 곧 농지로 전환할 모양이다. 객지의 삼촌이 무슨 권한으로 이를 말릴까? 시대의 변화에 순응하는 수밖에…….

(2000.06.05. 청양신문)

✒ 아들이 추천한 수필

내가 자식을 키울 때 썼던 글이 이제 어느덧 세월이 흘러 '할아버지의 글'
이 되고 말았다. 세월의 차이만 있을 뿐, 글 속 주인공인 아들이나 오늘날
할아버지가 된 필자나 「잠 깨우기」는 역시 어려운 '생활의 난제'이다. 어린
아이들은 아침 일찍 스스로 깨지 못해 매일 같이 애를 먹인다. 「구식 남자」
에 등장하는 한 가정의 아버지나 남편의 입장도 다르지 않다. 「어떤 고양이
의 죽음」과 「태풍 때문에」는 "부풀려 보태지도 않고, 빼지도 않은, 사실 그
대로 생생하게 쓴 글이라 재미있어요. 저도 그 당시 기억이 고스란히 되살아
나요."라고 말해준 것은 둘째 아들이다.

잠 깨우기

잠을 깨우는 일은 참으로 어렵다. 그래서 나는 가끔 아내에게 '독한 사람'이라고 말한다. 입시 공부에 지쳐 늘 수면이 부족한 아이를 아내는 거칠게 일으켜 세운다. 가령 이런 식이다.

"야! 빨리 일어낫! 늦었다 늦었어! 빨리 빨릿!"

큰 소리로 외치면서 이렇게 화닥닥 깨우면 아이는 단박에 일어날 수밖에 없다. 사실은 아내가 마음이 모질고 독해서 그런 방법으로 아이를 깨우는 것은 아니다. 아침 식사 준비 등으로 가장 바쁜 사람이기 때문에 어쩔 수 없이 그런 방법을 쓰는 것이다.

그래서 아이들 깨우는 일은 가급적 내가 맡는다. 그런데 나는 아이들을 단번에 일으켜 세우시 못한다. 아주 조심스럽게 어깨를 흔들면서 이렇게 말한다.

"종건(큰아들 옛 이름)아, 종운아, 일어날 시간이 돼 간다. 서서히 일어나라 응?"

나지막한 목소리로 거의 사정 조에 가깝다. 이런 방법으로는 두세 차례 거듭 거듭해도 일어날 똥 말똥이지만, 그래도 나는 이런 방법을 쓸 수밖에 없다. 마음이 약해서가 아니라, 단잠에 깊이 빠져있는 아이의 입장을 웬만큼 헤아리기 때문이다.

잠든 사람을 깨울 때는 꼭 '예비 신호'가 필요하다. 군대에서는 불침번이 "기상 5분 전!"이라는 예고를 해준다. 출발 전에 예열을 해야 엔진에 무리가 가지 않는다는 자동차의 이치와 같다고 할까?

두 번 이상 깨울 셈치고, 아이의 손등도 문질러 주고, 손가락으로 이마에 점도 찍어, 언짢지 않게 잠을 깨우는 나의 이 같은 방법이 이 다음에 아이에게 어떤 영향을 줄지 모르지만, 우선은 좋은 효과를 보고 있다. 아빠의 가벼운 자극에 의하여 잠시나마 뒤척이다가 깨어난 아이는 짜증을 내지 않는다.

늦잠 자는 아이를 이런 식으로 깨운다는 동료도 있다. "그래 더 자라. 까짓거 학교 다녀봐야 별수 있겠니? 공부도 하기 싫은데 잠이나 실컷 자거라, 나중에 자장면 배달이나 하면서 살아가면 되지! 탕수육도 실컷 먹고…."

이렇게 말하면 아이가 벌떡 일어난다는 것이다. 잠결에도 자장면이란 단어에는 귀가 번쩍 열리는 게 요즘 아이들 아닌가. "좀 더 자지 왜 벌써 일어나니?" 허둥거리는 아이에게 짓궂게 한 마디 더 던지면 아이는 "아녜요. 그만 먹을래요. 자장면도 이젠 질렸어요." 한단다.

나는 시골 농가에서 태어났다. 아침에 조금이라도 늦잠이 들면 선친께서는 이렇게 질책하였다. "윗말 아무개는 벌써 깔(꼴)을 한 짐 베어 가지고 온다. 그렇게 늦잠을 자고도 먹을 것이 하늘에서 떨어지길 바라느냐?" 문짝을 열어젖히며 호통을 치면, 어머니는 제동을 걸었다.

"참말루 너무 혀유, 자식들 잠도 편히 못 자게 몰아쳐 쌓는구먼! 몰인정하게도…."

모든 면에서 선친의 유전을 다분히 받았다고 하는 내가 오늘날 아이들에게 잔정을 베푸는 것은 아무래도 어머니의 영향이 큰 것 같다.

어쨌든 부모가 잠을 깨워주는 학생들은 행복하다. 중학교 시절부터 객지에서 혼자 자취생활을 하고 있는 처조카는 자명종에 의지하면서도 지각 한 번 하지 않았다. 그렇게 고생하면서 대학에 들어간 처조카가 대견스럽기만 하다. 자명종이라는 기계음에 어린아이가 단잠을 깨면서 존재하지 않는 어머니가 얼마나 그리웠을까?

잘 만큼 자고 스스로 일어나는 것을 정상적인 수면이라고 한다. 물리력에 의한 것이거나, 제삼자가 깨워서 일어나는 잠은 그래서 늘 아쉽기 마련이다.

잠을 안 재우는 것이 옛날에는 가장 큰 고문이었다고 한다. 초상집에 가서 하룻밤만 새봐도 그 말을 실감한다. 고의적으로 잠을 안 재우는 것도 죄악이지만, 필요에 의해서 '잠 깨우기'를 해야 하는 입장도 죄를 짓는 기분이다.

경찰관들은 야간에 전·후반 교대근무를 하게 된다. 보통 새벽 2시까지 전반 근무를 하고, 후반 근무자를 깨우게 되는데, 깨우는 사람과 일어나야 하는 사람의 입장이 냉정하리만치 다르다. 상대를 깨움으로써 나의 휴식이 보장되는 것이 정한 이치이지만, 왠지 미안한 감정이 드는 것이다. 어느 때는 2시간마다 교대를 하는 근무도 있는데, 초번初番 근무자가 다음 근무자를 깨울 때가 가장 안쓰럽다.

이제 막 깊은 잠에 빠지려는 사람을 흔들며 "시간 됐습니다. 일어나시죠!" 하는 것처럼 죄스럽고 미안한 일이 또 있으랴!

오늘도 새벽 2시까지 공부한 아이를 6시에 깨웠는데, 등교용 승합차는 제시간에 어김없이 도착하여 기다린다. 자동차가 더러는 지각 도착이라도 하였으면 하고 바라는 게 요즘 나의 솔직한 심경이다.

야간 비상근무 등으로 밤샘 근무라면 웬만큼 이골이 난 이 아비도 그 정도의 수면 시간으로는 녹초가 될 것이다. 그러나 아이는 이제부터 시작이다. 잠과의 싸움, 그 치열한 전쟁터에서 어려움은 이제 시작에 불과하다.

잠을 마음껏 자도록 간섭하지 않는 곳은 이 세상에 없다. 그런 곳이 있다면 아마도 천국이리라. 아이가 대학에 들어가기 위해 밤을 새워 공부하지만, 대학에 들어가고 나면 그곳에서는 잠만 실컷 자도록 내버려두지 않는다.

그다음엔 군대에 가야 한다. 군대 시절, 구보를 하면서까지 잠을 잤던 기억을 떠올리면 군대야말로 잠을 마음대로 잘 수 없는 가장 힘든 곳이 아닌가 한다. 제대를 한다고 좋아할 것이 못 된다.

이 험난한 사회 역시 잠을 편안하게 자도록 보장해주는 천국이 아니다. 직장에서는 심신이 고단하게 일을 해야 하고, 가정에 돌아오면 아이들이 선잠을 깨우기도 한다.

모처럼의 휴일, 잠이나 실컷 자리라 기대해보지만 근교라도 나가자고 조르는 가족들의 성화 또한 물리치기 어렵다.

현대인들은 불충분한 잠을 보충하기 위하여 갖가지 머리를 쓴다. 그러나 일시적이고 임시방편적인 수단에 불과할 뿐, 홀가분하리만치 행복한 잠에 빠질 만한 안락한 휴식 공간을 확보하기란 쉽지 않다.

학자들은 '주기적으로 되풀이하는 생리적인 의식상실意識喪失과 흡사한 상태'를 수면睡眠이라 정의한다. 그러나 잠에 대한 완전한 정의는 있을 수 없다고 한다. 외관상으로는 '의식상실'로 보이지만, 언제라도 각성覺醒할 수 있는 상태가 잠이기 때문이다.

인간은 어쩌면 반복적인 '잠 깨기'로 삶이 이어지는지 모른다. 그 같은 의식의 일깨움이 고통으로 인식되지 않고, 행복의 기대감으로 이어질 때, 비록 단잠을 떨쳐 버린 순간의 아쉬움도 보상받을 수 있으리라.

(1999. 『대전문학』)

※ 할아버지의 당부

세월이 흘러 이 글의 필자는 할아버지가 됐다. 아들 내외는 아침 일찍 직장에 출근하고, 할아버지 할머니가 '손자 깨우기'에 어려움이 많다. 아침 9시에 어린이집 '천사반' 노란 자동차가 집 앞으로 오는데, 8시 50분이 돼도 잠자리에서 일어나지 못하는 손자를 깨우느라 애를 먹는다. "잠꾸러기 천사야, 그래도 할아버지는 널 강제로 깨우진 못한다. 할아버지가 손가락으로 너의 이마에 점 다섯 개 찍으면 '기상 5분 전'임을 알아라."

(2018)

구식 남자

여름방학이 끝나기 전에 아이들은 어디든지 한 번 다녀오리라 여기고 있었다. 그러나 아이들의 기대감을 충족시켜주지 못한 채 나의 휴가는 계속 늦어지고 있었다. 그렇다고 일요일에 가까운 물가라도 가자고 조르는 아이들의 성화를 묵살할 수 없어서 간 곳이 인근에 있는 괴곡천변槐谷川邊이었다.

아이들은 참으로 즐거워했다. 피라미가 보일 만큼 맑은 물에는 다슬기도 많아서 아이들은 연신 탄성을 질렀다. 단지 도심지와 가까운 곳이어서 사람들이 좀 많은 게 흠이었다.

냇가 위로는 철길과 국도가 나란히 나 있고, 그 다리 밑 그늘은 파라솔이 필요 없는 시원한 피서지였다. 납작한 돌을 주어다가 자리를 평평하게 하고 그 위에 비닐돗자리를 까니, 장사꾼들이 설치한 유료 들마루보다 한결 운치가 있어 좋았다. 큰녀석은 어항을 들고 뛰어다녔고, 막내녀석은 고무 튜브를 가지고 오리처럼 둥둥 떠다녔다.

주위 사람들도 저마다 찜통 도심을 벗어났다는 해방감으로 만족한 얼굴들이었다. 반바지 차림의 어느 아주머니는 어린애를 안고 물속에 털썩 주저앉아 남편한테 사진을 찍어달라며 포즈를 취했고, 어떤 이들은 물수건을 등에 걸치고 앉아 고스톱판을 벌이는가 하면, 물속에 발을 담그고 삥 둘러서서 공놀이하는 사람들도 있었다. 그야말로 천태만상이었다.

우리 내외는 아무것도 하지 않고 그냥 물속에 발을 담그고 앉아 사람들을 구경하는 것만으로도 즐거웠다. 그런데 아까부터 유료 들마루 하나를 차지하고 옆자리에 누워 있는 여인에게 남자가 오이를 썰어 얼굴과 팔뚝에 붙여주는 모습이 여간 특이하지 않아서, 나는 아내가 눈치채지 않게 슬쩍슬쩍 훔쳐보았다.

그 남자는 참으로 정성이었다. 누워있는 아내의 하얀 장딴지가 햇볕에 그을릴까 봐 수건을 물에 적셔 덮어주기도 했고, 아내가 잠결에 몸을 흔들어 오이조각이 바닥에 떨어지면 붙여주는 등, 실로 나는 그 광경을 쉽게 외면할 수 없을 만치 감동 어린 눈으로 쳐다보았다.

그러나 아내는 관심 없다는 듯 애들하고 다슬기나 잡아야겠다면서 돌아다녔다. 한편으론 다행스런(?) 일인지도 몰랐다. 아내에게 정성을 다하는 저 남자를 보고 아내가 한마디쯤 할 줄 알았는데, 전혀 관심 없는 표정이라니….

나는 아내를 만나 십 년 넘게 살면서 아직 한 번도 아내에게 아기자기한 잔재미를 느끼게 해준 적이 없는 사람이다. 그만큼 무미건조한 사람이고, 나이에 비해 구식 남편이란 소릴 간혹 듣는다. 지난날 아버지께서 어머니께 그러하셨듯이 나도 아내에게 다정다감한 편은 못 된다.

어디 그뿐인가. 어쩌다 백화점에 들러 눈에 띄는 산뜻한 여자 옷 한 벌 사 들고 집에 들어가 입어보라고 하고 싶은 충동을 느낄 때도 있지만, 실행에 옮기지 못했다. 용기가 없다. 그러나 요즘 청년들은 얼마나 대범한가. 거리에서 팔짱을 끼고 다니는 것은 이제 아무나 하는 일이고, 심지어 멜빵 달린 포대기로 아기를 캥거루처럼 안고 다니는 남편들도 얼마든지 볼 수 있다. 아내는 기저귀 가방만 달랑 들고 다니면 되고….

속으로는 그런 남자들이 진정 아내를 아끼는 사람일 거라고 생각하면서도, 겉으로는 흉내도 못 내고 살아온 나는 아무래도 대장부 기질이 없는 사람인가 보다. 남성의 체통을 지키기 위해서는 당연히 그래야 한다는 고정관념 때문이다. 예禮를 숭상하는 동양의 가르침이 그러하듯이 진정한 애정의 표현은 겉으로 드러내는 게 아니라고 하지만, 그것은 나처럼 잔재미가 없는 사람들이나 하는 자기 합리성 변명이 아닌지 모르겠다.

그렇다고 여자 앞에서 어설프게 흉물을 떨 수는 없는 노릇이다. 점잖지 못한 것이다. 그런데 요즘은 겉으로 표현하지 않는 애정은 구식 사랑으로 여긴다. 그래서 나는 아이들 앞에서 가끔 걱정될 때가 있다. 아버지의 유전으로 내가 아내에게 멋없고 퉁명스런 사람이 되었다면, 내 아이들도 그걸 은연중 배워 이다음에 내 며느리에게 그런 식으로 하지 않을까 하는 생각이다. 애정 둔감증 시아버지 때문에 피해만 보게 되었다고 며느리가 원망이나 하지 않을는지….

거기까지 생각이 미치면 지금 당장에라도 아이들이 보는 앞에서 어떻게든 애정의 표시를 하고 싶어진다. 그러나 못한다. 돈 안 드는 일인데도 못한다. 알량한 자존심 하나 때문에 못한다. 나는 왜 말로는 현대인임을 자처하면서도 아이들과 아내에게 주는 사랑만큼은 구식 티를 벗지 못하는 것일까? 이것이 나의 불가사의이다. 나의 아이러니이다. 나의 독선인 것이다.

사랑을 주는 것만큼 값지고 기분 좋은 일도 없다는데, 받기만 하려는 이기심은 무엇이며, 아내가 내게 조금만 서운케 할라치면 난 무슨 자격으로 잔소리를 하는가!

　어느덧, 해가 한 뼘쯤 남았음을 보고 우리는 냇가에서 나왔다. 온종일 물에서 지낸 아이들의 쪼글쪼글해진 손을 잡고 논둑길을 걸으면서 그래도 나는 넉넉한 마음이고 싶었다. 아이들이 노는 데 조금의 기쁨도 주지 않았으면서, 무슨 큰 선심이라도 베푼 것처럼 아이들의 재잘거림을 듣는다. 하지만 아까 오이 마사지를 해주던 그 남자의 모습이 머리에서 지워지지 않아 온종일 충격처럼 마음 한 자리를 차지하고 있는데, 아내는 정말 아무렇지도 않은 듯했다.

　그래서 돌아오는 차안에서 넌지시 아내에게 물었다. "아까 우리 옆에 있던 부부 말이야, 아내는 미인인데, 남자가 좀 못 생겼더라." 그 말을 바꾸어 말하면, '잘난 남자 같으면 여자에게 오이 마사지나 해주겠느냐'는 뜻이나 마찬가지였다.

　그랬더니, "누구 말이에요? 난 기억에 없는데요."한다. 아내는 전혀 무슨 소리인지 모르겠다는 투였다. "오이로 아내 마시지 해 주던 녀석 말이야. 정말 못 봤어?"

　괜히 알면서 모르는 체 하는 줄 알고 조금 큰 소리로 되물었으나, 아내는 정말 모르겠다는 것이다. 그렇다. 그렇게 예민한 아내가 아니다. 소녀의 감수성처럼 그렇게 섬세하지 않은 중년의 여인이다. 소심한 나의 착각일 뿐이다. 많이 아는 체하지도 못하고 어수룩하게 사는 사람인 것이다. 그러니 나 같은 구식 남자와 이렇게 살아가는 모른다.

(1990. 『한국문학』)

어느 지상誌上 백일장 장원 기記

　나는 가끔 아내에게 수필을 읽어준다. 시나 소설을 읽어줄 때도 있다. 신문을 보다가도 마음에 드는 기사가 있으면 꼭 아내에게 읽어준다. '책만 보면 졸리다'고 하는 아내가 나는 밉지 않다. 잔일이 많아 온종일 앉아 볼 틈이 없다고 하는 아이들의 엄마이고, 어려운 생활여건 속에서도 늘 근심 걱정이 떠날 날 없는 경찰공무원의 아내이기 때문이다. 그런 까닭에 나는 아내와 함께 살아가는 이야기를 공감하고 싶어 진실이 담긴 수필 한 편을 읽어주고 싶어지는지 모른다.

　나는 사소한 일상사에 곧잘 감동하지만, 세상을 떠들썩하게 하는 큰 뉴스거리는 애써 외면하고 싶어진다. 어찌 보면 작은 것에만 집착하고 살아온 소시민의 천성이려니 생각된다. 아내도 내가 글을 읽어주는 게 싫지 않은 모양이다. 내가 나지막이 소리 내어 글을 읽어줄 때는 하품도 하지 않고 성의껏 들어준다. 재미있고 즐거워서가 아니라, 읽어주는 사람의 성의를 생각해서 진지하게 들어주는지 모른다.

　어쨌든 한 편의 글을 읽어주는 나의 마음은 풍요롭기만 하다. 그 순간이 행복이다. 내가 글을 읽어줄 때, 아내는 손을 놓고 앉아 듣고 있는 게 아니라, 아이들의 옷가지를 개면서 듣기도 한다. 나는 남의 글을 읽어주는 데 그치지 않는다. 내가 직접 쓴 글을 읽어주기도 한다. 그러면서 아내의 눈치를 살핀다. 아내가 시큰둥한 반응을 보이면 그 글은 어디에도 발표하지 않는다. 그러나 어쩌다 살포시 웃음기라도 비치면 난 반갑다.

　늘 심신이 피곤하다고 하는 내가 글을 왜 쓰는가 생각해 본다. 아무리 생각해도 일 년 내내 비상근무가 계속되는 직업을 가진 자가 가질만한 취미는 못 된다. 나는 술과 담배도 즐기지 못하고 어디 느긋하게 앉아 화투 놀이 같은 오락은 더구나 못하니, 밖에서 조금은 외로울 수밖에 없다. 그러나 신간 서적이 꽂혀있는 책방 앞은 그냥 지나치지 못한다. 두어 권 사들고 귀가하는 날은 그 누구도 부러울 게 없다.

나는 문학을 삶의 목적으로 하지는 않는다. 거친 생활을 정제하고 위안을 받고 싶어서 틈만 나면 읽고 또 쓴다. 그러나 아내는 현실주의자다. 결혼 전에 금융기관에 근무한 적이 있는 아내는 셈도 빠르고 경제에 밝다. 내 월급봉투를 받으면 돈을 세는 데 15초도 안 걸린다. 그리고 마지막 장을 손가락 끝으로 '톡' 하고 튕기는 소리에 나는 고개를 돌린다.

아내의 손놀림이 빠른 것인지, 내 봉급 액수가 형편없는 것인지 나는 굳이 따지려 하지 않는다. 그걸 깊이 생각하는 건 괴로움이다. 그러나 돈을 주고 소유한 책만큼은 밑줄을 그어가며 꼼꼼히 읽어야 하는 내 성격처럼, 나는 사소한 일상사 하나라도 건성으로 세월에 묻어버리고 싶지 않다. 그래서 짧지만 1년에 단 한 번 찾아오는 하계 정기 휴가는 내가 글쓰기에 부담 없는 시간이다.

지난여름 휴가 때는 더위도 잊은 채 여러 편의 글을 지었다. 그 가운데 한 편을 어느 지상誌上 백일장에 응모하였다. 그리고 오랫동안 잊고 있었는데, 얼마 전 퇴근 무렵, 뜻밖에 아내의 전화를 받았다. 아내는 잡지사에서 전화가 왔다면서 아직 흥분이 가라앉지 않은 목소리로 말했다. 부족한 글이라 우체통에 넣는 순간까지 망설였는데, 장원 당선이라니….

당선 소감과 함께 사진까지 요구해서 밤새 다듬어서 속달로 보내주었다. 그러나 아내는 상금이 궁금한지 얼마냐고 물었다. 나는 좀 어이가 없었지만, 내 글이 권위 있는 문학지에 사진과 함께 실린다니 천만금의 돈보다 좋다고 했다. 돈은 써버리면 없어지지만, 내 이름이 새겨진 금메달까지 받게 된다니, 내 아이들에게 가보로 물려주고 싶다. 연말에 있을 예정이라는 시상식 날이 은근히 기다려진다. 아내도 함께 따라갔으면 하고 기대하는 눈치를 내가 모를 리 없기 때문이다.

(1990. KBS)

어떤 고양이의 죽음

　　퇴근을 하면 낮에 있었던 일을 아이가 소상하게 이야기해준다. 그런데 오늘은 아이의 목소리가 좀 흥분되어 있다. 어떤 고양이 한 마리가 우리 집 보일러실에 들어와 죽으려고 한다는 것이다.

　　겨울철에는 가끔 떠돌이 고양이가 따뜻한 보일러실에 들어와 낮잠을 자고 가는 경우는 있었지만, 더운 계절에 낯선 고양이가 들어와 죽으려고 한다니, 아이가 흥분할 만도 했다. 아내가 내 윗도리를 받아 걸며 보충설명을 했다.

　　"요새는 보일러실에 잘 들어가지 않거든요. 연탄 피울 일도 없고요. 언제 들어왔는지 모르지만 워낙 탈진하여 살아날 가망성이 전혀 없어 보여요." 그러자 아이가 또 거들었다.

　　"그래서요, 엄마가 우유를 한 모금 먹였는데요, 끄떡도 안 해요. 아무래도 죽으려나 봐요!" 나는 이쯤 설명을 듣고 어떤 불길한 예감이 들었다. 고양이를 죽이거나 소중히 하지 않으면 고양이의 노여움을 받아 불행하게 된다는 속설이 있기 때문이다. 그뿐만 아니라 고양이의 거동을 사물의 사전 징조로 보는 풍습도 있지 않은가? 아이는 걱정스런 눈빛으로 아빠의 어떤 조치를 기대하고 있었다.

　　"거참! 이상한 일도 다 있다. 쥐약을 먹었나? 가축병원에 데리고 가자." 그러자 아내가 말렸다. 쥐약을 먹은 것이 아니라고 했다. 어쩌다 보일러 파이프 사이에 끼어 발버둥을 치다가 탈진한 것이니, 기력을 회복할 때까지 기다려보자는 것이다. 나는 속으로 웃음이 나왔다.

　　고양이가 어떤 놈인가? 놈은 쥐를 잡는 놈이다. 입과 턱, 그리고 뺨에도 감각이 예민한 촉모觸毛를 가지고 있다. 뒷발도 길어서 도약력도 강하다. 이런 놈이 보일러 파이프 사이에 낀다는 것은 사람의 우둔한 생각이다. 아내의 말은 우리 집 가축도 아닌데 가축병원에 데리고 간다는 것이 치료비가 아깝다는 뜻일 게다.

고양이의 수명은 보통 20년 정도라고 한다. 어떤 놈은 최고 30년까지 산 기록도 있다니, 수명이 꽤 긴 동물이다. 사람들은 애당초 쥐의 피해를 막기 위해 고양이를 사육했다. 하지만 오늘날에는 애완용으로 기르는 사람들이 많다.

그러나 나는 근자에 가축을 잘 기르지 않는다. 사랑하는 만큼 정을 뗄 때의 서운함을 그동안 수없이 경험해 왔기 때문이다. 그런데 난데없이 낯선 고양이가 내 집에 와서 죽으려고 함은 무엇인가. 불길한 징조인가? 아니면 사람의 심성을 시험해보려는 전령인가?

어쨌든 아내는 우유와 생선을 먹여서 살려보겠다고 장담했다. 그리고 삼사일이 지났다. 산에 놀러 갔던 아이가 다리를 다쳐왔다. 아이에게 약을 발라주며 나는 고양이의 치료를 적극적으로 해주지 않은 나의 과보果報일지도 모른다는 생각을 했으나 아무에게도 말하진 않았다. 다만, 고양이를 가축병원에 데리고 가 주사라도 맞춰보라고 아내에게 당부하고 출근했다.

그런데 퇴근 후 아이의 이야기를 듣고 충격을 받지 않을 수 없었다.

"고양이가 죽었어요. 주사 맞고 집에 오자마자 죽었어요!" 병원에 다녀온 아내의 말에 의하면, 고양이에게 가장 무서운 병은 전염성 장염과 호흡기염이라고 했다. 아내에게 물었다.

"죽은 고양이는 어떻게 했소?" 아내는 머뭇거렸다. 내가 재차 물으니 조심스럽게 대답했다.

"청소차에 실어 보냈어요. 어디 묻을 데가 마땅치 않아서…" 그 말을 듣고 아이들과 나는 저녁밥이 잘 넘어가지 않았다. 아이들에게 잠시 고양이의 명복을 빌자고 제안했다. 그것은 동물의 무덤을 만들어주지 못한 애석함 때문이 아니었다. 생명을 귀하게 여기고 사랑하는 법을 더 진지하게 아이들에게 가르쳐주지 못한 나의 자괴감自愧感 때문이었다.

(1991. KBS)

태풍 때문에

여름휴가 첫날이었다. 사소한 일로 아내와 다투었다. 다툼의 발단은 언제나 사소한 것이지만, 그것이 불씨가 되어 감정을 자극하는 경우가 더러 있다. 내 쪽에서 져주어도 체면에 손상이 가는 것도 아닌데, 그 순간만큼은 너그러운 마음이 생기지 않는다.

수양이 문제라고 하지만 화가 났을 때, 그 감정을 그대로 간직하면 속병이라도 날 것만 같아 가만히 있지 못하는 것이다. 혹자는 '백인百忍'이라는 글을 걸어놓고 화가 날 때마다 그걸 쳐다보면서 가라앉힌다는데, 그게 얼마나 스트레스 쌓이는 일인가!

나는 아내가 지어주는 저녁밥이 잘 넘어갈 것 같지 않았다. 왠지 마주 대하고 싶지 않았다. 그래서 혼자 집을 나가기로 했다. 휴가도 냈겠다, 용돈도 다소 있겠다, 이번 기회에 아내의 고집을 꺾어봐야겠다고 마음먹은 것이다. 그래서 한 사나흘 어디론지 훌쩍 떠나 머리 좀 식히고 오겠다고 선언했다. 행선지는 나도 모른다. 미리 계획해 둔 바도 없다. 다분히 아내에 대한 엄포성 여행이다.

양말과 수건, 그리고 세면도구 등 부산하게 챙겨 가방에 넣었다. 그러면서 아내의 눈치를 살폈다. 그러나 아내는 나를 쳐다보면서 말리지 않았다.

남편이 어디론가 떠난다는데 일언반구 말이 없는 것이다. 아내가 달려들어 말리리라 은근히 기대했는데 크게 놀라는 눈치가 아니었다. 그건 어쩌면 여자의 자존심인지도 몰랐다.

그렇다면 아이들이라도 달려들어 '아빠, 떠나지 마세요.' 해야 하는데, 녀석들도 구경만 하는 것이다. 나는 조금 맥이 빠지는 기분이었다. 그러나 포기할 수는 없었다. 큰아이가 넌지시 "아빠, 어디로 가실 거예요?" 하고 물었지만, 나는 그냥 "먼 곳에……."라고만 대답했다. 그제서야 아내는 "웬만하면 저녁이나 드시고 가세요." 했다. 조금 걱정스런 눈빛으로.

'그래, 바로 그거야! 하지만 그 정도로는 안 돼! 잘못했다는 사과를 난 듣고 싶어!' 속으로 이렇게 중얼거리며 나는 그대로 집을 나섰다.

차에 오르는 순간까지 애들이 뛰어나올 것 같은 착각에 빠졌다. 녀석들이 못 떠나게 매달리면 못 이기는 척하고 들어가리라는 기대감을 버리지 않고 있는데, 놈들은 내다보지도 않았다.

나는 차를 몰았다. 어디로 갈까? 평소에 가보고 싶은 곳이 몇 군데 떠올랐으나, 선뜻 마음이 내키지 않았다. 무엇보다도 여관에 가서 혼자 잔다는 사실이 마음에 걸렸다. 청승맞게 혼자 여관방 천장을 쳐다보며 상념에 잠길 것을 생각하니 더한 괴로움일 것 같았다.

여행은 기분이다. 즐거워야 하는 것이다. 그런데 이런 기분으로 어느 누구와 얼굴을 마주하고 희희낙락, 산수경개山水景槪가 아름답다고 할 것인가!

나는 어느덧 가까운 계룡산 계곡에 이르렀다. 한없이 쏟아져 내리는 폭포수를 바라보며 산란한 마음을 가다듬었다. 결코 거스를 수 없는 저 폭포수처럼, 부질없는 내 마음을 떡갈나무 잎 한 장 따서 그 위에 떠내려 보냈다.

가장家長의 체통이 무엇인가. 그것이 이렇게 나를 소외시키는 외로움인지도 모른다. 아내를 이기려면 남편은 고독해지는 연습부터 해야 한다. 그런데 난 외로움이 싫다. 울적할 때 달려가 안겨볼 사람이 없는 것이다. 갑자기 어머니가 그립지만, 이 세상에 존재하지 않는 분이다. 그러니 누구에게도 나약한 면을 보여서는 안 되는 사람이다.

발길을 돌렸다. 돌아오는 길에 아이들이 좋아하는 과일을 샀다. 아내가 좋아할 물건도 하나 사고 싶었지만 가게 앞에서 그만 용기가 사그라져 사지를 못했다. 초인종을 누르니, 아이들이 "아빠다!" 하면서 마치 예견이나 한 듯 환호성을 질렀다. 가방을 받아가지고 들어가는 아내에게 내가 말했다.

"일기예보를 들으니, 태풍이 몰려온다는군!"

그러자 아내가 싱긋 웃었다. '태풍이 지나가면 함께 떠나자'는 아내의 말에 아이들이 또 한 번 손뼉을 쳤다.

(1991. KBS / 큰아들 9살, 둘째 아들 7살 때)

천국의 어머니와 못난 아들의 첫 해외여행

"집안에만 갇혀 계시던 어머니가 난생처음 비행기 타게 되셨네. 근데 여보, 깨지지 않게 조심해서 가져가세요."

아내가 거실에 걸려 있던 어머니 사진 액자를 꺼내 비단 천 보자기에 싸면서 한 말이었다. 그렇다. 어머니의 첫 해외여행이다. 돌아가신 지 20여 년 만에 어머니 액자 사진이나마 가슴에 안고 비행기에 오르니, 가슴이 아려온다.

사실 해외여행은 이 못난 자식도 처음이다. 경찰공무원으로 퇴직하기까지 30년 넘게 가족들과 해외여행은커녕 가까운 주변조차 다녀올 겨를이 없었다.

뜻밖에도 뉴칼레도니아 여행 기회가 생겼다. 바로 어머니의 고생스러운 삶을 소재로 쓴 '아, 어머니 전展' 편지글 사연이 일간지에 당선돼 상품으로 2인 왕복항공권을 받은 것이다. 아내의 양보로 아들과 함께 비행기에 올랐다.

무려 10시간이나 걸려 한밤중에 뉴칼레도니아에 도착했다. 이 섬은 전체의 60% 이상이 세계자연유산으로 등재될 만큼 천혜의 관광지였다.

도착하자마자 5성급 호텔 방 탁자 위에 어머니를 모셔놓았다.

◀ 호텔 방 탁자에 모신 어머니 - 뉴칼레도니아 르메르디앙 호텔(2010.08.30~09.04)

마치 환생還生이라도 하신 듯 우리 부자父子를 바라보시며 살포시 웃으시는 어머니는 지금 당장에라도 사진을 뚫고 걸어 나오실 것만 같았다. 어머니는 "밖에 나가 식사를 하자"고 해도 "그래, 됐다. 너희만 잘 먹으면 난 안 먹어도 배부르다"고 하시곤 했다.

▶ 아들과 함께 - 뉴칼레도니아 해변

자식 사랑이 지극했던 어머니는 내가 군 복무하는 동안 시골집을 혼자 지키시면서 엄동설한에도 군불을 지피지 않고 사셨다. 눈이 펑펑 내리는 날이면 장독대에 나가 그 눈을 고스란히 맞으셨다고 한다.

이웃집 아주머니가 "그만 방에 들어가시지요."라고 하면 "자식은 엄동설한에 총대 메고 눈밭에 서 있는데 어미가 어떻게 따뜻한 방에서 자겠느냐?"라고 하셨다고 한다. 내가 제대하여 어머니 소원대로 가정을 이뤄 귀여운 손자도 안아보게 하는 등 잠시 기쁨을 드렸으나 1989년 여든을 넘기지 못하시고 안타깝게 돌아가셨다.

말로만 듣던 남태평양의 이 아름다운 섬나라를 눈으로 직접 확인해 보니, 부럽고 행복한 나라임엔 틀림없었다. 이 나라는 사람이 적어 그런지 빨리 서두르는 '조급증'이 느껴지지 않았다. 버스운전사가 '볼일' 급하다는 나를 위해 무려 5분 이상 기다려주기도 했다. 나는 그동안 무엇이 그리 힘들어 아등바등 조바심 내며 바삐 살아왔던가.

사회가 극도로 혼란스럽던 70년대 후반 경찰에 들어와 거의 매일같이 '시국 치안'에 험한 경찰생활을 했다. 폭력이 난무하는 시위 현장에서 밤을 새우며 어머니가 제때 진지를 드시는지, 자식들이 공부를 제대로 하는지 좀처럼 챙겨볼 여유가 없었다. 그렇게 30여 년을 쫓기듯 직장생활을 해왔다. 어머니 정성과 사랑에 만분의 일이나 효도를 했던가를 생각하면 후회감에 가슴이 저려 왔다.

"비행기 타고 올 때 한국인 여승무원이 한 말이 생각나요. '모녀간에는 여행히는 깃을 봤어도 아늘과 함께 여행하는 분은 처음 보았어요.'라고 했잖아요. 제 친구들도 아버지랑 해외여행 떠난다니까 모두가 놀라는 거예요."

평소 과묵한 아들이 이처럼 살갑게 아비 듣기 좋은 말만 하는지, 기특하고 대견스러웠다. 아들은 자기도 의경으로 복무했지만, 경찰공무원으로 퇴직한 아버지가 자랑스럽다고 했다. 할머니의 고생스러운 삶을 이야기로 쓰셔서 이렇게 여행에 나섰지만, 이번 여행은 30여 년 동안 경찰관으로 고생하신 아버지의 '퇴직기념 여행'으로 생각한다고 했다.

"난 네가 더 자랑스러워. 넌 대한민국 경찰 중에서 가장 바쁘다는 서울 종로에서 의경으로 근무했잖아. 시위 진압에 동원되어 길바닥에서 모래 섞인 밥을 먹었다는 네 얘기를 듣고 내 가슴이 얼마나 아팠는지 아느냐."

슬며시 아들의 손을 잡았다. 아들이 의경으로 복무하는 동안 시위현장에서 행여 다칠까 봐 애간장을 녹이던 아비의 심정으로 쓴 글들을 모아

『아들아, 대한민국의 아들아』 제목의 책을 펴내기도 했다.

"그러고 보니 이번 우리 부자간의 해외여행은 신문사에서 용케도 알고 '위로여행'을 보내준 것만 같구나!" 아들과 나는 이제껏 속에 담아두었던 가슴 저린 이야기도 많이 나누었다.

뉴칼레도니아에서 만나는 사람은 모두 친절하고, 상냥하고, 삶의 여유가 있어 보였다. 하긴 이처럼 꿈에 그리던 낙원이 어디 있을까. 하지만 아들은 "그래도 나는 한국이 좋은 것 같아요. 우리나라 사람들처럼 치열한 삶의 현장에서 적당히 스트레스를 받고 부대끼며 사는 게 오히려 정신건강에 좋다고 하잖아요. 잘만 승화시키면 국가발전의 원동력도 되고요." 20대 후반인 아들은 이미 성숙한 어른이 되어 있었다.

그제야 아내가 왜 함께 가자는 여행을 볼일이 있다는 핑계로 아들에게 양보했는지 짐작이 갔다. 아내인들 해외여행을 가고 싶지 않았겠는가? 경찰 생활하면서 아들에게 아버지 역할을 제대로 못 했으니 이제라도 함께 여행하며 '정을 나누라'고 했던 것이다.

돌아가신 어머니 액자 사진을 닦고 또 닦고 반들거리게 손질하여 고운 비단 보자기에 애지중지 싸준 아내의 손길이 고맙기만 했다. 천국의 어머니도 다 내려다보고 계시겠지.

(2010.09.24. 조선일보 에세이)

골목 아주머니들이 추천한 수필

     동네 골목엔 8가구가 살았다. 동네 아주머니들은 남편이 출근하면 삼삼 오오 골목에 앉아 살아가는 이야기를 나누었다. 부침개도 나눠 먹고, 집사 람은 우리 집 감나무에 매달린 홍시도 따서 아낌없이 나누었다. 마치 시골 마을처럼 이웃집에서 벌어지는 사소한 일상사도 다 파악하고 살았다. 그러 니 아무개 아빠가 이런 글을 써서 방송에 나왔다거나 상을 받았다고 하면 모를 리 없었다. 아주머니들 사이에서는 "우리 동네 골목에서 벌어지는 일 들이 종운이 아빠의 글감이 된다."라는 말이 나올 정도였다.

   ▲ **어느 독자(청취자)가 보내준 방송 테이프** – 강원도 철원에서 홍○○ 선생님이 KBS1라디오 『시와 수필과 음악과』에서 방송된 나의 수필 「우리 동 네 교장 선생님(초회 추천 당선작)」 녹음테이프를 정성껏 포장하여 우편으로 보내주었다. 청취자들이 이 문학 프로그램을 녹음해서 다시 듣는 사실만 보 더라도 당시 얼마나 인기 있는 프로그램이었는지 알 수 있다. 더구나 일면식 도 없는 필자에게 이렇게 귀한 녹음테이프를 우편으로 보내주는 '성의'야말 로 필자로선 큰 감동이었다. KBS 방송 전파를 타고 흘러나온 이 수필이 바로 「우리 동네 골목 이야기」이니, 동네 아주머니들이 화제 삼을 만했다.

우리 동네 교장 선생님

　이른 아침, 동네 골목길 청소를 도맡아 하시는 이웃 할아버지 때문에 젊은 내가 늘 미안한 생각이 든다. 허리가 유난히 꾸부정하시고, 가까이 다가가야 비로소 누군지 알아보시는 칠순의 노인인데, 부지런함을 젊은이가 따를 수 없다.

　그런데 동네 사람들은 이 분을 그냥 할아버지, 혹은 노인 양반이라 하지 않고 꼭 '교장 선생님'이라 부른다. 시골에서 면장을 지낸 사람이 퇴직 후에도 계속 면장님으로 불리어지듯이, 할아버지도 지난날 몸담았던 교직의 지위가 자연스런 호칭으로 된 것 같다. 그런 호칭은 보통 할아버지라는 호칭보다 더 친근감이 가는데, 듣는 쪽보다는 부르는 쪽에서 더 정감을 느끼는 부름이기도 하다.

　그러나 요즘은 이 같은 전력前歷 존중의 예우가 모든 이에게 다 적용되는 것은 아닌 것 같다. 평생을 두고 쌓아온 직위와 명예를 하루아침에 물거품이 되게 하는 사람이 많은 것이다.

　인생 덕목을 지키고 산다는 게 현직에 있을 때도 중요하지만, 정년퇴직을 한 뒤에도 중요하다는 생각이 든다. 전직의 명예에 걸맞게 처신해야 추앙도 받게 되는 것이다.

　평범한 노인 같지만, 그런 면에서 선생님은 내가 본받을 만한 분이구나 하고 느낄 때가 많다. 과거의 자신을 조금도 내세우려 하지 않고 무언의 실천으로 검소한 생활을 하시는 분이다.

　채송화, 맨드라미, 들국화 같은 꽃씨를 알뜰히 모아두셨다가 길가에 심기도 하고, 봄에 호박씨 모종을 부어 이웃 담장 밑까지 일일이 심어 주시고, 주렁주렁 열리면 받침대까지 설치해주시는데, 동네 사람들은 몸 둘 바를 모른다.

어찌 보면 하찮은 일 같지만, 오랜 세월 아이들을 가르치면서 몸에 밴 근면성으로 손을 잠시도 멈추지 않고, 소일하는 모습을 보면 늘 부족한 자신을 돌아보게 된다.

그래서 이젠 선생님을 골목에서 하루라도 뵙지 못하면 집안 어른의 안부만큼이나 궁금해진다. 그런데 어찌 된 일인지, 벌써 사흘째 선생님의 모습이 보이질 않는다. 어디 편찮으셔서 누우신 거나 아닌지 궁금하여 초인종을 눌러볼까 했는데, 아내가 말렸다.

요즘 갑자기 선생님 심기가 불편하다는 것이다. 아내의 말을 그대로 빌리면 누구와 다투셨다는 것이다. 선생님이 다투시다니, 당치 않은 소리라고 했지만, 사연을 들어본즉 이러했다.

선생님이 청소를 하신 뒤에는 으레 주택지 공터에 불을 놓아 가벼운 쓰레기는 태우시곤 했는데, 그 연기가 창문을 열면 집안으로 매캐하게 스며들었다. 나도 평소에 조금은 역겹게 느껴지긴 했지만, 표현을 하지는 않았다.

쓰레기라야 기껏 휴지조각이나 아이들의 과자봉지 정도이고, 어쩌다 화단에서 뽑은 잡초 따위가 고작인데, 태우는 것도 잠시이거늘 참을 수 없을 만큼 괴로운 것은 아니었던 것이다. 그리고 소일거리 없는 노인이 스스로 좋아서 하시는 일이고, 남들이 하지 않는 궂은일을 솔선해서 하고 계시는데, 그 연기를 누가 감히 공해라고 하겠는가!

그런데 사람이 느끼는 정도에는 차이가 있게 마련이다. 어느 회사의 중역 되는 분이 아침 일찍 부인과 함께 조깅을 하면서 그 연기가 싫었던지, "제발 새벽 공기 좀 망가뜨리지 마세요."라고 한 말씀 드렸다는 것이다.

그러니 노인이 얼마나 서운하셨을까? 도시인들은 이렇게 당장 자기 앞에 작은 불편을 참지 못하고, 하고 싶은 말을 다하고 산다. 그래야 손해 보는 것 같지 않고, 제 몫을 다하고 사는 것이라 생각하기도 한다.

그렇다고 속이 좁으신 분도 아닌데 두문불출하시다니, 이제 선생님도 연만하셔서 노여움을 타시는 걸까?

그러면 이번 기회에 젊은 내가 선생님 하시던 일을 대신 해보리라. 작심이 며칠이나 갈지 모르지만, 아침 신문을 보는 시각을 10분만 할애하면 가능할 것도 같았다.

그래서 여느 때보다 일찍 일어나 빗자루를 들고 밖으로 나갔는데, 어느새 선생님이 청소를 끝내고 공터에 앉아 쓰레기를 태우고 계신 게 아닌가? 모처럼 빗자루를 들고 나간 내가 머쓱해질 수밖에 없었다.

"선생님, 그간 어디 편찮으신 데라도…" 하면서 인사 여쭈었더니, "아프긴요, 아침엔 잔소리하는 분들이 있어 한나절쯤 돼서 나오곤 하지요. 하지만 청소는 아침에 해야 산뜻해요." 하신다.

그래도 난 짐짓 한마디 더 여쭙고 싶어서, "누가 잔소릴 해요? 좋은 일 하시는데요." 했더니, "코만 달고 다니는 사람들이지!" 하면서 웃으셨다.

선생님께서 쓰레기를 태우는 까닭은 지나치게 많은 쓰레기가 청소차에 실려가는 것을 조금이라도 줄여보자는 뜻도 있지만, 재를 얻고자 하는 목적도 있었다. 호박구덩이에 넣으면 결실이 좋고, 화단에 뿌려도 좋은 거름이 된다고 하셨다. 어느새 선생님과 함께 쪼그리고 앉아 불을 헤집다 보니 아침 출근길이 바빠졌다.

(1990. KBS)

행복의 기준

재기才氣 넘치는 말솜씨로 대중적인 인기를 모으고 있는 여성 음악인 Y 씨가 얼마 전 방송 대담에서 흥미로운 말을 했다. 진행자가 '행복의 기준'은 어디에 두느냐고 질문한 데 따른 답변이었다.

"저는 행복한 사람의 기준을 세 가지로 보고 있어요. 첫째, 값싸고 맛있는 음식점을 두 곳 이상 아는 사람. 둘째, 취미가 직업이 된 사람. 셋째, 귀신도 모르는 애인을 가진 사람!"

Y 씨의 평범하면서도 상상을 뛰어넘는 재치 있는 대답에 진행자도 웃었고, 시청자인 나도 공감할 수 있는 대목이 있어 고개를 끄덕였다.

"그래 맞아, 보통 사람도 평소 그렇게 느끼고 살지. 그런 사소한 것도 나름대로 행복이라면 행복의 기준이 될 수 있지. 자기만의 은밀한 행복은 멀리서 거창한 것을 찾을 일이 아니야!" 혼자 중얼거리면서, 그렇다면 나는 과연 저 명사가 말하는 세 가지 행복의 기준을 모두 충족하고 사는지, 슬며시 자문해 보았다.

먼저, '값싸고 맛있는 음식점을 두 곳 이상 알고 있다'는 것은 사소한 일 같지만 Y 씨의 부연 설명처럼 쉬운 일은 아니다. 거리에 나가면 많고 많은 게 음식점이고, 거의 매일 출입하는 곳이 음식점이어서 평소 대수롭지 않게 여겼을 뿐, 막상 그런 조건을 갖춘 '만족스러운 음식점'을 찾는다는 것은 쉽지 않은 일이다.

음식점 업주들이 이런 말을 들으면 서운할지 모르지만 엄밀히 따지면 '값싸고 맛있는 음식점'이 어디 있는가? 맛있는 음식이면 당연히 값도 비싸야 하는 것이 시장 원리인데, 값도 싸고 맛도 있다니, 그런 '밑지는 장사'

가 어디 있나. 그러나 그런 음식점이 어딜 가나 존재한다. '박리다매薄利多賣'의 경영철학을 가진 서민적인 음식점이 얼마나 많은가.

손님들은 이런 음식점을 알게 되면 혼자 만족하지 않는다. 입소문을 내기 마련이다. 손꼽아 보니, 나도 그런 음식점을 몇 군데 알고 있다. 하지만 '값도 싸고 맛도 있다'는 판단 기준은 전적으로 나의 주관적인 느낌이라서 귀한 손님을 대접할 땐 안내하기가 조심스럽기만 하다.

그다음, '취미가 직업이 된 사람'이야말로 가장 자신 있게 행복을 말할 수 있는 사람이다. 적성에 맞지 않는 직업을 가졌다고 노상 불평하고 짜증 내는 사람이 얼마나 많은가? 하지만 적성과 취미에 맞지 않는 직업을 선택했더라도 직업이 취미 이상으로 전문성을 갖춘 사람도 많다. 비록 직업이 취미와 연결되진 않았지만, 자신이 선택한 일에 대해 보람과 긍지를 가지고 살아가는 사람들이 얼마나 많은가. 굳이 취미에 맞지 않는 직업일지라도 그들은 행복을 말할 수 있는 자격을 가진 사람이다.

세 번째 '행복의 기준'에선 고개를 갸웃하게 한다. '귀신도 모르는 애인을 가진 사람'도 행복한 사람이라니, 얼핏 농담으로 들려 피식 웃음이 나왔지만 그런 행복을 누리는 사람도 있겠구나 싶었다. 하지만 독신이 아닌 이상, 유부남 또는 유부녀가 배우자 모르게 애인을 두고 산다면 살아가면서 얼마나 많은 '마음 졸이는 상황'을 겪어야 할까.

"남녀 간의 우정이란 노년에 가서야 가능하다"는 옛말도 있잖은가. 숨겨둔 애인과 친구 관계를 넘어 '혼외婚外 자식'이라도 생긴다면? 더구나 그가 공직자 신분이라면 축첩蓄妾이라는 공직윤리 위반으로 불명예스러운 감찰을 받게 될지도 모를 일이다.

사람마다 '행복의 조건'은 취향이나 삶의 방식에 따라 다를 것이다. 공감이 가는 수많은 '행복의 기준' 가운데 은밀하고 위험부담이 큰 행복은 수신

修身이 전제돼야 하는 일이어서 크게 부러워할 것은 못 된다.

　현실적으로 절실한 나의 '행복의 가치 기준'은 소박한 것일수록 좋다는 결론에 도달한다. 가장 기본적인 것으로는 건강문제, 경제적인 문제로 자식들에게 짐이 되거나 걱정을 끼치는 일 없어야 행복을 말할 수 있다. 조금 더 욕심을 낸다면 아내와 자식　며느리가 공감하면서 빙그레 웃어줄 만한 따뜻한 '삶의 이야기' 한 편 써서 읽어주는 '소박한 행복'을 오래오래 누릴 수 있다면 더 바랄 게 없겠다.

(2010.10.10. 금강일보)

📝 원로 시인이 추천한 수필

    교육자였던 고 권효남權孝男(여성) 시인이 생시에 필자에게 장문의 편지(200자 원고지 12장)를 보내주었다. "사람의 마음을 움직이는 글을 읽고 손이라도 꼭 잡아보고 싶은 혈육의 정을 느꼈기에 편지를 쓴다."라고 하였다.「내가 좋아하는 시」,「신작로」,「편지를 쓰는 마음」 등 내 글의 제목을 일일이 열거한 뒤, "특히「깨끗한 우정」은 애틋하게 별빛처럼 빛나는 수필"이라고 과분한 감상평까지 덧붙였다. "팔이 아프다"고 하실 만큼 병석의 원로시인이 공들여 쓰신 정성 어린 육필 편지이기에 편지철에 소중하게 보관하고 있다.

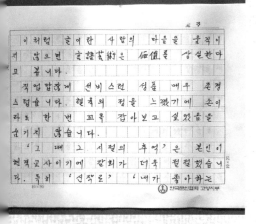 

▲ 권효남 시인의 육필 편지 12장 중 일부(1997)

■ 시인의 편지

멀리 대전에 계신 윤승원 님께

안녕하세요? 경기도 고양시 일산초등학교에 근무하는 元老敎師(원로교사)입니다. 시험공부 하는 학생처럼 언더라인을 쳐가면서 윤 선생님 수필을 精讀(정독)했습니다. 꽁꽁 언 마음이 봄눈으로 녹았습니다. 엄동설한 시골 초가 안방에서 풍기는 정취를 자아내게 했습니다. 고전음악을 감상하는 기분이었고, 신경 안정제를 복용한 후처럼 편안했습니다. 이처럼 글이란 사람의 마음을 움직이지 않으면 言語藝術(언어예술)은 가치를 상실한다고 봅니다.

직업답잖게 선비스러운 성품 매우 존경스럽습니다. 혈육의 정을 느꼈기에 손이라도 한 번 꼭 잡아보고 싶었음을 숨기지 않습니다.

특히 「신작로」, 「내가 좋아하는 시」, 「편지를 쓰는 마음」, 「육필서신」에 공감을 많이 해 기립박수 보냅니다. 안 그래도 동인시집 『타래 시』 창간호에 「편지 향수」라는 시를 등재한 바 있습니다. 윤승원 님의 「깨끗한 우정」도 애틋하게 별빛처럼 빛나고 있습니다.

글 속에 尙虛 李泰俊(상허 이태준)이 잠깐 소개되었더군요. 젊으신 윤승원 님이 이태준 씨를 아시다니, 무척 반가워 감개무량했습니다. 내 나이 20대 전후 처녀 시절 그분의 대표 단편집 『복덕방』, 『돌다리』에 미쳐서 재독, 삼독, 사독……. 잠자리를 함께하다시피 했습니다. 그중 「까마귀」 단편은 슬픈 아름다움을 지녀 환상적이었습니다. 종이가 옛날 가난했던 시절의 것이어서 형편없는데다가 내 연륜만큼 동고동락하느라 황갈색을 지나쳐 활자도 거의 알아볼 수 없을 정도로 전신이 만신창이가 된 원본이 아직도 내 책꽂이에 살아 있습니다. 물론 표지를 다른 종이로 땜질을 했지요. 덕지덕지 밀가루 풀로 여러 번 싸바른 것을 가리켜 '백비'라고 하던가요? 1948년에 발행된 옛 작가들의 단편 모음집 『解放文學選集(해방문학선집)』(이태준 포함)과 장편으로는 『第二의 運命(제2의 운명)』 상·하권이 있습니다. 어쨌거나 간접 因緣(인연) 매우 반갑다는 말씀 거듭 강조합니다. 작품에서 말씀하신 대로 '나눔의 미학'이 되었다면 영광으로 생각하겠습니다.

　몇 차례 퇴고 후 단편만큼 분량의 편지를 썼습니다. 약 5~6년 전이었던가 『죽은 시인의 사회』라는 로빈 윌리엄스 주연 영화를 보고 詩(시)로 재구성한 데뷔작 한 편과 졸작 시집을 두려운 마음으로 보냅니다. 끝까지 숙지해 주신다면 대단히 고맙겠습니다.

(* 이하 원고지 2장 분량의 '추신'은 생략)

1997.08.31. 權孝男

* 한자로 된 부분은 한글세대 독자를 위하여 편집자가 괄호(한글)로 병기

시는 함축이고 은유이며 상징이기 때문에 그 속에 숨어있는 뜻을 찾아내기가 쉽지 않다. 아리송하여 도무지 이해할 수 없는 시가 많다고 하는 이도 있다. 그래서 혹자는 시를 일컬어 불가해不可解의 언어 예술이라고 하는지 모른다. 시의 완전한 해석은 불가능하다는 말이다.

그러나 내가 존경하는 원로시인 한 분은 이런 말씀을 했다. "시를 이해할 수 없다고 말하는 사람처럼 자기 무지無知를 드러내는 사람도 없다. 한 줄의 시를 짓기 위하여 시인은 얼마나 많은 날 고뇌하면서 남모르는 고통을 겪는데 시를 이해하지 못하겠다고 하느냐?"라는 것이다.

꼭 쓰는 사람의 입장에서 하신 말씀이라기보다, 쉽게 읽히지 않는 것들은 쉽게 쏘기하고 마는 오늘날 독사의 기호를 염두에 두고 하신 말씀이 아닌가 여겨졌다. 그 뒤로 나는 시가 난해하다는 말은 가급적 하지 않는다. 쉽게 이해되지 않는 부분은 몇 번이고 되뇌어 보면서 나름대로 시인의 마음이 되어 그 세계에 빠져보려고 노력해보는 것이다.

하지만 이 세상엔 그처럼 어려운 시만 존재하는 것은 아니다. 쉽게 받아들여지면서 감동을 주는 시도 얼마든지 있다. 그런 시를 만나면 반갑고 오랫동안 마음 한구석에 자리하여 지워지지 않는다. 이렇게 좋은 시를 빚기 위하여 시인은 얼마나 많은 날 고뇌를 하였을까 생각해보게 되는 것이다.

그와 같은 좋은 시의 상상想像은 곧바로 독자의 가슴으로 전이된다. 시인의 품 안에서 고뇌하던 무수한 시어詩語들이 이제는 독자의 가슴앓이 인자因子로 작용하는 것이다. 참으로 경이로운 일이며 감탄하지 않을 수 없다.

봄이면 유독 생각나는 시가 있다. 서영옥 시인의 「목련」이다. 이 시는

1991년 KBS라디오의『시와 수필과 음악과』프로그램에서 추천을 받은 작품인데, 나의 수필「천료작」과 같은 날 방송된 작품이어서 녹음을 해둘 수 있었다. 당시 심사를 맡았던 황금찬 시인은 심사평에서 "시골 어머니의 행주치마 같은 깨끗한 시…, 시의 구성이 완벽에 가까워 놀라울 지경"이라고 찬사를 아끼지 않았다.

이 시가 내게도 유달리 쉽게 받아들여지고, 가슴에 와닿았던 이유는 어머니가 돌아가신 지 얼마 되지 않은 시기에 발표된 때문이 아닌가 싶다. 다시 말하면, 시인의 어머니와 나의 어머니가 비슷한 시기에 다시는 뵈올 수 없는 머~언 세상으로 떠나지 않으셨을까 짐작되는 것이다.

나는 이 시가 녹음된 테이프를 심야에 잠자리에서도 듣고, 어머니 기고 忌故를 전후하여 가족들과 함께 듣기도 한다. 잔잔한 배경음악도 마음을 사로잡지만, 저음의 아나운서가 낭송하는 이 시를 듣고 있노라면 어머니의 환영幻影이 눈에 어른거린다.

문 열었을 때
어머니 오신 줄 알았습니다.

흰 저고리 입으시고
뜰에 와 웃고 계신 줄 알았습니다

눈부셔 다시 부비고 보니
날 보고 웃고 있습니다

웃고 계신 어머니 얼굴이 떠올라
눈시울을 적십니다

- 「목련」 전문 -

"흰 저고리 입으시고 뜰에 와 웃고 계신…" 대목에 이르면 나도 모르게 창밖을 확인해 보지 않고는 견딜 수 없는 것이다.

정확한 통계를 본 것은 아니지만, 그동안 주변 사람들의 부음計音을 듣는 빈도를 볼 때, 노인들은 엄동설한보다는 해동하는 봄철에 더 많이 돌아가신다.

나의 어머니도 꽃피는 사월에 돌아가셨는데, 자손들을 위하여 혹한을 피하여 따스한 계절에 돌아가신 것은 고마운 일이나, 자식의 마음은 어디 그런가? 부모의 정을 그리는 자식은 남모르는 계절병을 앓게 된다. '좋은 계절에 몸살을 하느냐?' 하고 누가 묻기라도 하면, 나는 "봄을 심하게 탄다"고 말하지만, 실은 '어머니 그리움 병'을 앓고 있는 것이다.

길을 가다가도 어느 집 담장 너머에 하얀 목련이 피어 있으면, 나는 그냥 지나치지 못한다. '웃고 계신 이미니 얼굴'인데 어찌 그냥 지나치랴! 하지만, 꽃은 쉽게 지고 만다. 마치 어머니의 환영처럼 잠시 나타났다가 금세 지고 마는 꽃이 목련이다. 떨어지는 꽃잎을 바라보면 한없이 서운하지만, 그렇다고 실망하지 않는다. 일 년 뒤엔 반드시 다시 뵈올 수 있다는 희망과 믿음을 주는 꽃이 아닌가. 아! 사무치게 그리워지는 어머니, 어머니시어!

(1995.01. 『문학공간』)

장날이면 갈 지之 자 걸음을 걷는 동네 아저씨도 더러 보인다. 하지만 아무도 대꾸해주지 않으면 혼자 흥얼거리면서 지나가기 마련이고, 씨암탉 두어 마리 달구지에 실어놓고 어슬렁어슬렁 뒤따라가는 이웃 아주머니의 여유가 돋보이는 곳.

가용家用 마련하려고 어머니가 잡곡 보따리 이고 나오면 '되[斗]먹이장사'가 총총걸음으로 다가와 얼른 받아가지고 가로수 밑에 가서 풀어헤쳐보기도 하는 곳. 어머니는 고갤 저으며 더 안 주면 싸전까지 가겠다 하고, 장사꾼은 여기서 그냥 넘기라고 하고, 한참 동안 승강이를 벌이다가 결국은 약삭빠른 장사꾼이 한두 푼 더 얹어준다는 바람에 순박한 어머니의 곡식 보따리는 넘어가고 만다.

'그런데 가만히 있자, 저기 가시는게 아무개 어르신네 아닌가?' 수염이 허연 노인이 지팡이 짚고 경로당 가는 걸 보고 자전거 탄 젊은이가 그냥 지나치지 못한다. 이마가 땅에 닿게 절을 하니, 노인네는 남 바쁜 줄 모르고 대소 가내 안부 묻고, 농사 작황은 어떤가, 아이들 학업은 잘하는가, 긴 수염 쓰다듬으며 차근차근 묻는다.

그래도 말씀하시는 대로 다 대꾸해드리고 밀짚모자를 반쯤 벗었다 썼다 하면서 서너 번 더 머리 조아리다가 자전거에 올라탄다.

하지만 뭐니 뭐니 해도 신작로를 바라다보면서 가장 반가운 것은 '빨간 자전거'다. 갈색 가방을 흔들거리며 우리 동네로 접어들어오는 우편 배달부 아저씨가 그렇게 반가울 수가 없었다. 그 가방 속에는 틀림없이 어머니가 제일 반가워하실 형님의 편지도 들어있고, 시집간 누나의 애틋한 사연도 들어있었다. 편지를 어머니께 두어 번 읽어드리고 나면, 어머니는 눈가의 이슬을 닦으시며 부엌으로 드신다.

나도 심란한 마음 달래려고 지게 지고 꼴 베러 나가는데, 저만치 지서 순경이 자전거를 타고 신작로를 지나간다. 이때 장발의 총각들은 맞닥뜨리지 않으려고 먼 논둑길로 돌아다니는 걸 보았으나, 내 머리는 언제나 이등병 머리처럼 짧았으므로 두려울 게 없었다. 어디 그뿐인가? 밀주密酒를 담가 골방에 이불 뒤집어 씌어놓은 집이며, 청솔가지를 쪄다가 이엉 덮어놓은 집에서는 지레 겁먹고 순경의 자전거가 어디로 꺾어지는지 동향을 살펴야만 했다.

장마가 끝나면 동네 사람은 모두 괭이와 싸리 소쿠리를 들고 신작로로 나갔다. 이른바 '길닦이 작업'이었다. 빗물에 씻겨나간 신작로를 보수하기 위해 가가호호 동원되었던 것인데, 이장이 담당 구역을 표시해주면 자갈을 져다 부리는 등 주민들이 국노國道 관리를 했나.

제대 후, 신작로를 바라다보는 청년의 가슴은 마냥 설레었다. 양복 차림에 서류봉투를 들고 늘 바쁘게 신작로를 지나는 면서기 아저씨도 부러웠고, 굽 높은 구두에 고운 양산 받쳐 든 아리따운 국민학교 여선생님도 신작로 옆 논배미에서 피사리하던 총각의 눈에는 선망의 대상이었다.

나도 미구未久에 공무원 시험에 합격하면 저렇게 말끔한 양복 입고 자전거 타고 다니면서, 저기 가는 저 여선생님처럼 아리따운 규수를 아내로 맞아들여야지…. 그것은 정말 신나고 가슴 설레는 꿈이었다.

신작로!

색시가 첫날밤에 신랑이 무서워 벌거벗고 이 신작로를 거쳐 친정집으로 달려갔다는 얘기는 들었어도, 도둑이 훔친 쌀가마를 지고 이 넓은 신작로를 버젓이 활보했다는 얘기는 듣지 못했다.

이른 새벽, 차부車部 앞에서 버스를 기다리는 사람들…. 그들에겐 모두 각자의 보따리가 있다. 공장으로 취직하러 가는 아가씨도 옆구리에 조그만 보따리 하나 끼웠고, 청운의 꿈을 안고 대도시로 나가는 학생을 배웅하는 어머니도 보따리 하나 머리에 이었다. 이들 보따리 속에는 무슨 대단한 물건이 들어있는 게 아니었다. 타향 객지에서 자식이 고생할 것을 염려하여 챙겨준 '어머니의 시름'이 그 속엔 가득 들어 있었다. 미리 나와 기다리건만 버스는 제시간에 도착하지 않고, 짚단에 불을 지펴 언 발이 얼추 녹을 즈음에야 고개 너머로 버스의 클랙슨 소리가 들려온다. 그 소리는 떠나는 이나, 배웅하는 이나 모두가 가슴 설레게 하는 소리였다.

신작로는 떠나는 사람만 있는 게 아니다. 기다림 또한 있는 곳이다. 노인이 명절이 되면 객지의 자식이 못 올 줄 뻔히 알면서도 막차의 엔진 소리에 행여나 하고 내다보던 게 신작로가 아니었던가.

우리네 인생의 희로애락喜怒哀樂이 모두 신작로로 통해서 왔다. 농사꾼의 자식으로 태어나 장차 무엇이 한 번 돼보고 싶다는 출세의 욕망도, 그 어떤 대상에 대한 막연한 동경도, 신작로를 통해서 비롯되었다. 우리의 의식을 알게 모르게 바꿔 놓은 신문명新文明과 신 유행新 流行도 신작로를 통하여 들어왔다. 또한, 학수고대鶴首苦待하던 이를 만나 얼싸안는 기쁨도, '후행後行(혼인 때 가족 중에서 신랑이나 신부를 데리고 가는 사람)술' 한 잔에 얼큰하여 두루마기 휘날리며 돌아오던 사람들의 취기 어린 불콰한 얼굴도 신작로를 통해서 볼 수 있었다.

하지만, 인생은 부운浮雲이요, 일장춘몽이다. 만장輓章 거느리고 북망산천으로 떠나는 이를 배웅하는 장죽杖竹의 서러운 행렬도 신작로를 통과해야만 했다. 동네 사람들은 이 행렬을 바라보면서 잠시 숙연해진다. 바라다보는 사람마다의 관심도 다르다. 연로하신 어른은 자신의 내일을 보는 듯

착잡한 심경이 되고, 빨래터의 아낙들은 상주의 숫자를 헤아려 보면서 번족繁族한 집안이라느니, 독자獨子라 외롭겠다느니 수다를 떨다가 요령鐃鈴잡이의 구슬픈 만가輓歌 소리에 그만 옷고름으로 눈물을 찍어내고 만다.

이처럼 온갖 애환이 전설처럼 되살아나는 내 고향 신작로를 오늘의 나는 승용차로 단숨에 달려올 수가 없다. 천천히, 그리고 잠시라도 내려서 아카시아 잎 따서 손바닥에 날려도 보면서, 그 옛날 어려웠던 시절을 다시금 돌아보게 되는 것이다.

(1995. 『오늘의 문학』)

편지를 쓰는 마음

　편리한 전화가 있는데도 굳이 편지를 쓴다. 정성 들여 글을 보내주신 분께 답장을 전화 한 통으로 대신하기엔 왠지 성의가 아니란 생각이 든다.

　편지를 쓴다는 것은 즐거운 일이다. 편지를 쓸 수 있는 대상이 있다는 사실만으로도 얼마나 행복한 일인가. 바쁜 세상에 결코 시간 낭비라 여겨지지 않는다. 전화가 나름대로 신속성과 간편성은 있지만 편지를 받을 때의 설렘과 펼쳐 읽을 때의 따스한 정감에 견줄 수 없다. 편지는 정리된 사고思考의 전달 매체다. 다듬어진 내적 풍경의 외적 표현이다.

　띄우는 것으로 끝나버리는 일방통행이 아니라, 보내면 받게 되는 연속성도 있다. 그래서 '오는 정 가는 정'이라 해도 좋고, '나눔의 미학'이라 해도 진부하게 들리지 않는다.

　편지는 고독한 이의 전유물이 아니다. 삶을 풍요롭게 살려고 노력하는 사람의 다정다감한 기별奇別이다. 살아가면서 혼자 읽고 구겨 버릴 수 없는 편지가 많다. 이와 같은 인상적인 편지는 언제 다시 읽어보아도 정감이 우러난다. 편지철便紙綴에 보관하면 하나의 개인 역사첩帖이 된다.

　얼마 전에 아주 반가운 분의 편지 한 통을 받았다. 평소 작품으로만 존경해 왔던 분의 편지이다. 이 분의 성함보다도 작품집 『바보네 가게』라고 하면 아는 분이 더 많을 것이다. 상대방을 기쁘게 해줄 수 있는 것이면 사소한 부분까지 일일이 다 열거해주시는 성의가 가슴으로 느껴졌다. 그뿐만 아니라, 편지를 쓸 때나 책을 보내주실 때나 내 이름자 밑에 꼭 '대아大雅'라 써 주시는데 격의 없는 친근함으로 느껴졌다.

　그분의 편지 한 대목을 소개하면 이런 형식이다.

"윤승원 大雅(대아).

貴書(귀서)『삶을 가슴으로 느끼며』는 누구에게 빌려 주었는데, 두 번이나 독촉을 해도 안 가져오는군요. 그런데, 잡지사 편집부로 온 그 책에는 '아무개 혜존'이라고 사인이 안 된 책이니, 이왕이면 '아무개에게 주는 것'으로 한 권 더 보내 주실 수 없겠는지요? 「어떤 선물」, 「두 아들」, 「혜존」, 「만원 버스에서」 등은 읽어보고 공감을 한 바 있습니다. 그 중 「어떤 선물」, 「편지를 쓰는 마음」은 '한국일보 문화센터'에서 읽어주며 수필은 이렇게 '삶을 가슴으로 느끼며' 써야 한다고 일러 준 바도 있습니다. 제가 재직하고 있는 출판사에서 낸 잡지 『책과 인생』보냅니다. 저도 글을 생활 주변에서 소재를 구해서 쓰고 있습니다. 졸저 소책자 『바보네 가게』보냅니다. 건필을 빌면서…."

상대방의 작품을 일일이 열거하면서 '사인된 책'을 한 권 더 보내달라는 따뜻한 애정 표시도 잊지 않는다. 특유의 자상함과 인정이 묻어난다. 그 행간에서 인품도 읽게 된다. 어디 나쁘랴. 전국의 수많은 수필작가들에게 보여주는 그분만의 자상함이다. 그러기에 진웅기 수필가는 『박연구 론論』에서 '추운 현실에서의 따사로운 긍정'이란 제목으로 그의 '작품세계'를 쓰지 않았나 싶다.

이렇게 저자의 품격과 온화한 체취가 스며있는 책들을 어찌 함부로 다룰 것이며, 세월이 흘러 그가 고인이 되었다고 해서 어찌 책장 밖으로 함부로 밀어낼 것인가.

▲ 매원 박연구 수필가의 편지(1993)   ▲ 박연구 수필가의 저서 서명(1993)

　인상적인 편지라면 나의 주례를 서주셨던 우선구禹善求 선생님(충남 청
양 출신, 전 충청남도교육위원. 내 고향 청양 장평 화산초등학교를 시작
으로 남양, 목면, 정산초등학교 등 41년간 교직에 계시면서 후학을 길렀으
며 대전 문화초등학교 교장으로 퇴임하고 초대 충남도교육위원을 지냄)의
편지도 빼놓을 수 없다. 어른께서는 장성한 손아랫사람에게도 ‘예사 낮춤
체’를 쓰지 않는다. 안부 편지를 드리면, 꼭 답장을 주시는데 언제나 상대
를 존중해 편지글 서두에 ‘귀한배송貴翰拜誦(貴翰: 상대편의 편지를 높여
이르는 말, 拜誦: 남의 글월을 존경하는 마음으로 공손히 읽음)’이라 쓰시
고, “행복한 삶을 누리시오.”라고 끝맺음하신다. 약간 한문 투가 섞인 서
한이긴 하지만, 오히려 연로하신 어르신의 멋으로 느껴진다. 편지 일부분
을 소개하면 이런 형식과 내용이다.

貴翰拜誦(귀한배송)

1993.02.05일 자 中都日報(중도일보) 지면에서 윤 警長(경장)의 기사를 읽었습니다. 내 마음 깊이 祝賀를 하는 차(次)에 글월까지 주어서 더욱 감사합니다. 日日新(일일신)하고 又日新(우일신)하는 성취와 宅內幸福(댁내행복)이 日益繁昌(일익번창)하기를 心祝(심축)합니다. 대단히 반갑고 고맙습니다.

(중략) 지난 6월 8일 고맙게도 빼놓지 않고 보내주신 글월과 칼럼, 작품집을 받아 읽었습니다. 시간이 부족할 터인데도 훌륭한 수필집이 쌓이는 정성에 감히 칭찬을 드립니다. 고향을 그리는 마음에서 청양 문화원에도 一部(일부) 보내시길 부탁합니다. 때 묻지 않고 잡심이 없는 大自然(대자연) 속에 있는 그대로를 그린 순수한 글월에다가 자기를 과장하지 않는 문맥이 더욱 돋보입니다. 수필 중 '말'에 대한 글은 現代版(현대판) 明心寶鑑(명심보감)이니 요즘 모든 사람이 읽기를 바라는 마음 간절하오. 日就月將(일취월장)하는 윤 경장의 글솜씨를 높이 칭찬합니다. 인간이 구비해야 할 '5씨'가 있는데, 그 하나는 마음씨, 둘은 말씨, 셋은 맵시(씨), 넷은 솜씨, 다섯째가 글솜씨인데, 윤 경장은 5씨를 모두 갖춘 현대 선비 형이라 부럽고 반갑고 주례를 서준 보람을 느낍니다.

옛날 선비는 1. 道德(도덕) 2. 文章(문장) 3. 節義(절의) 4. 還本(환본) 5. 行世(행세)라 했으니 참고. 가문이 崇祖親宗(숭조친종)하고 兄愛弟敬(형애제경)하며 讀書起家(독서기가)하니 윤 경장 댁은 필히 循理保家(순리보가)할 겁니다. 앞으로 일익문장 영창하시기를 심축하면서 이만 줄입니다.

1993.07.07. 禹善求(우선구)
* 한자로 된 부분은 한글세대 독자를 위하여 편집자가 괄호(한글)로 병기

어르신의 이 같은 육필서신에서 내가 감탄하고 감동하는 것은 세 가지이다. 첫째는 연치로 보면 내가 어르신의 아들 또래(그 어르신이 1921년생이니까 나보다 30여 세 위이시다)인데다가 결혼식 주례를 서주신 분인데도 아랫사람에게 꼭 존대어를 쓰신다는 점, 둘째는 상대의 편지글을 '글'이라 하지 않고 꼭 '글월'이라고 높여주심. 셋째, 명심보감에 나오는 '讀書起家' 또는 '循理保家'라는 문구는 선친이 생시에 즐겨 쓰시던 가훈家訓으로, 나의 첫 수필집 서문序文에서도 밝혔던 문구인데, 나의 졸저 문집 서문을 어르신도 보셔서 그런지 몰라도 마치 '언행일치言行一致'를 거듭 당부하고 강조하시는 가르침과 같다는 점이다. 어디 그뿐인가?

내게 각별히 '구비해야 할 5씨'를 언급하시는 것은 '현재 그렇다는 찬사가 아니라 앞으로 그렇게 해 나가라는 뜻이니, 명심하라'는 가르침으로 해석된다.

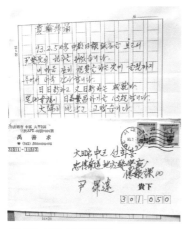

▲ 우선구 선생님 편지(1993)

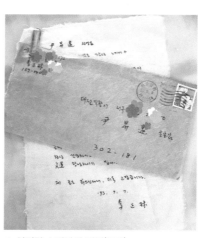

▲ 이정림 수필가의 편지(1993)

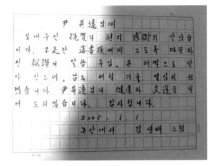
▲ 논강 김영배 수필가의 편지(2005)

시조시인이자 수필가이신 논강 김영배 선생님의 '원고지 편지'는 언제나 명필 글씨체이다. 이분의 겸허한 인품도 앞서 소개한 다른 어르신들 못지않다. 자신의 글을 항상 '보잘것없는 낙서落書'라고 낮춘다. 자신의 작품은 늘 낮추면서 상대의 글은 높인다. 이정림 수필가의 편지는 글씨도 예쁜 달필이지만 글 내용이 정중하고 깍듯하여 고결한 인품이 배어난다.

이 밖에도 편지 철에는 사백舍伯의 편지도 많다. 시간을 요하지 않는 집안 소식은 꼭 서신으로 전하시는데, 그중에서 한 편의 수필처럼 주옥같은 문장과 가르침이 담긴 편지 한 통을 나의 첫 수필집에 실었더니 나중에 책을 보시고 깜짝 놀라셨다. "작품처럼 소중한 글월이어서 책에도 수록했다"고 말씀드렸더니, 형님께서는 의미가 더욱 새롭다고 웃으셨다.

이제 세상은 많이 달라졌다. 편지를 쓰는 일은 고리타분한 일이고, 구시대 사람 소릴 듣기 십상이다. 그래서 집배원의 가방 속에는 정이 담긴 편지보다 사무적인 인쇄물이 더 많아졌다.

어디 그뿐인가? 빠르고 간편한 전자우편 세상이 되었다. 하지만 아직도 객지에서 고생하는 자식에게, 또는 군대 간 자식을 염려하고 그리워하는 마음으로 정성 들여 손편지를 쓰는 아버지를 보면 마음이 따뜻해진다. 자식은 장거리 전화로 "아버지 편지 잘 받았어요." 한 마디 하면 그만인데도.

(1993. 대전매일)

깨끗한 우정

"남녀 간의 우정은 노년老年에 가서야 가능하다"는 말이 있다. 남자와 여자의 본능이 중지되었기 때문이다. 얼마 전, 유성儒城에서 충격적인 살인 사건이 있었다. 유부녀와 동침한 남자가 그 여인의 남편으로부터 살해된 사건이었다. 남편이 있는데도 외간남자와 인연을 끊지 못하고 불행을 자초한 여인에게도 그만한 사연이 있고, 그런 여자와 불륜의 관계를 지속해 온 남자에게도 나름대로 속사정은 있었지만, 세상 사람들은 그 깊은 내막까지 이해하려고 하진 않는다.

법을 떠나서, 우선 인륜에 어긋나면 어떤 행위도 용납하지 못하는 것이 우리네 풍속이요, 정서다. 사정이야 어찌 되었든, 극단적인 결과에까지 이르렀으니 혼자만의 불행이 아니라 가문에도 큰 오점을 남긴 셈이다. 그래서 "임자 있는 여자는 호랑이도 안 물어 간다"고 옛 어른들이 말씀하셨는지 모른다.

입대 전까지 알고 지내던 여자 친구가 있었다. 연인 사이라기보다 시골에서 농사일의 어려움을 함께 나누던 '대화 상대자'였는데, 여러 번 만나다 보니 친숙한 사이가 되었다.

우리는 어두운 밤 찔레꽃 핀 언덕에 앉아 많은 이야기를 나누었다. 하지만 정직하게 고백하건대, 숫기 없는 총각은 처녀의 손목 한 번 잡아 보지 못했다.

그러던 어느 날, 영장을 받았다. 입대하던 날, 그녀는 나를 전송하기 위해 우리 집까지 찾아왔다. 그것은 내게 있어서 놀라운 사건이었다. 지금까지 그녀와의 만남은 누구에게도 공개되지 않은 은밀한 만남이었는데, 그녀가 당돌하게 집까지 찾아옴으로써 우리의 사이가 동네 사람들에게 드러난 것이다. 하지만 그녀는 그런 사소한 문제에 신경 쓰지 않았다.

노모의 손을 잡고 그녀는 말없이 눈물을 흘렸다. 남자 친구를 떠나보내는 서운함보다 휑한 시골집에 홀로 남게 될 노모를 더 안쓰러워하는 눈물이었다. 그녀는 내가 사라져 보이지 않을 때까지 동구 밖에서 어머니와 함께 하염없이 손을 흔들어주었다. 그것으로 우리의 만남은 끝이었다.

병영에서 수많은 군사우편을 띄웠으나 한 번도 답장이 오지 않았다. 그렇다고 아무런 소식이 없는 그녀를 수소문하기 위해 신성한 국방의 의무를 포기할 수는 없는 일이었다. 휴가 날짜만 손꼽아 기다렸다.

하지만 허사였다. 이웃 처녀들이 모두 도회지로 돈벌이를 나가는데 가정 형편이 어려운 그녀가 집에 홀로 남아 있을 리 없었다. "아무개 입대하자마자 가출했다"는 소문이 들렸으나, 나는 그런 소문에 마음 쓰지 않았다. 언젠가는 돌아와 다시금 우정을 나눌 수 있게 되기를 나는 굳게 믿고 있었던 까닭이다. 그런 나의 생각은 어리석고 순진한 것이었다. 종적을 감춘 그녀는 끝내 아무런 소식도 주지 않았다.

그런데 제대 후, 그녀의 모습을 우연히 목격했다. 시외버스 터미널에서 '유니폼'을 입은 그녀가 발차하는 버스에 오르고 있었다. 나는 눈을 의심했다. 하지만 이미 생활 전선에 뛰어든 그녀를 나는 먼발치에서 바라다만 볼 뿐 손짓조차 할 수 없었다. 그 후에도 행여 그녀를 만날까 하여 시외터미널 앞을 지나면서 눈여겨 살펴보았지만 노선을 바꾸었는지 그녀의 모습은 영영 보이지 않았다.

세월이 흘렀다. "첫 사랑이 성공하면 호적에 기록되고 실패하면 비밀 수첩에 기록된다."라고 하였던가. 가슴 한구석에 까닭 모를 아쉬움과 안타까움이 앙금처럼 남아 있었다. 그것은 어쩌면 그녀에 대한 미련이라기보다 야속함이라고 해야 옳다. 하지만 어쩌랴, 결혼 후 바쁜 직장생활에 얽매어 앞만 보고 살아왔다. 과거를 돌아다 볼만치 한가하고 여유 있는 생활도 아니었다.

그러던 어느 날, 뜻밖에 시외전화를 받았다. 실로 20여 년 만에 들어보는 목소리였다. 이미 그녀는 단란한 가정을 이룬 세 자녀의 어머니가 돼 있었다. 모처럼 전화 통화에서 깍듯이 '네' 자를 붙이는 내가 멋쩍기도 했지만, 그렇다고 옛날처럼 말을 놓기도 쑥스러운 일이었다.

무슨 연유로 편지 한 통 없이 매정한 세월을 살았느냐고 묻자, 그녀의 목소리가 갑자기 가라앉는다. 언젠가 터미널에서 그녀도 나를 보았지만 차마 그런 복장으로는 내 앞에 나타날 수 없었노라고 고백했다. 절교하려고 했던 게 아니라, 어려운 가정 형편상 그럴 수밖에 없었던 현실을 언젠가는 이해해 주리라 믿었다면서, 그녀는 이 세상에 안 계신 내 어머니의 안부부터 물었다.

그토록 수줍기만 하던 그녀의 말수가 좀 많아졌다고 느꼈다. 나이 탓일까? 하지만 이제 모두 흘러가버린 옛 추억이 됐다. 우리에게 '우정'이란 말은 가슴 뜨거운 말이지만, 이 세상 사람들에겐 자칫 오해를 불러일으키기 쉬운 말이 돼버렸다.

"그동안 얼마나 변했는지 한 번 보고 싶어요."

그녀의 이 말은 예의로 하는 말이 아니라, 진심인 줄 난 안다. 그러나 이제 새삼 우리가 만나 우정을 가꿀 것인가, 연애를 할 것인가. 가정을 가진 여자의 우정 어린 전화는 분명 용기라고 생각됐지만, 더 높은 차원으로 우리의 우정을 발전시킬 수 없는 현실을 나는 안타까워했다. 잠시 마음의 파문이 일었다. 원망스럽고 야속하기만 했던 그녀에 대한 감정이 하나둘 아름답게 느껴지고, 그리움으로 번지는 까닭은 무엇일까?

　이루지 못한 인연은 마음속에 간직하고 있을 때만이 애틋하고 아름다운 것이라고 했던가? 그렇다면 우리의 소중한 우정도 깨지지 않도록 가슴속에 흔들리지 않는 바위 하나 안고 살아가야 한다. 기약할 수 없는 일이지만, 내 고향 찔레꽃 핀 언덕을 거닐면서 과거 우리의 풋풋한 우정이 진정 아름다운 것이었노라고 말할 수 있는 노년老年의 그날이나 한 번 상상해 봅시다. 그려.

(1995. 『현대수필』)

친구들이 추천한 수필

젊은 나이의 친구가 불의의 사고로 저세상으로 가고 나서 나는 몹시 괴로 웠다. 다정했던 그 친구의 얼굴이 떠오를 때마다 그의 부모님 마음은 어떠실 까 헤아렸다. 「망우」란 글은 방송됐으니, 수많은 내 친구들이 전파를 타고 흘러나오는 글을 들었을 것이다. 그 가운데 어느 친구가 내게 말했다. "정이 많은 친구였는데… 너무 일찍 갔어. 그의 부모님 생각을 하면 눈물이 난다 네."

최근에 쓴 「좋은 친구·자랑스러운 친구·부러운 친구」는 학교 동창 친구 들뿐만 아니라 은퇴 후 보람 있는 삶을 가꾸고 있는 문우들도 건강하게, 부부금슬 좋게 살아가는 친구에 대한 부러움을 댓글로 표해주기도 했다.

망우亡友

얼마 전 시골에 갔다가 우연히 옛 친구의 부친을 뵈었다. 불의의 사고로 젊은 나이에 저세상으로 간 친구의 아버지이시다.

어른께서는 참으로 반가워하셨다. 마치 객지에 나갔던 자식이 돌아온 것처럼 내 양손을 꼭 잡으시며 "이게 얼마 만인가?" 하셨다.

"진작 찾아뵙지 못해 죄송합니다."

내가 큰절을 올리자, 어른께서는 고개를 가로저으셨다.

"아닐세, 단명短命한 자식을 두어 내가 자네 볼 면목이 없네!"

애써 속마음을 드러내 보이지 않으시려는 그 말씀 한 마디가 가슴을 뭉클하게 했다.

죽은 자식의 친구를 만나 오히려 '면목이 없다'고 하시는 어른. 그분의 마음을 나는 무어라 위로 드릴 수 없었다. 그저 고개가 숙여질 따름이었다.

옛말에 "부모가 죽으면 북망산천에 묻고 자식이 죽으면 부모 가슴에 묻는다."라고 했던가. 부모를 두고 앞서 간 친구. 그 친구가 야속하기만 하다.

돌이켜 보면 그와의 우정은 각별했다. 어릴 때부터 시골에서 학교를 같이 다녔고, 객지에 나와 잠시 자취 생활도 함께했던 친구다. 지금도 잊지 못하는 것은, 그의 결혼식 날 내가 사회를 보았던 일이다. 많은 친구들 중에 그의 부친이 유독 나를 지목하여 사회를 보게 한 것은 평소 나에 대한 그 어르신의 사랑으로 느껴졌다.

나중에 그의 아내가 내게 이렇게 말했다. "결혼사진을 볼 때마다 가장 친한 친구분으로 오래오래 기억될 거예요."

그 말을 들었을 때, 난 그와의 우정도 영원히 변함없을 줄 알았다. 그런데 지금의 나는 그의 부인과 가족을 스스럼없이 찾을 수가 없다. 재혼하지 않고 아이들과 함께 열심히 살아가고 있다는 소식을 들었지만 직접 찾아가진 못했다.

물론, 이 세상엔 망자亡者의 가족을 혈육처럼 돌봐주고 있는 따뜻한 우정도 얼마든지 있다. 그것이 산 사람의 마땅한 도리일 것이다. 그런데 좀처럼 용기가 나지 않는 것은, 혹여 나의 존재가 그의 가족들에게 작은 부러움으로 보이면 어쩌나 하는 나만의 기우에서일까?

망각의 세월. 가까스로 안정을 되찾은 분들께 한 점 마음에 파문이라도 드릴까 조심스럽다.

돌아가신 나의 어머니 생각이 난다. 어머니께서는 어느 날 갑자기 둘째 형을 잃고 한평생 가슴앓이로 사셨다. 어머니의 가슴은 작은 바람에도 일렁이는 파도와 같은 것이었다. 심할 때는 그 격랑을 이기지 못하고 몸져눕곤 하셨다.

난 그와 같은 어머니의 증세를 누구보다 잘 알고 있었으므로, 어쩌다 형의 친구들이 어머니 앞에 나타나는 게 은근히 걱정되기도 했다.

저세상으로 간 자식의 친구들을 만나면 어루만지면서 그토록 반가워하시는데, 떠날 때는 그들의 뒷모습을 보며 망연히 옷고름 적시던 어머니. 그래도 내색치 않으려고 이렇게 당부하셨다.

"자주 들리렴, 변함없이 살자꾸나!"

(1992. KBS)

좋은 친구·자랑스러운 친구·부러운 친구

노년에 '좋은 친구'라고 하면 어떤 친구를 말할까? 가까이에 있는 친구라면 밥과 술을 같이 할 수 있는 친구, 산에 같이 다닐 수 있는 친구, 애경사에 내 일같이 기뻐하고, 내 일같이 슬퍼해 줄 수 있는 친구…. 이 정도라면 '좋은 친구' 대열에 포함시켜도 좋지 않을까? 부족하다. 그 정도는 기본이니까.

그렇다면 요즘 시대에 그보다 더 중요한 '좋은 친구'의 조건과 요소는 무엇일까? 스마트폰 문자를 부담 없이 나눌 수 있는 친구다. 티끌만 한 이해관계도 없이 문자와 영상을 수시로 나눌 수 있는 친구가 노년에 접어든 세대에겐 '가장 좋은 친구'가 아닐까 싶다. '문자'란 본래 소통의 개념이지만 뉴미디어 시대에 '영상'도 좋은 친구와 공유할 수 있는 유용한 소통 수단이다. 좋은 영상은 '스트레스 해소'노 되고, '건강 정보'도 얻을 수 있다.

아무리 가까운 부부지간에도 나눌 수 없는 이야기가 있다. 아무리 가까운 자식, 며느리와도 나눌 수 없는 이야기가 있다. 하지만 좋은 친구 사이에는 허심탄회하게 나눌 수 있는 것들이 많다. 그런 친구는 내게 유익한 친구다. 친동기간보다 정이 도탑다.

자신이 감명 깊게 읽은 책이나 영화도 소개해준다. 자신이 의미 있게 본 유튜브 동영상도 '공유' 시스템으로 보내준다. 카카오스토리나 페이스북에 내가 글을 올리면 '공감'이나 '찬사, 또는 긍정의 언어'로 댓글을 가장 먼저 달아주는 친구도 '좋은 친구 1순위' 범주에 든다.

내게는 그런 친구가 있다. 그런 친구들로 인해 외롭지 않은 노년을 보내고 있다. 그중에서 오늘은 좀 특별하게 '절친한 친구'를 소개하고자 한다.

중학교 동창생인 백성기白成基 친구다. 이니셜이나 가명 또는 3인칭으로 그의 정체를 일부러 가리거나 모호하게 표현하지 않고 실명實名을 밝히면서 이런 글을 쓰는 것은, 그가 내게 '좋은 친구'이기 때문이다. '자랑스러운 친구', '부러운 친구'인 까닭이다.

그는 나와 세 가지가 닮았다. 첫째는 시골 태생, 둘째는 강한 자존심, 셋째 마르지 않는 눈물의 '사모곡思母曲'.

그래서일까? 50년 지기知己인 그와는 한 번도 다툰 일이나 서운한 일이 없었다. 언제

▲ 친구의 카카오스토리 프로필 사진

나 힘과 용기를 북돋워 주는 말만 하고 살았다. 과거엔 편지로 그랬고, 오늘날엔 문자 소통으로 그렇게 우정을 유지한다.

그 친구와의 원만한 관계 유지 요인을 나는 무엇보다도 그의 넉넉하고 따뜻한 인품에서 찾는다. 그는 의리가 있는 친구다. 효심도 남다른 친구이다. 돌아가신 나의 어머니가 생시에 그에게 간곡하게 당부한 말씀을 지금껏 성실하게 실천하는 친구이다.

20대 초반, 그가 부여군 은산면 대양리에서 청양군 장평면 중추리 내 집까지 20여 리 길을 찾아와 함께 놀다가 떠날 때, 나의 어머니가 그를 배웅하면서 이렇게 당부했다.

"우리 아들과 친형제처럼 평생 우정 변치 말고 살아가렴!"

내 어머니가 생시에 그에게 당부하신 이 말씀 한마디를 그가 지금도 또렷이 기억하고 있는지는 확실하지 않으나 그는 지금까지 나와의 우정을

조금도 변치 않고 살아가고 있다. 그러고 보면 그는 순수한 사람이다. 성실하고 선량한 사람이다. 그래서 그의 또 다른 이름이 '진국'이다. 내가 속으로 부르는 그의 별명이다.

뚝배기 같은 진국! '뚝배기'는 식지 않게 구수한 맛을 내는 그릇이고, '진국'이란 떠먹어도, 떠먹어도, 한 수저 더 떠먹고 싶은 영양가 높은 음식 맛을 이른다.

그는 성공한 사람이다. 중앙의 유력 언론사 중역을 지냈다. 퇴임 후에는 CEO로서 사회 활동도 왕성하게 하는 인물이다. 나이는 먹어도 늙지 않는 '만년 현역', '만년 청춘' 경제인이다.

자녀들도 모두 훌륭하다. 명문대를 나온 아들과 며느리는 모두 변호사이고, 따님 내외는 부부 교사이다. 이런 요소는 친구로서 자랑스러움이긴 하나 부러움은 아니다. 내가 정작 부러워하는 것은 그의 화려한 이력이나 출세한 자녀들 때문만이 아니다.

그는 배우자와 함께 영화 구경을 자주 한다. 부부가 골프도 같이 하고, 해외여행도 늘 같이한다. 며칠 전엔 내게 깜짝 놀랄만한 사진을 보내왔다.

백성기 BaekSG
2019.01.19 오후 5.18 · 01.19 수정

2018.12.22(토) 대한극장에서 일본영화 [인생후르츠]를 봤다. 90세의 츠바타 슈이치씨와 87세 츠바타 히데코할머니의 이야기이다. 일본제국주의시절 동경제대 건축과를 나온 주인공의 얘기를 살아있을 때부터 촬영한 다큐멘터리 영화이다. 신도시 아파트를 만들때 파괴되는 자연이 안타까워 300평 정도 되는 단독주택부지를 사서 15평정도의 집을 짓고 나머지는 자연으로 가꾼 주인공의 혜안에 존경하는 마음을 보낸다. 1945년 이전 같이 공부하고 일했던 대만인 친구가 전쟁후 귀국하여 냉전 이데올로기속에 당시의 대부분의 한국 지식인들이 좌익이었듯 그 대만인 친구도 장개석 정권에 의해 총살을 당한 것은 참 안타까운 장면이고 그 친구의 무덤에 가서 그 때 그가 선물해 준 도장을 그의 묘에 묻어 주고 왔다. 일본이 주장했던 나쁜 의미였지만 대동아공영권이라는 것이 개인적으로는 많은 인연을 만드는구나 하는 생각이 든다. 한국에도 똑같은 인연이 많이 있겠지만. 그도 한국인 대학동기는 없었던가 보다. 노년에 어떻게 살아야 하는지 하나의 모범답안이라고 생각한다. 영화가 끝나고 인근에 있는 전통공원인 [남산골한옥마을]에 들려 대보름 놀이장면을 구경했다. 다른결혼식일정이 있어 1000원 받고 나눠주는 팥죽은 못 먹었다. 아쉬웠다.

▲ 부부가 다정하게 영화를 본 뒤에는 꼭 관람평을 카카오스토리에 올린다.

난데없이 한겨울에 부부가 수영복 차림이었
다. 하와이 호놀룰루 해변이라고 했다. 부부
가 함께 등산하고, 영화 보고, 해외 여행하
는 것은 내가 못하는 일이니 부러움이다.

60평생 고생 많이 하고 살았으니 노년에
이만한 여유로움은 마땅히 누려야 할 행복
이지만, 그는 이런 것들을 떠벌이거나 자랑
거리로 여기지 않는다. 평범한 일상처럼 늘
겸손하다. '뚝배기 진국'인 그가 겸손하지 않
으면 누가 그를 진정한 친구로 여겨 동창 산
행 모임의 책임자로 늘 추대하듯 모시겠는

▲수영복 차림의 친구 부부 해외여
행 사진을 보면서 놀라움을 금치 못
했다. 부러웠다.

가. 그의 동창회에서 늘 중책을 맡기는 데는 겸손한 태도만으로는 안 된
다. 매사 꼼꼼한 '능력 발휘'가 친구들 사이에서 인정돼야 한다.

카카오스토리에 올라온 그의 최신 활동에 '강상江商 동기생 시산제'가
보였다. 그가 주도적으로 준비한 시산제 풍경 중 내 눈길을 유난히 끈 장
면은 '시산제 축문'이다.

◀ 친구가 꼼꼼하게
준비한 '시산제 축문'
과 '행사 진행 절차문'
– 축문 내용도 많은
의미를 담고 있거니와,
시산제 절차도 자상하
고 꼼꼼하게 작성되어
산악인들은 참고할 만
하다.

▲ **강상 산우회 시산제** - 시산제 축문을 복사해서 함께 읽으며 그 의미를 새기고 있다.

 이 세상 많고 많은 축문 중에서 '시산제 축문'을 이렇게 자상하고 꼼꼼하게 준비한 것은 처음 보았다. 그의 평소 빈틈없는 성실함을 엿볼 수 있는 자료였다. 그의 시산제 장면에 내가 이렇게 답글을 달았다.

 "강상 산우회가 친목 이상의 의미를 가지고 잘 운영되고 있군요. 축문에서 잘 나타나 있듯이 자연의 신에 대한 경건하고 정중한 예禮와 고교 동기생 긴의 끈끈한 우정이 바탕이 되어 상호 돈독한 신뢰감이 쌓이고, 상부상조의 정이 더욱 쌓이면 이는 결국 사회 발전의 원동력이 될 것입니다. 이와 같은 모범적인 '시산제 사례'는 다른 산우회에서도 배울 점이 많을 듯합니다."

 산우회 시산제 축문이며, 제물 준비에다가 행사 진행 시나리오까지, 그의 꼼꼼하고 빈틈없는 성격이 몇 장의 사진에서 잘 나타나 있다. 그에 대한 친구들의 전폭적인 신뢰감이 없다면 이런 일을 맡기지 않을 것이다. 봉사자 역할도 능력이 있어야 한다.

 좋은 친구, 자랑스러운 친구, 부러운 친구여!

(2019.03.20. 〈올바른 역사를 사랑하는 모임〉 창작 글)

제4부

'나의
수필 쓰기'

에 대하여

문장 원칙

» 간결, 평이, 정밀, 솔직.

훌륭한 옛 문장가들이 강조한 '문장 4원칙'을 염두에 두고 글을 쓴다면 독자에게 외면당하지 않는다는 생각을 가지고 평소 글을 써 왔다. 나는 본시 깊은 학문을 하지 못했다. 생활 여건이 그랬다. 직업 환경도 거칠고 삭막했다. 제도권 학문보다는 독학 위주로 공부했다.

독학이란 어떤 방식의 공부인가? 책방에 자주 가는 일이다. 책방에 가면 닥치는 대로 읽는다. 가슴에 와닿는 한 줄의 문장이라도 눈에 띄면 그 책은 반드시 돈을 주고 사서 읽는다. 건성으로 한 번 읽고 그만두는 것이 아니라 밑줄을 그으면서 꼼꼼히 읽고 나중에 다시 읽어본다. 온전히 내 것으로 만드는 것이다.

나는 책 속에서 수많은 스승을 만났다. 사람들은 흔히 "책방을 가까이 하는 것은 만 명의 스승을 가까이 모시는 것과 같다."라고 말한다. 나 역시 이 말에 동의한다. 하지만 책을 재미로 읽거나 시간 때우기 식으로 읽고 덮어두면 내 것이 안 된다. 직접 원고를 써 보고, 고쳐 보고, 성에 안 차면 박박 찢어도 보아야 한다. 다습多習의 첫걸음이다.

충남대학교 국문과 학생들이 지도교수의 과제라면서 내게 몇 차례 인터뷰 요청을 했다. 이 대학교 국문과 학생들이 2인 1조로 매년 연거푸 찾아온 적도 있다. 찾아와준 것이 고마워 점심은 늘 내가 대접했다. 문예창작 전공 수업을 하는 그들이 작가 인터뷰 대상을 왜 하필이면 나를 택했을까?

이 지역에 저명 문사들이 얼마든지 있는데, 왜 글쓰기와 거리가 먼 경찰관이란 직업을 가진 나를 찾아왔을까. 그들에겐 오히려 그런 특별한 이유가 지도교수로부터 후한 점수를 얻으리라는 생각을 했는지도 모른다.

'수필을 어떻게 하면 잘 쓸 수 있는가?'라는 질문에 내가 해주고 싶은 말은 두 가지였다. 좋은 책을 많이 읽어라. 글쓰기 안내서인 이태준의『문장강화文章講話』에서부터 윤오영, 피천득, 김태길, 윤모촌, 김진섭, 조지훈, 김용준, 이양하, 박연구 등 수필문학으로 한평생 명성을 떨친 대가들의 명수필은 빠짐없이 읽고,『한국수필문학대전집(汎潮社, 全 20권)』과『한국대표수필문학전집(을유문화사, 全 12권)』두 질帙 정도는 기본으로 읽어야 한다.

수필을 쓰려면 이론부터 공부하지 말고 '구체적 체험의 의미화'가 무엇을 뜻하는지, 명수필을 남긴 대가들의 글을 탐독해라. 그 기본적인 과정을 거치지도 않고 수필을 섣불리 정의하거나 논하지 마라.

좋은 글을 쓰기 위해 부단히 고민하고, 인상적인 글을 많이 남긴 훌륭한 인품의 문사들의 글을 찾아 읽다 보면 수필공부가 저절로 된다는 뜻이었다.

좋은 글을 읽는 것 못지않게 진솔한 체험도 중요하다는 점을 강조했다. 체험이 무르녹지 않고 어찌 좋은 글이 나오는가? 좋은 글은 진실하게 축적된 다양한 체험에서 나온다. 부끄럽지만 진솔한 자기 고백에서 좋은 글이 싹튼다. 거기서 그치면 안 된다. 인생에 대한 자기 해석, 자기 철학이 들어가야 한다.

'수필은 재才로 쓰는 것이 아니고 정情으로 쓰는 것'이라고 말한 사람은 수필의 대가인 윤오영尹五榮(1907~1976) 선생이다. 윤오영 수필 대가가 남긴 말은 어느 한마디도 건성으로 지나칠 수가 없다.

공직 퇴임 후 지방 일간지 논설위원으로 사설과 칼럼을 집필할 때, 기자들과 술좌석에서 이런 나의 기초적인 글쓰기 과정을 주제넘게 언급했더니, 경찰 출신이 어떻게 그런 상식을 가지게 됐느냐고 신기하다는 듯이 물었다.

경찰관은 기자나 마찬가지로 직무상 글을 매일같이 써야 하는 직업이다. 사고 현장의 상황 보고에서부터 이 세상 크고 작은 특이 견문見聞을 글로 써야 하는 직업이다. 더구나 정보 분야에서 일하는 경찰관은 남다른 직관력과 상황 판단이 뛰어난 보고서로 승부를 거는 사람들이라고 기자들에게 답했더니, 술잔이 연거푸 날아왔다. 그리고 보면 밤낮으로 촌각을 다투며 글쓰는 일을 업으로 한다는 측면에서 기자나 경찰이나 유사한 속성이 있다. 현상과 사실의 기록에 그치는 실용문이냐, 감성과 자기 철학까지 담은 글이냐는 수필문학에서 구분할 뿐이다.

두 질帙의 수필문학전집

» 『한국수필문학대전집(전20권)』과 『한국대표수필문학전집(전12권)』. 나는 책장에 꽂혀 있는 이 전집을 바라보면서 두 가지 기쁨을 누리고 있다. 틈이 날 때마다 한 권씩 빼 보는 것도 기쁨이지만, 읽지 않고 바라다보기만 해도 가슴이 뿌듯해옴을 느낀다. 이 전집은 멀리 계신 두 형님이 소장하고 계시던 책인데, 내게 주신 의미가 각별하다.

『한국수필문학대전집』은 교직에 계신 장형이 나의 첫 수필집이 출간되던 날(그 날은 마침 선친 기일忌日이었다.) 기념으로 주셨다.

"동생의 수필집을 받고 보니, 이 책들은 나보다 동생에게 더 필요할 것 같구나." 하시면서 20권이나 되는 책을 권순卷順에 맞게 일일이 묶어 주셨다. 또 한 질의 전집인 『한국대표수필문학전집』은 해경海警에 몸담고 있던 셋째 형이 주었다. 여름휴가 중에 형님 댁을 찾아갔는데 이 많은 책을 내 자동차 트렁크에 가득 실어 주면서, 역시 동생의 수필집 발간을 축하해 주었다.

▲ **두 질帙의 수필문학전집** - 교육자, 시인이면서 향토사학
자로 살아오신 장형[佶遠]이 주신『한국수필문학전집』과 해
경 함장으로 한평생 험한 바다에서 공직 생활하셨던 셋째
형[之遠]이 주신『한국대표수필문학전집』. 두 분 형님이 내
가 찾고 있던 수필문학전집을 공교롭게도 각각 소장하고 계
셨다는 사실에 놀라움을 금치 못했다.

　외롭고 힘든 바다 생활을 하면서 이 책을 벗 삼으셨을 것이다. 그런 귀
한 책을 내게 선뜻 주시다니……. 이렇게 나는 늘 형님늘한테 무엇을 받기
만 한다. 무엇 한 가지 보답도 못 하면서.

　그동안 나는 이 두 전집을 구하기 위하여 서점에 여러 차례 문의한 바
있으나 안타깝게도 구해 보지 못했다. 전집이 출간된 지 오래됐고, 요즘은
그런 책이 나와 있는지조차 아는 사람이 없으니, 서점에 비치해 놓을 리
없다. 나의 요청에 의하여 서점 주인은 출판사로 특별히 주문해 보겠다고
약속했으나, 그 뒤로 아무런 소식도 듣지 못했다.

　어쨌든, 구해보고 싶었던 책이 수중에 들어왔으니 나에겐 더할 나위 없
는 큰 기쁨이었다. 생각하면 생각할수록 신기한 일이다. 내가 갖고 싶었던
책을 그동안 형님들이 소유하고 있었다는 사실도 놀랍거니와, 출판사가
다른 두 종류의 전집을 형님들이 각기 소장하고 계셨다는 사실도 매우 공
교로운 일이다.

그뿐만 아니라, 거의 비슷한 시기에 멀리 계신 두 형님께서 이 책을 동생에게 주어야겠다고 생각한 것은 아무리 생각해도 우연이라 믿어지지 않는다.

"갈망하면 이루어진다."라는 말이 있듯이, 나는 이 책이 마치 하늘에서 뚝 떨어진 것 같은 생각이 든다. 아무리 동생이지만 자신의 손때가 묻은 책은 선뜻 내주기란 결코 쉬운 일이 아니다. 각별한 사랑이 아니고는 불가능한 일이라고 나는 생각한다.

이제, 이 책의 소유자가 된 나는 형님들의 따뜻한 정을 생각하면서 책장을 넘긴다. 구한말 최익현, 유길준의 글로부터 최근에 빛나는 작품 활동을 하고 있는 작가에 이르기까지 주옥같은 수많은 작품을 읽으면서 나는 수필의 진수와 향훈을 느낀다.

참다운 인생의 본을 보여주신 수많은 분의 이 같은 수필을 읽어 보면, 수필은 결코 아무나 쉽게 쓸 수 있는 여기餘技의 문학이 아님을 느낀다.

수필의 토양은 현실 부정이 아니라 긍정肯定이요, 애착愛着이다. 따뜻한 눈으로 대상을 바라다보는 사람만이 얻을 수 있는 '보석'이 수필문학이 아닌가 한다. 당대 존경받았던 수많은 문필가들의 진솔한 글을 읽으면서 진정 가치 있는 삶이 무엇인지, 나름대로 해석해 보고, 인생의 거울로 삼고 있다. 귀한 책을 선뜻 내주신 두 분 형님께 좋은 글을 써서 보답하고 싶다.

(1994. 『오늘의 문학』)

長川 선생 號記

— 川流不息(천류불식)·水容淸濁(수용청탁)·順換自在(순환자재) 뜻 담다

이름은 사람이 태어나면 부모나 조부모가 호적에 올리기 위해 짓는다. 이름에는 부모, 조부모가 그 아이에게 바라는 뜻이 담겨 있다. 이름을 지은 연유를 글로 지은 것을 '작명기'라고 한다.

호는 이름의 별칭이 아니다. 성인이 되거나 어느 정도 사회적으로 이름을 날리게 되면 자기의 취향이나 자신의 뜻(立志), 또는 인생관을 담은 호를 짓는다. 이름은 지금은 누구나 부를 수 있지만 옛날에는 동료나 아랫사람이나 나이가 많은 사람이라도 이름을 부르지 않고 호를 불렀다. 그래서 이름은 부르기를 피한다는 뜻으로 휘(諱)라고 했다.

윤승원 씨는 靑村(청촌)이란 自號(자호)를 가졌고 지금까지 사용해 왔다. 이 뜻은 아마도 청양 촌사람이란 겸손한 뜻이 있다고 생각했다. 이제 한국 문단에 우뚝 오른 그에게는 그런 겸손한 호보다는 또 다른 의미를 가지는 '長川'이란 호를 제시했더니 흔쾌히 승낙했다.

'長' 자는 출신지인 청양군 장평면에서 취했고 川은 고향 마을에 흐르는 맑은 내가 있음에서 취했다. 이 내는 칠갑산에서 발원하여 그의 처가 마을을 가로질러 서쪽으로 10여 리를 흘러 생가 마을을 감싸 흐른다. 그리고 10여 리를 다시 흘러 지천(之川)에 합류되어 남쪽으로 방향을 틀어 금강과 합쳐져 부여의 백마강이 되고 쉬지 않고 다시 서쪽으로 흘러 서해로 들어간다. [**川流不息** (천류불식)]

長川이란 호를 지은 데에는 다음과 같은 깊은 뜻이 담겨 있다. '長'이라는 글자는 40여 가지의 좋은 뜻을 가지고 있다. 이를 요약하면 시간적으로는 오래, 공간적으로는 크고 넓게, 사회적으로는 최고의 지위를 뜻한다. '川'이란 글자는 흐르는 물을 뜻한다. 흐르는 물은 절대 썩지 않는다. 시냇물은 이 세상의 온갖 더러움을 모두 받아들인다. [**水容淸濁** (수용청탁)]

그러나 물이 자갈 사이를 흐르다 보면 청정한 맑음의 본성을 되찾는다. 냇물은 버들가지의 꽃을 피우고 송사리와 붕어가 유유히 생을 즐기며, 농부의 농수로, 인간이 먹는 샘물로 자기 자신을 바친다. 그리고 물은 봄 여름 가을에는 액체로, 추운 겨울에는 얼음이라는 고체로, 여름에는 증발하여 기체가 되어 순환하여 없어지지 않는다. [**順換自在** (순환자재)]

물은 모든 생명체의 어머니이다.
'長川'이란 호에는 앞으로 오래도록, 마음 크고, 높은 경지의 좋은 글을 물 흐르듯이 끊임없이 쓰라는 기원을 담았다. 그 호의 의미를 간략히 편 號記를 지어드린다.

2019년 2월 초 길일

樂庵(낙암) 鄭求福(정구복) 짓다.

* **낙암 정구복** / 1943년 출생, 충남 청양 출신
서울대학교 사범대 역사교육학과 졸업
서울대학교 대학원 사학과 문학석사
서강대학교 대학원 사학과 문학박사
육군사관학교, 전북대학교, 충남대학교 교수 역임
한국학중앙연구원 교수, 한국학대학원장 역임
한국고문서학회장, 임진왜란연구회장 역임
현재 한국학중앙연구원 명예교수

맺는 말

위안을 주는 수필, 지혜가 되는 수필

» 수필은 편안한 글이다. 어렵게 써서 쉽고 편안하게 읽혀야 하는 글이다. 수필은 결국 나의 이야기이다. 그래서 더욱 어려운 글이다. 편안하게 읽히는 글이지만 쓰기는 어려운 글. 이런 아이러니가 어디 있는가?

나 자신은 지식과 지혜가 부족하고, 마음도 여리고, 크게 내세울 것도 없으니, 세상을 만만하게 보고 글을 쓰면 안 된다는 뜻이다. 그럼에도 글 속에 객기가 묻어나는 것은 수양 부족 탓이다.

수필을 쓰려면 체험이 풍부해야 한다. 인간 본질적인 문제에 깊은 고민이 따라야 한다.

이 책에 수록된 글은 독자의 과분한 사랑을 받았던 글이다. 갈등과 대립이 심한 사회 구조 속에서 순수한 인간 내면을 드러내는 글은 마음과 마음을 연결해주는 '인연의 고리' 역할도 한다.

◀ 경찰서 유치장의 '이동식 책 수레(경찰서 자료사진)'
- '독자와 저자의 우연한 만남'이 이곳에서 이뤄졌다. 책이라는 소통 수단은 지식과 정보의 전달매체 속성만을 지닌 것이 아니었다. 생면부지生面不知의 사람과도 인간애를 나누게 되는 마력도 지니고 있다.

▲ **일선 경찰서에 책 기증** - 필자가(사진, 가운데)가 최종 근무지였던 대전 대덕경찰서를 찾아 경찰서장(주현종 총경, 사진 우측)과 방범순찰대 의무경찰(좌측)에게 『청춘수필』 200권, 『아들아, 대한민국 아들아』 80권 등 수필집을 기증했다. 아울러 「경찰 후배에게 보내는 편지」도 일간지에 기고.

(금강일보 2012.09.06.)

▲ **'대전 대덕경찰서 직원 일동'이 저자에게 준 공로패** - 경찰 퇴임식 날, 재직기념패와 더불어 훈장(좌측)도 감사한데, 후배 경찰로부터 영예로운 공로패(우측)까지 받았다. 이처럼 분에 넘치는 따뜻한 환송을 받은 데 대한 작은 '보답' 차원에서 졸저 수필집을 펴내자마자 가장 먼저 경찰서로 들고 갔던 것이다.

낯섦이 친숙함으로 발전하고, 적대감을 갖는 이념적 대립이나 세대 차이도 거뜬히 뛰어넘을 수 있는 게 순수하고 소박한 수필이다. 거창하게 '사회통합'을 외칠 필요도 없다. 글쓴이와 독자와의 관계는 소통이란 관계가 이뤄질 때 거리감이 좀 더 좁혀지고 공감의 폭도 넓어진다.

이 책에 수록된 어떤 글(조선일보 에세이)은 조간신문에 게재되자마자 아침 일찍 여러 통의 전화와 문자를 받았다.

서울에서 전화를 주셨던 원로 수필가 E 선생님은 "윤 선생님 글을 신문에서 읽고 울림이 커 전화를 드리지 않을 수 없었습니다. 저도 비슷한 경험을 가지고 있지만 가슴에만 품고 있었는데, 윤 선생님은 저의 경험보다 더 큰 울림을 주는 글을 써주셨군요. 아침식사하실 시간인데, 불쑥 전화드려 미안합니다."라고 말씀하셨다.

신문에는 필자의 성명 삼자만 나왔을 텐데 어떻게 연락처를 아셨느냐고 여쭈었더니, "한국문인협회에서 발행한 『문인주소록』을 뒤졌지요."라고 말씀하셨다. 이만한 성의가 어디 있는가. 연치 높으신 인생 선배이자 문단의 원로이신데 허물없이 자주 대하는 문우처럼 다정다감하고 친밀감이 느껴지는 따뜻한 말씀이 고마워 통화를 짧게 끝내기 어려웠다.

들뜬 마음이 가라앉은 상태에서 또 한 분의 전화를 받았다. 평소 존경하는 박진용 대전문학관장(동화작가)이었다. "충남 어느 시골에 사시는 분이 윤 선생님 글을 신문에서 읽고 통화하고 싶다고 하는데, 핸드폰 번호를 알려 드려도 괜찮을까요?"라고 물었다.

"아, 그럼요, 괜찮고말고요. 알려드리세요. 보잘것없는 저의 글을 보시고 전화하시겠다는데, 저로서는 영광이지요."라고 했더니, 잠시 후 그분한테서 전화가 왔다. 충남 당진의 Y 선생님(면장, 군의회 의원 역임)이었다.

"저는 신문에서 특별히 인상 깊거나 감동적인 글을 보면 그냥 지나치지 못해요. 가위로 오려서 스크랩을 해두는 습관이 있어요, 그렇게 스크랩 해둔 글들이 저의 서재엔 가득해요. 오늘은 윤 선생님 글을 읽고 깊은 인상을 받아서 스크랩만 해둘 일이 아니라 직접 목소리를 듣고 싶어 전화했어요."라고 말했다.

Y 선생님께도 여쭤봤다. 어떻게 대전문학관을 통해 저의 연락처를 알려고 하셨는지 궁금하다고 했더니, "처음에는 대전시청 문화예술과로 알아보면 혹시 윤 선생님 연락처를 알려주지 않을까 싶어 전화했어요. 그랬더니 대전문학관으로 알아보면 쉽게 알 수 있을 거라고 말하더군요. 대전문학관으로 전화했더니 정말 친절하게 알려주시더군요."

놀라운 일이었다. 정작 감동을 받은 사람은 그분들이 아니라 필자인 나 자신이었다. 왜 아니 그런가? 나는 지면紙面에서 아무리 감동적인 글을 읽었더라도 필자에게 직접 전화까지 하는 열정을 보인 적이 없다. 나의 삶은 그렇게 소극적이었다.

그런데 그분들은 필자보다 연치가 훨씬 높으신 분들인데도 독자로서 가만히 글을 읽고 제쳐놓는 게 아니라, 필자와의 대화를 통해 신상 정보도 교환하고 글에서 느낀 바를 허심탄회하게 전해주시지 않는가? 진솔한 분들이었다. 티끌만 한 이해관계도 없이 그저 순수하고 참된 그분들의 따뜻한 마음을 읽었다. 참으로 배울 점이 많은 분들이었다.

멀리 당진에서 전화를 주신 Y 선생님의 질문이 이어졌다. "저는 지면에서 남의 좋은 글을 발견하면 필자에 대한 몇 가지 신상정보를 꼭 기록해 두는 버릇이 있거든요. 윤 선생님께도 제가 나름대로 기준을 정해놓은 다섯 가지 신상정보를 여쭤 봐도 될까요?"

그분의 깍듯한 예의와 겸손은 상대를 꼼짝하지 못하게 하는 마력이 있었다. 그렇지 않으면 '불신 시대'에 어느 누가 초면에 개인 신상정보를 알려주겠는가? Y 선생님이 물어온 다섯 가지 질문이란 대강의 프로필이 아니라 서식書式이 잘 갖춰진 세밀한 신상 파악이었다.

마치 경찰서 정보관이 공직자 신원 조회할 때 물어보는 질문사항처럼 세밀했다. 방송과 신문 등 언론사 인터뷰는 여러 번 해봤지만, 생면부지 독자 어르신으로부터 이렇게 장시간 문답식 인터뷰를 해본 것은 처음이었다.

지상紙上에서 내 글을 읽고 손수 가위로 오려 스크랩하면서 귀한 전화까지 주시는 독자가 있다면 책자로 펴내야 하는 게 아닌가. 그리하여 더 많은 독자와 '공유'해야 하는 것이 아닌가 하는 의무감이 들었다.

나의 '수필인생' 중 가장 뜻깊었던 '문학관 행사'도 잊을 수 없다. '대전문학관 기획전시 중견작가전'. 시처럼 짧은 분량의 글은 문학관에서 흔히 보았지만 200자 원고지 10장 또는 20장 정도의 나의 수필 전문全文이 시각 디자이너의 손에 의해 대형 전시물로 설치된 것은 문학관 개관 이래 처음이라고 했다.

작품 전시만으로 끝난 것이 아니었다. 작가와 독자가 함께하는 '문학 콘서트'에서 독자들이 나의 수필 전문을 낭송하고 토론하면서 교감을 가진 것도 내 생애 큰 축복이고 영광스러운 일이었다.

이 책 속에 등장하는 소시민들의 모습은 누구나 남의 이야기가 아닌,

바로 '나 자신의 이야기'일 수도 있다. 평범하지만 따뜻한 가슴으로 살아가는 사람들의 따뜻한 삶의 이야기가 우리 사회를 밝고 건강하게 하는 요소로 작용했으면 좋겠다.

보잘것없는 졸고를 따뜻한 마음으로 봐주시고, 분에 넘치는 사랑과 격려를 아끼지 않으신 독자 제현諸賢께 거듭 고마운 마음 전한다.

- 著者 -

일상의 감사함을 소박한 언어로 읊다

'장천수필長川隨筆'이란 초당 누옥陋屋에 두 마리 새 날아드니,
그 이름 '길상吉祥 시詩'라 붙였다

음덕

어려운 일 잘 넘겼을 때도
좋은 일 있을 때도
꼭 도와주시는 것만 같은 믿음

더 높은 곳을 향한 몸부림
가여워해 주시고
낮고 험한 길 손잡아 주시는 어른

욕망의 바다 아무리 넓어도
작은 행복도 귀하다는 가르치심

낮지만 요만한 누림도
그 음덕이라 믿는 것은
나의 신앙입니다.

▲ 늘 지켜보시는 자애로운 어머니

– KBS1 라디오 『시와 수필과 음악과』 (1991.10.23.)

할아버지의 행복

주말이라 쉬는 날인데
며느리
손자 맡기고 출근했네

할아버지는
손자와 놀았네

할아버지 우유 줘
할아버지 과자 줘
할아버지 똥 쌌어 밑 닦아 줘
할아버지 엎드려 말 타게

온종일 손자 상전 모시고
하인 노릇 했네

즐거운 하루였지
손자가 예쁘니까
고역도 낙이었네

내 시간 몽땅 뺏겨도
행복한 하루였네

오후 늦게 드디어 며느리
나타났네

아! 이제 해방이다

근데 웬 꽃향기?
꽃다발 한 아름 안고 돌아온 며느리

무슨 좋은 일이라도 있냐?

아, 네. 직장에서 큰 행사가
있었어요. 아버님!

우수 직원 표창장 받았어요
실적 우수 인증패도 받았어요

며느리가 들고 온 꽃다발 보니
할아버지 미안했네

좋은 일 있으면 미리 알리고
자랑 좀 하지 그랬냐?

축하한다
장한 일이다
가문에 경사로다

돌아가신 사돈어른 생각난다
살아 계시면 얼마나 기뻐하시겠니
내가 두 배로 축하해 주고 싶구나

고맙다

우리 가문에 시집와서
예쁜 손자 안겨주고
직장에서 인정받아 큰 상 받아오고
성실하고 착한 복덩이

자식 자랑 팔불출 소릴 들어도
우리 가문 복덩이 자랑
용서해 주시것쥬?

대견하고 고마운
며느리 칭송한다고
큰 흉은 아니것쥬?

근데 지환 엄마야
당부 말 있다

남달리 애쓰고 노력하여
상 받는 것 좋은 일이지만

늘 겸손하고 자신 낮춰
사랑 베풀고
내 능력 나누는 고운 품행으로
적덕도 하렴

며느리가 가져온 꽃향기에 취해
좀처럼 언어 절제가 어렵네요
양해를……

▲ 며느리와 손자

2019.2.16.

※ **덕담 한마디** – 『올바른 역사를 사랑하는 모임』창작 글 마당

□ **낙암(정구복)** 2019.02.17. 장천 선생의 시가 아주 훌륭합니다. 손자와 함께 사는 가정에서 행복함을 봅니다. 삶이 진솔하게 표현되었습니다. '복덩이' 며느님에게도 격려의 찬사를 보냅니다. 지환이의 해맑은 미소에서 조손 간의 화목함과 순진함을 느꼈습니다. 가문의 영광을 가져온 며느님에 대한 고마움이 사돈에게 미치고 있습니다. 며느님에 대한 찬사와 격려를 넘어 더 나은 삶을 바라는 자상한 어른의 당부가 이 시의 무게를 더 실어주고 있습니다. 가정의 행복이 사회 발전의 원동력이 될 것입니다. 수필가의 모습에서 시인의 면모를 봅니다. 저도 많은 것을 배우고 느꼈습니다. 감사합니다. 이 자료는 후일 가족사를 엮는 데 쓰일 것입니다.

ㄴ **윤승원** 2019.02.17. 행복을 넘치게 표현하지 말아야 하는 것이 수필 문학인의 덕목인데, 이를 위반했습니다. 아직 이른 연세에 뜻하지 않은 사고로 먼저 가신 사돈 생각하면 눈물이 납니다. 빈소에서 많이 울었습니다. 이렇게 좋은 일이 있는 날엔 더욱 그립습니다. 돌아가신 사돈은 저와 격의 없는 술친구였습니다. ROTC 장교 출신으로 누구보다 나라 걱정을 많이 하는 진정한 애국자였습니다. 며느리를 더욱 사랑해야 합니다. 정 박사님의 따뜻한 사랑이 담긴 격려 말씀, 마음의 위로가 됩니다.

□ **parkkyungouk** 2019.02.20. 사실적인 시에 더욱 감동됩니다. 좋은 시 잘 감상했습니다. 감사합니다.
ㄴ **윤승원** 19.02.20. 고맙습니다. 따뜻한 마음으로 읽어주셔서 영광이고 행복합니다.

진솔한 체험으로 엮어진 값진 창조문학

윤승원의 수필 세계

송백헌(문학평론가·충남대학교 명예교수)

- 하나.

한 사람의 진솔한 인간적 내면세계를 살펴보려면 그의 수필을 읽어보라는 말이 있다. 그것은 문학의 여러 장르 중에 수필처럼 내면세계를 진솔하고 담담하게 비춰주는 문학은 없기 때문이다.

사실 요즘처럼 인심이 각박하고 살기 힘든 세상에, 조용한 서재나 쾌적한 실내의 침상에 누워서, 정제된 몇 편의 수필을 읽을 수만 있다면 상쾌한 청량제 한 병을 마시는 것보다 훨씬 더 산뜻함을 느끼고도 남으리라는 것이 평소에 내가 지닌 생각이다.

그런데 많은 사람, 심지어는 글을 쓰는 사람들마저 수필은 누구나가 쓰기 쉬운 것으로 생각하고 있다. 이는 수필이 지니고 있는 1차적인 특성, 곧 '무형식이 형식'을 '형식이 없으니 자유롭게 써도 된다'는 안이한 발상에서, 또는 초·중등학교의 작문 시간에 쓰는 산문 정도로 생각하는 통념에서 나온 것이 분명하다.

하지만 진정 수필처럼 어려운 문학은 없다는 사실을 수필다운 수필을 써본 사람이라면 누구나 쉽게 알 것이다. 왜냐하면 수필은 진정한 자기 고백적 문학이지만, 그 속에는 심오한 철학이 숨어 있고 유머와 위트가 섞여 있으며, 고결하면서 잔잔한 문체로 짜여져 자기 냄새를 풍기는 차원 높은 산문이기 때문이다.

이렇게 보면 결국 '무형식의 형식'이란 문학의 다른 장르처럼 일정한 틀에 박힌 형식에 얽매이는 것이 아니라 자유롭게 쓰되, 그 속에는 작가만이 지니는 형식을 갖추라는 뜻이다. 따라서 한 편의 수필을 읽을 때 그것이 누구의 작품이라는 것을 쉽게 알아차릴 수 있는 것은 바로 이러한 작가가 지닌 고유한 성격이 작품 속에 배어 있기 때문이다.

요즘 출판계에서는 엄청난 양의 수필집들이 시집과 경쟁을 하듯 쏟아져 나오고 있다. 하지만 작품 수준은 독자의 안목이나 요구에 따르지 못하는 아쉬움도 있다.

이러한 수필집들 가운데 보석처럼 빛나는 수필집이 바로 윤승원의 수필집이다. 필자가 읽은 바로는 윤승원은 우리 문단에서 주목할 만한 수필가 중에 하나라고 감히 꼽고 싶다.

그는 1993년에 수필집 『삶을 가슴으로 느끼며』를 발행한 이래 1997년 『덕담만 하고 살 수 있다면』, 2000년 『우리 동네 교장선생님』, 2002년 『부자유친』, 2005년 『아들아, 대한민국 아들아』, 2012년 『청촌수필』에 이어 2016년 『대한민국 남자의 자격증』에 이르기까지 무려 7권의 수필집을 발행한 바 있다.

지금까지 써온 그의 작품을 살펴보면 그는 수필의 두 갈래인 포멀에세이(Formal Essay=Unfamilier Essay)와 인포멀에세이(Infomal Essay=Familier Essay) 중 후자에 속하는 연수필(軟隨筆)을 주로 써 왔고, 그가 선택한 제재는 삶, 우리 동네, 부모, 아들 등 생활 주변의 이야기를 작품화한 것들이다.

그는 자신을 소개하는 글에서 "생활이 편안하고 행복이 넘칠 때 글이 안 됐(고), 절실한 것이 가슴에 와 닿지 않으면 글은 써지지 않는" 반면, "거칠고 삭막한 직무 환경일수록 시가 읽혔고, 수필이 써졌다."라고 술회하고 있다.

이는 달리 말하자면 대상에 대한 연민과 예리한 통찰, 그리고 그것을 형상화하려는 내적 갈등의 과정을 통해서만이 작품을 쓸 수 있다는 이야기가 된다. 언젠가 필자 역시 대전수필을 사적으로 조감하는 기회에 그의 수필에 대하여 다음과 같은 언급한 바 있다.

"그의 작품 저변에는 따뜻한 휴머니즘이 잔잔히 깔려 있다. 그의 작품은 법과 제도로는 도저히 치유될 수 없는 사회 현상에 대한 연민, 그리고 날로 심화하는 인간성 상실을 가슴 아파하는 내적 갈등 등을 섬세한 터치로 형상화한 것이 주류를 이룬다."

30여 년간 경찰직이라는 격무에 시달리면서 틈틈이 쓴 그의 수필들은 발표할 때마다 각종 언론 매체의 격려와 관심을 받아 왔는데, 정년퇴직을 하고 나서는 70을 바라보는 지금까지 집필 활동에 전념하고 있다.

그러한 그가 지난해 초겨울 대전문학관에서 주관한 중견작가전 '전시·낭독·작가콘서트'에 초대되어 그 감동적인 행사에 주도적으로 참여하였던 감격과 소감을 스케치한 내용을 중심으로 『문학관에서 만난 나의 수필』이라는 제목의 8번째 수필집을 컬러판으로 내겠다고 전하며, 내게 그 서평을 간단히 써 달라는 부탁을 했다.

그의 작품에 애정을 느끼는 내가, 그리고 그와 문학으로 끈끈한 인연을 맺어온 내가 어찌 바쁘다는 핑계로 이를 사양할 수 없어 몇 줄의 글로써 책임을 면하려 한다.

　- 둘.

수필집 『문학관에서 만난 나의 수필』은 그 제목부터가 보통 수필집과는 달리 문학관이라는 특정 장소를 정해 놓고 쓴 데 중점을 둔 수필집임을 알 수 있다.

30여 년의 경찰 경력에 경감이라는 직위로 퇴직하는 동안 그는 영광스러운 상훈을 수없이 탄 것으로 알고 있는데, 2017년 윤승원과 여류 수필가 남상숙 여사 등 두 명의 작품을 '전시·낭송·작가콘서트'로 이어지는 '대전문학관 중견작가전'은 아마도 그의 생애에서 가장 감동적인 날로 기억되는 것으로 그려져 있다.

이 수필집은 '저자의 말', '추천사', '맺는말'을 빼면 총 4부로 구성되어 있는데, 그 4부 가운데 2부에 해당하는 대전문학관 중견작가전 '전시·낭송·작가콘서트' 참여 작품이 상당 부분을 차지하는 것으로 보아도 이를 짐작할 만하다.

4부마다 서두에는 작은 해설을 박스 처리하여 독자의 이해를 돕는 친절을 잊지 않고 있다.

제1부는 「신작 에세이-생활 속 보석 줍기」이다. 총 10편의 수필이 실려 있는데, 그 제목이 말해주듯 신작 에세이를 모은 것이다. 저자 스스로가 부제로 말하고 있듯이 '생활 속 보석 줍기'를 하는 심정으로 쓴 수필들이다.

박스로 처리된 글 속에서 저자 자신은 다음과 같이 글을 쓰는 심정을 나타내고 있다.

"글을 쓰다 보면 새삼 고마운 사람이 있다. 자신을 돌아다보면서 쓰는 글인데 감사해야 할 대상이 나타나는 것이다. 내가 미처 발견하지 못한 것, 깨닫지 못한 것을 한 수 가르쳐 주는 사람이다. 도처에 그런 스승은 많다…"

총 10편으로 구성된 1부는 〈폐지 수거 할머니의 특별한 추석 선물〉, 〈식당 문 닫고 새 길 모색하는 젊은이에게〉, 〈아버지의 라디오, 아들이 준 라디오〉, 〈아버지의 장점 5가지〉, 〈버릴 수 없는 시계〉 등에서 그는 대상을 겸허한 관찰자의 입장에서 스케치하여 소화함으로써 나름의 심정을 담담히 표현하고 있다.

봉황새가 그려진 특별한 손목시계가 갑자기 멈췄다. 퇴직 때 대통령이 내려준 시계이다. 10년의 세월이 흐르다 보니 고장이 날 만도 했다. 시계 수리점에 가서 맡겼더니 국가 발전에 헌신적으로 기여하신 공으로 받은 귀한 선물이니, 아무나 차고 다니는 보통 시계와는 차원이 다르다며 칭찬을 하면서 배터리 하나를 갈고 나니 시계는 정상적으로 돌아갔다.

수리비를 물었더니 "65세 넘으셨지요?"라고 묻기에 웃었더니, "얼굴에 주름살도 하나 없고 피부도 깨끗한데 연세가 그렇게 되셨어요?" 하고 덕담까지 하면서 3천 원을 달라고 한다.

"저희 가게에서는 보통 손목시계 배터리를 갈면 4천 원 정도 받는데 65세 이상 어르신한테는 3천 원을 받거든요. 이곳 시장통에서 제가 수십 여 년 간 돈을 좀 많이 벌었으니, 이제 고객 여러분께 보답하고 살아야지요."

돈을 많이 벌었다는 금은방 주인을 만나 시계 수리비 1천 원을 특별 할인 받은 데다 듣기 좋은 말로 귀까지 호사해서 기분 좋은 발걸음으로 집으로 돌아와 시계 이야기를 하다 보니, 벽에 걸린 사진 속의 어머니가 빙그레 웃으신다.

글 중간에 다른 원고 〈어머니에게 보낸 편지〉(조선일보 공모 입상작)를 박스로 처리하고 그 속에다 시계 없는 세월 속에서 어림짐작으로 자식들 새벽밥을 지어 5남매를 기르신 그 어머니의 머리맡에 사발시계 하나만 있었더라면 얼마나 행복하셨을까 저자는 그저 가슴이 저려온다는 내용을 삽입해서 입체감을 더해주고 있다.

그런가 하면 폐지를 줍는 할머니로부터 추석 선물로 계란 한 판을 받고 쓴 〈폐지 수거 할머니의 특별한 추석 선물〉도 감동적이다.

난생처음 받아 보는 귀하고 값진 선물인 계란 한 판, 허리가 활처럼 휜 팔순의 폐지를 수거하는 할머니가 힘겹게 4층 계단을 올라와 주고 간 달걀 한판을 받아들고 날름 받아야 할지 다시 돌려드려야 할지 죄송한 마음으로 어쩔 줄을 몰라 한다.

할머니가 내게 특별히 고맙다고 하는 것은 폐지를 바깥에 버리면 비를 맞을 수도 있고, 차량으로 순식간에 수거해가는 다른 사람도 있어, 할머니가 꼭 가져가시도록 출입문 안쪽에 모아드린 것이다. 그 할머니가 고마운 마음에 달걀 한판을 추석 선물로 주면서 도리어 죄송하다는 말씀까지도 하는 것이다.

"이 세상의 모든 풍파와 산전수전 다 겪으신 할머니, 폐지 수거라는 남달리 궂은일을 하시면서도 항상 단정한 옷매무새에 살짝 입술화장까지 하시고, 연치年齒가 나보다 훨씬 높으신 데도 늘 먼저 인사를 하신다. 어른으로서의 예의와 기품을 잃지 않고 당당해 보이시는 할머니, 할머니는 그리고 보면 나의 느슨한 의식과 세상을 살펴보는 안목의 부족함을 일깨워주신 스승이다."

그래서 저자도 작은 선물 하나를 준비했으나 좀처럼 만날 수가 없다. 소리 안 나게 조용히 다녀가니 좀처럼 만나기 어려웠다. 저자는 식탁에 올라온 달걀 프라이를 먹으면서 고마움과 죄송스러운 마음이 교차하는 추석 명절을 보냈다는 사연이다.

이처럼 저자는 제1부에서 겸손하면서도 정이 넘치면서 진솔한 내용의 글들을 독자들의 가슴에 전하고 있다.

앞서 언급한 바와 같이 제2부는 그 제목이 다소 긴 「대전문학관 중견작가전 '전시·낭송·작가콘서트' 참여 작품」이다.

본문으로 들어 가기 전에 저자는 이 글의 성격과 글을 쓰는 목적을 다음과 같이 박스 안에 담고 있다.

"대전문학관 기획전시 '중견작가전' 개막식에는 아내와 두 아들, 손자까지 참석했다. 그만큼 가족들에게도 의미 있는 문학 행사로 인식됐다.

현직 교사이자 사진작가인 큰아들은 아비가 참여하는 문학관 전시 행사 전 장면을 카메라에 담아 스마트폰 기념앨범을 만들어줬다.

서양화 작가이자 언론사 기자인 둘째 아들은 아비가 참여하는 개막식 전 과정과 작가콘서트 전 과정을 동영상으로 각각 제작해 줬다. 한 편의 드라마와 같은 '영상자료집'이었다.

그럼에도 불구하고 이렇게 책에 문학관 행사 내용을 단편적이나마 수록하는 것은 또 다른 이유가 있다. 개인소장용으로 그치는 동영상과 앨범과는 달리 활자로 보여줌으로써 문학관을 찾지 못한 더 많은 독자와 행간의 느낌을 공유하고 싶었던 것이다. 삶의 기록인 저술 활동은 글 쓰는 이의 기본적인 욕구다."

다소 긴 인용문임에도, 이 글을 인용한 것은 제2부에 담긴 글의 내용이 스케치 형식으로 담기리라는 것을 대충 짐작할 것이기 때문이다.

먼저 「문학관 기획전시실로 들어가며」라는 항목으로 문학관 전경과 행사를 알리는 플래카드, 전시 내용과 자신이 마이크를 잡아 설명하는 사진 등이 제시된 다음, 그 행사에 참여한 많은 귀빈과 동료, 문인들을 일일이 소개하고 있다.

이어 「대전문학관에서 만난 귀한 분들」에서는 도록을 통하여 문학관 측으로부터 받은 두 가지 질문, 즉 "글을 쓴다는 것은 무엇인가요?"와 "작품을 통해 하고 싶은 이야기는 무엇인가요?"에 대한 답이 실려 있다.

여기에서 저자는 평소 자신이 지니고 있던 문학관觀과 글을 쓰는 자세 등을 영상스크린 등을 이용하여 명쾌히 서술해 놓고 있다. 이어서 자신과 인연이 깊었던 직장 동료와의 정담 내용과 문우들과의 주고받은 문학 방담 등을 사진 자료를 곁들여 빠짐없이 기록해 놓았다.

다음으로 문학관에 전시된 작품들과 문학콘서트에서의 낭송 작품들이 실려 있다. 이 작품들은 저자 자신이 선정한 대표작으로서 진작부터 세인들의 관심을 모았던 것들인데, 사진을 곁들여서 더욱 입체적으로 느껴진다.

끝으로 '문학콘서트에 참석한 시인과의 따뜻한 인정 나눔'에서는 이 행사에 참석한 오혜림 시인과의 대화를 기록한 것이다.

제3부는 「경찰서 유치장에서 만난 '내 글의 독자」라는 제목 아래

　1. 아내가 좋아하는 수필 3편

2. 경찰 동료가 추천하는 수필 3편

3. 경찰서 유치장에서 만난 '내 글의 독자' 3편

4. 역학인이 펴간 수필 1편

5. 형님이 '사랑의 말씀' 주신 수필 3편

6. 아들이 추천한 수필 4편

7. 골목 아주머니들이 추천한 수필 2편

8. 원로 시인이 추천한 수필 4편

9. 친구들이 추천한 수필 2편 등

총 25편이 실려 있다. 일찍이 어느 수필집에서도 볼 수 없는, 아내를 비롯한 주변의 다양한 분들이 추천한 수필을 실었다는 점에서 이 수필집은 독자에게 흥미롭게 읽힐 것이다.

사실 저자가 아니면 감히 생각할 수 없는 이러한 발상은 글을 쓰는 이라면 관심을 기울여 볼 만하다. 일찍이 당나라 대시인 백거이(白居易=白樂天)는 한 편의 글을 짓고 나서는 글도 모르는 이웃집 노파에게 먼저 읽어주어 그 노파가 고개를 끄덕이면 발표했다는 일화가 전한다.

이렇듯 대문호는 무식한 노파의 감동에서부터 귀를 기울였던 것이다. 이는 곧 다중의 호응을 얻는 작품이라야 훌륭한 작품이 될 수 있다는 사실을 방증한 예라 하겠다.

이러한 예로 볼 때, 윤승원 수필가는 이미 이러한 진리를 터득하고 집필에 임한 문인이라 할 것이다.

제4부는 「'나의 수필쓰기'에 대하여」라는 제목 아래 자신이 문장을 쓸

때, '간결', '평이', '정밀'. '솔직'이라는 옛 문장가들이 강조한 '문장 4원칙'을 염두에 두고 글을 써왔다고 강조하고 있다.

이러한 기본 전제 아래 저자는 좋은 수필을 쓰려면 먼저 좋은 글을 많이 읽어야 하고, 그에 못지않게 진솔한 체험도 중요하다고 강조한다. 게다가 수필은 재才로 쓰는 것이 아니라 정情으로 쓰는 것이라는 수필계의 대선배 윤오영의 말을 인용해 강조하고 있다.

다음으로 저자의 책장에 꽂혀 있는 『한국수필문학전집(전 20권)』과 『한국대표수필문학전집(전12권)』, 두 질의 수필문학전집을 바라보면서 기쁨을 누리고 있다고 피력하고 있다. 틈이 날 때마다 한 권씩 빼 보는 것도 기쁨이지만, 읽지 않고 바라보기만 해도 가슴이 뿌듯해 옴을 느낀다고 저자는 말한다. 평소에 구해보고 싶었던 그 두 질의 책은 멀리 떨어져 있는 두 형님이 선물한 것이기에 형님들의 따뜻한 정을 생각하면서 책장을 넘긴다는 내용도 담고 있다.

이 두 개의 글을 통해 우리가 느낄 수 있는 것은 저자가 글을 쓸 때의 자세가 엄격하고 정확한 원칙을 지킨다는 사실이요, 형제간의 우애가 남달리 돈독함을 느끼게 하는 인정 많은 문인이 윤승원 수필가라는 사실을 확인하는 글이라는 점에서 이 글의 가치를 느낀다.

– 셋.
이상에서 보아왔듯이 윤승원 수필가는 생활에 충실한 부지런한 작가이자 원칙을 지키는 모범적인 작가적 태도를 지닌 문인이라는 사실을 확인

할 수 있었다.

그는 평소 지니고 있는 다정다감한 심성에다 피나는 노력과 원칙을 고수하면서 글을 써왔기에 오늘 우리 문단에서 중요한 자리를 차지하고 있는 것이라 보인다.

그는 이처럼 수준 높은 작품을 쓰는 문인일 뿐 아니라 실험 정신이 남다른 문인이기도 하다. 앞에서도 언급했듯이 그의 수필집은 평면적인 서술형식을 지양하여 서두 부분에 간단한 해설을 도입한다든지, 작품의 중간중간의 중요한 부분에서는 과거가 회상되는 글을 박스로 삽입하여 입체감 있게 편집했다는 사실이 이를 입증한다.

또한, 자신의 수필을 다양한 독자들에게 읽혀 그들로 하여금 좋은 수필을 추천케 하여 글을 싣는다는 등의 시도는 저자가 실험 정신이 누구보다도 강한 문인이라는 사실을 입증하는 것이라는 점에서 우리는 그의 글에 남다른 애정을 느끼게 되는 것이다.

■ 저자 약력

- 충청남도 청양 장평(옛 지명 적곡赤谷) 출생
- 충남지방경찰청, 대전지방경찰청 정책정보관(2010, 경감 퇴직)
- 『한국문학』 지령 200호 기념 지상백일장 장원 당선(1990)
- 『경찰고시』 최우수 작품상(1990)
- KBS1 라디오 수필 공모 당선(1991)
- '전국공무원문예대전' 수필부문 입상(2000)
- '경찰문화대전' 수필부문 금상(2001)
- 사이버경찰청 '좋은 글' 선정, 월드컵 경찰의 현장 기록(2002)
- 국정브리핑 '올해의 국정 넷포터' 선정(2003)
- 행정자치부 '행정서비스 현장 실천 수범 사례' 선정(2004)
- 조선일보 광복 60주년 '아, 어머니 展' 편지글 공모 입상(2005)
- 조선일보 창간 90주년 '조선일보에 얽힌 사연' 공모 최우수작 당선(2010)
- 『한국 문학시대』 문학대상 수상(2013)
- 대전문학관 기획전시 '중견작가전' 초대작가(2017.11.16.~2018.02.28.)

■ 저서

- 『삶을 가슴으로 느끼며』
- 『덕담만 하고 살 수 있다면』
- 『우리 동네 교장 선생님』
- 『부자유친』
- 『아들아, 대한민국 아들아』
- 『청촌수필』
- 『대한민국 남자의 자격증』

■ 문단 활동

- 한국문인협회원(현)
- 대전·충남수필문학회장(제15~16대 회장 역임)
- 대전문인총연합회 부회장(역)
- 충남경찰사 편찬위원(역)
- 충남경찰문집 기획편집위원(역)
- 충남경찰청 호국안보 백일장 심사위원(역)
- 경찰청 생활 질서 문화대전 작품집 편집위원(역)
- 충남경찰청 생활 질서 문화대전 심사위원(역)
- 경찰청 G-20 경찰관 수기 심사위원(역)
- 경찰청 치안정책 고객 평가위원(역)
- 디트뉴스24 칼럼니스트(역)
- 금강일보 논설위원(역)